KB241914

인터월드

떠도는 우주기지의 전사들

INTERWORLD

닐 게이먼 · 마이클 리브스 지음 | 이원형 옮김

지양사

인·터·월드

인·터·월드

닐 게이먼은 이 책을 아들 마이크에게 헌정한다.
마이크는 초고를 읽고 좋아했으며,
우리에게 용기를 북돋아 주었다.
그리고 언제 책으로 읽을 수 있느냐고 항상 물었다.

마이클은 이 책을 스티브 새플에게 헌정하고자 한다.

제 1 부

자기가 있는 곳을 아는 것은 좋은 일이다.
그러나 더 좋은 일은
자기가 어디를 향해 가는지 아는 것이다.

1 길 위에서 길을 잃다

한 번은 집안에서 길을 잃었다.

황당하게 들리겠지만, 생각해 보면 꼭 그렇지 않을 수도 있다. 그때 우리 집은 별명이 오징어인 막내 케빈을 위해 복도와 침실 증축 공사를 막 끝낸 참이었다. 목수들은 떠났지만, 집안에는 아직 근 한 달 내내 쌓인 먼지가 뒤덮여 있었다. 엄마가 저녁 먹으라고 불러서 아래층으로 내려가는 길이었다. 그런데 계단으로 가다 잘못 길을 들어 구름과 토끼 무늬 벽지를 바른 케빈의 방으로 들어갔다. 왼쪽으로 돌아야 하는데 오른쪽으로 잘못 돈 것이다. 그리고 곧바로 또 오른쪽으로 도는 실수를 범했다. 이번에는 벽장 속으로 들어가 버렸다.

아래층으로 내려오니 제니와 아빠는 이미 식탁에 앉아 있었다. 엄마가 노려보았다. 늦은 이유를 설명해 봐야 더 꾸중을 들을 게 뻔했기 때문에, 나는 말없이 내 몫의 햄버거와 치즈를 먹는 데만 열중했다.

독자들은 문제가 무엇인지 알았을 것이다. 내게는 '방향감각'이라고 부르는 것이 없다. 어떤가 하면, 기준물이 없는 사방이 텅 빈 장소에서는 동서남북을 분간 못하고 길을 잃는다. 오른쪽과 왼쪽조차 헷갈리는 것은 이미 이야기했다. 내 상태가 이러하니, 어떻게 그런 일이 생길 수 있었는지 따지는 것조차 웃기는 일일 수 있다.

그러나 나는 계속 얘기하려고 한다. 그렇다. 나는 디마스 선생님의 가르침에 따라서 이 이야기를 할 것이다. 시작하는 게 중요하지, 어디에서부터 시작하는가는 중요하지 않다고 디마스 선생님은 말했다. 그러니 선생님에 관한 이야기로부터 시작하도록 하겠다.

고등학교 2학년이던 시월의 마지막 날이었다. 모든 것은 아주 정상적이었다-사회탐구 과목만 뺀다면. 그건 그렇게 놀랄 일도 아니었다. 사회탐구 과목 담당인 디마스 선생님은 판에 박힌 방식으로 수업을 진행하지 않는 것으로 유명했다. 학기 중에 선생님은 우리에게 눈가리개를 씌우고 세계지도를 핀으로 찌르게 했다. 그리고 우리는 핀으로 찌른 자리에 있는 나라나 도시에 관해 작문을 써내야 했다. 나는 일리노이 주의 디케이터 시를 찍었다. 어떤 녀석들은 울란바토르(몽골의 수도)나 짐바브웨를 찍고 투덜거렸다. 그놈들은 운이 좋았다. 일리노이 주의 디케이터 시에 관해 천 단어나 되는 작문을 메우려고 해보라.

　디마스 선생님은 항상 이런 식으로 수업을 했다. 지난해 선생님은 지역 신문의 일면을 장식하면서 거의 해고될 뻔했다. 자기 수업을 듣는 두 반을 서로 적대시하는 양편으로 나누고, 학기 내내 평화 협상을 시도하도록 시켰다. 하지만 협상은 결렬되었고, 두 반은 그 학기의 마지막 자유토론 시간 동안 학교 안에서 전쟁 상태에 돌입했다. 사태는 험악해졌으며, 학생 일부가 코피를 흘리는 것으로 귀결되었다. 디마스 선생님은 지역 뉴스에 나와 다음과 같이 덧붙였다.

　"때로 전쟁은 우리에게 평화의 가치를 배우기 위해 필요하다. 때로 사람들은 전쟁을 피하는 정책의 진정한 가치를 배우는 것이 필요하다. 그리고 나는 전쟁터에서보다는 운동장에서 학생들에게 그런 교훈을 가르치려고 했다."

　학교 안에 도는 소문으로는 그 사태 때문에 디마스 선생님이 해고될 것이라고 했다. 심지어 행클 시장까지 몹시 화가 났는데, 그의 아들이 코피를 흘린 학생들 중 하나였기 때문이다. 엄마와 여동생 제니, 그리고 나는 늦게까지 잠들지 않고, 오발틴(초콜릿 우유 맛의 음료)을 마시며 시의원 회의에 간 아빠가 집으로 돌아오기를 기다리고 있었다. 오징어는 엄마의 무릎에서 순식간에 잠들었다. 엄마는 그때 오징어에게 아직 우유 대신 젖을 먹이고 있었다. 한밤중이 지나서야 아빠가 뒷문으로 들어왔다. 아빠가 모자를 탁자 위에 놓고 말했다.

　"투표 결과는 7 대 6, 잘됐어. 디마스 선생은 해고되지 않았다. 목구멍이 다 아프네."

엄마가 아빠에게 차를 끓여 주기 위해 일어났다. 제니가 아빠에게 왜 디마스 선생님을 편드는지 물었다.

"우리 선생님이 디마스 선생님은 사고뭉치라던데."

"그렇기는 하지."

아빠가 말했다.

"고마워, 여보."

아빠는 차를 한모금 마시고 이야기를 계속했다.

"하지만 또한 디마스 선생은 자기가 하는 일에 정말 주의를 기울이는 아주 드문 선생 중의 한 분이야. 그렇게 할 수 있는 지혜를 갖고 있기도 하고."

아빠는 파이프로 제니를 가리키며 말했다.

"밤이 깊었다, 제니. 가서 자라."

아빠는 그랬다. 한 사람의 시의원에 불과하지만, 어떤 사람들 사이에서는 시장보다도 더 영향력이 컸다. 아빠는 이전에 월 스트리트의 주식 중개인이었다. 그리고 지금도 교육위원 몇 명을 포함한 그린빌의 일부 유력 인사들을 위해 증권 투자를 대리하고 있었다. 시의원 업무는 연중 거의 달마다 며칠에 불과했다. 그래서 아빠는 노는 날에는 대부분 택시 운전을 했다. 나는 한번은 아빠에게 왜 그 일을 하느냐고 물었다. 왜냐하면 엄마의 가내 보석 수공 일이 아니더라도, 아빠의 투자 수입만으로 생활하는 데 지장이 없었기 때문이다. 아빠는 새로운 사람들을 만나는 것이 즐거워서라고 말했다.

독자들은, 거의 해고될 뻔했던 디마스 선생님이 겁이 나 자신의 수업 방식에서 후퇴했을 것이라고 생각할지 모르겠다. 그러나 그런 행운은 일어나지 않았다. 올해의 마지막 사회탐구 수업에서 선생님은 자신조차 처음 시도하는 극단적인 아이디어를 냈다. 우리 반 학생을 세 명씩 한 팀으로 묶어 열 팀을 만들고, 다시 눈가리개를 시킨 다음(선생님은 눈가리개를 아주 좋아했다) 스쿨버스에 태워 도시, 임의의 장소에 내려놓도록 한 것이다. 우리는 내려진 곳으로부터 지도 없이 주어진 시간 안에 팀마다 다르게 지정된 장소로 찾아가야 했다. 다른 선생님들 중 한 분이 그렇게 하는 게 사회탐구 과목과 무슨 관계가 있냐고 물었는데, 디마스 선생님은 세상 모든 일이 다 사회탐구라고 대답했다. 선생님은 핸드폰과 전화카드, 그리고 신용카드와 현금을 모두 압수했다. 우리는 부모님들께 차를 태워달라고 전화할 수도 없었고, 버스나 택시도 탈 수 없었다. 오직 스스로의 힘으로 목적지를 찾아가야 했다.

그리고 모든 일이 그 수업으로부터 비롯됐다.

우리가 진짜 위험한 지역에 내려진 것은 아니었다. 그린빌의 도심지는 LA나 뉴욕의 도심지, 나아가 일리노이 주의 디케이터 시의 도심지와는 다르다. 일어날 수 있는 최악의 일이래야, 우리들 중 하나가 42번가 길을 건너고 있는 할머니를 도우려는 멍청한 짓을 하다가 손가방으로 두드려 맞는 일일 것이다. 그렇지만 나는 로웨나 덴버스, 테드 러셀과 한 팀이었고, 그것은 이 수업이 매우 흥미로울 것임을 예고했다.

스쿨버스가 배기가스를 내뿜으며 사라지자 눈가리개를 벗었다. 우리는 도심 속에 서 있었다. 어딘지는 몰랐지만 한낮이었고, 시월의 쌀쌀한 오후였다. 행인도 차도 별로 다니지 않았다. 나는 즉시 거리 표지판을 찾았다. 표지판은 우리가 세클리 대로와 시막 거리가 만나는 모퉁이에 서 있음을 알려 줬다.

나는 이곳에 와 본 적이 있었다.

이럴 수가. 놀라서 잠시 말문이 막혔다. 나는 집 앞의 우체통에 갈 때도 길을 잃어버리는 놈이다. 그러나 이곳이 어딘지는 알았다. 바로 길 건너 거리 아래편 블록에는 치과가 있다. 며칠 전에 제니와 둘이서 이곳에 와 이빨 청소를 한 적이 있었던 것이다.

아는 장소라고 내가 말하기 전에, 테드가 먼저 디마스 선생님이 준 카드를 꺼냈다. 카드에는 우리가 찾아가야 할 장소가 쓰여 있었다.

"우리는 메이플 가와 웨일 가가 만나는 모퉁이로 가야 해."

테드가 말했다.

"조이 하커, 네 이름이 히치하이커(지나가는 차를 얻어 타는 사람)하고 비슷하니까 네 덕으로 차를 얻어 탈 수도 있겠는데, 하하."

테드 러셀에 관해 꼭 알아 두어야 할 것이 있다. 녀석은 '아이큐'의 철자도 제대로 대지 못할 놈이다. 말을 못해서가 아니라(꿔다 놓은 보릿자루처럼 차라리 그랬으면) 생각하기 귀찮아서. 테드는 나보다 한 살 많지만 유급당했다. 다른 친구들이라면 아마도 테드의 이런 썰렁한 농담에 고개를 돌려 버렸을 것이다. 그러나 로웨나 덴버스와 같이 있는 이상, 역겨운 바보였지만 지금은 러셀을 참아야 했다.

그린빌 고등학교에는 더 예쁘고 더 똑똑하고, 여러 면에서 더 멋진 여학생들이 있을 것이다. 하지만 내가 관심을 갖고 있는 소녀는 오직 로웨나뿐이었다. 그러나 지난 이 년 동안 나는, 로웨나가 나를 자신의 인생에서 스쳐 지나가는 존재 이상으로 여기게 만들지 못했다. 이 말은 로웨나가 나를 증오한다거나 싫어한다는 뜻이 아니다. 그럴 만큼 내가 로웨나에게 중요한 존재는 아니었다. 생각하면 학교 생활 내내 로웨나와 다섯 번 이상 대화를 나눴는지 의심스러웠고, 다섯 번의 대화를 나눴다 해도 아마도 그중 네 번은 "잠깐만, 이거 흘렸는데."라거나 "미안해, 네 자리였어?" 따위의 말이었을 것이다. 그렇지만 거창한 로맨스가 있었던 것은 아닐지라도, 나는 그 대화들을 소중히 생각했다.

그러나 지금은 상황을 바꿀 수 있다. 로웨나에게 나의 존재감을 심어줄 수 있는 기회인 것이다. 나는 열다섯 살이었고, 로웨나는 나의 진정한 첫사랑이었다. 진심이었다. 일시적인 기분이 아니었다. 로웨나 덴버스와 그저 단순하게 사랑에 빠진 것이 아니라 미친 듯이, 마음속 깊이, 열렬하게 사랑에 빠졌다. 심지어 부모님께조차 내가 로웨나를 어떻게 느끼는지 말하다가 멍청이 취급을 받았다. 나는 부모님께 말했다. 만약 로웨나가 나라는 존재를 알아차린다면, 그것은 금세기 최고의 위대한 사랑 이야기가 될 것이라고. 부모님은 내가 진지하다는 것을 알았고, 더 이상 놀리지 않았다. 그리고 나의 이야기를 인정하고 행운을 빌어줬다. 나는 트리스탄이 될 것이고 로웨나는 이졸데가 될 것이다. 아빠가 말했는데, 그들이 누구이든간에('트리스탄'과 '이졸데'는 중세 유럽의 연애담의 주인공이다). 나는 시드가 될 것이고 로웨나는 낸시가 될 것이다. 엄마가 말했는데, 그들이 누구이든간에(영국 영화 '시드와 낸시'의 주인공들이다). 나는 로웨나 덴버스에게 강한 인상을 심어 주고 싶었다. 셰익스피어의 희곡에 나오는 것 같은 방식은 아닐지라도, 거리를 누비며 목표 지점을 똑바로 찾아가는 모습을 과시하는 것은 어떨까? 나는 상황에 맞는 방법을 택했다.

"우리가 어디에 와 있는지 알겠어."

테드와 로웨나가 나를 의심스러운 눈길로 쳐다보았다.

"얼씨구. 차라리 눈가리개를 다시 하겠다. 이리 와, 로웨나."

테드가 로웨나의 손을 끌며 말했다.

"등 뒤로 손을 묶어 놓아도 제 엉덩이조차 찾지 못하는 게 하커라는 사실은 모두 알고 있어."

로웨나는 테드의 손을 뿌리치며 나를 바라보았다. 로웨나는 테드 러셀과 함께 대 여섯 블록조차 걸어가고 싶지 않은 것이 분명했다. 하지만 로웨나는 또한 오늘 남은 시간 내내 도심을 방황하고 싶지도 않았다.

"조이, 우리가 어디 있는 건지 아는 게 확실하니?"

로웨나가 물었다.

사랑하는 소녀가 나에게 도움을 청하고 있다! 나는 달 뒤편 어둠 속에서 헤매다가 집으로 가는 길을 찾은 것 같은 기분이었다.

"그럼."

나는 자신감에 차서 말했다. 그러나 그것은 물속으로 떨어질 운명을 알지 못하고 기분 좋은 행군을 시작하는 레밍(무리를 지어 물속으로 뛰어들어 자살하는 쥐과 동물, 나그네쥐라고도 한다)의 자신감과 같은 것이었다.

"따라와. 이리로!"

그리고 나는 거리를 따라 내려가기 시작했다.

로웨나는 잠시 망설이다가 테드로부터 돌아서서 나를 따라오기 시작했다. 테드는 충격에 빠져 잠시 로웨나의 뒷모습을 바라보았다. 그리고 저주하듯 작별의 손을 흔들었다.

"너넨 죽었다. 디마스 선생님께 실종자 수색대를 파견하라고 전할게."

러셀은 외치고는 주변이 떠나가라 큰소리로 웃었다.

독자들이 그 끔찍한 웃음소리를 들었으면 좋았을 텐데.

로웨나가 나를 따라잡았고, 우리는 잠시 동안 같이 조용히 걸었다. 아크라이트 공원을 가로질러, 내 생각에는, 북쪽의 코린트 거리를 향하고 있었다.

여섯 블록을 지나기 전에 나는 매우 중요한 사실을 깨달았다. 자기가 어디에 있는지를 아는 것은 좋은 일이다. 그러나 더 좋은 일은 자기가 어디를 향해 가고 있는지 아는 것이다. 나는 전혀 그렇지 못했다. 몇 분 사이에 나는 이전 어느 때보다 더 헤매기 시작했다. 그리고 더 좋지 않은 것은 로웨나가 그것을 알아차린 것이다. 나를 쳐다보는 눈길로 보아 확실히 그랬다.

나는 공황 상태에 빠졌다. 로웨나를 실망시키고 싶지 않았다. 더구나 로웨나가 질책의 눈초리로 내 얼굴을 바라보는 것은 전혀 뜻하던 바가 아니었다. 그래서 말했다.

"여기서 잠시만 기다려."

그리고 로웨나가 뭐라고 대꾸하기도 전에 혼자 앞으로 달려갔다.

나는 필사적으로 내가 아는 거리나 지역의 안내판이 보이는지 찾았다. 모퉁이를 돌자 다음 블록 끝에 많이 보던 건물이 보였다. 와 있는 곳이 공원 옆의 아크라이트 거리가 맞는 것 같았지만, 확인하기 위해서 거리 아래쪽으로 내려가기 시작했다.

가장 좋은 계절에도 그린빌의 날씨는 음산했다. 그린빌은 그랜드 강 가까이 붙어 있다. 그래서 양조 산업이 발전했고, 자연 관찰 산책로를 따라 이어지는 폭포를 보러 오는 관광객을 유치할 수 있었다. 하지만 또한 강 탓에 날씨가 차가우면 안개가 도시를 뒤덮었다.

아크라이트 거리와 코린트 거리의 교차 지역에 그린빌 특유의 안개가 덮이기 시작했다. 얼굴에 차가운 물방울이 닿는 것을 느끼며, 나는 그 속으로 곧장 걸어 들어갔다. 안개는 그 속으로 들어가면 대개 밖에서 보던 것보다 엷게 느껴진다. 그런데 이 안개는 그렇지가 않았다. 마치 앞이 보이지 않는 잿빛 스모크 속을 걷고 있는 것 같았다.

처음 나는 그것을 심각하게 느끼지 않고 그저 걸었다. 그러다 더 이상한 사실을 깨달았다. 안개 속에서는 평상시 전혀 보지 못하던 빛깔의 불빛들이 깜박이고 있었다. 그 불빛들만이 보이는 도시는 아주 기묘했다.

다음 모퉁이인 팔브룩 거리에 접어들어서야 안개를 빠져나올 수 있었다. 거기서부터는 안개가 끝나 있었다. 그런데 그곳은 내가 전혀 알지 못하는 거리였다. 길 건너편에는 이전에 한 번도 본 적이 없는 외부 장식을 한 햄버거 가게가 있었다. 입구에 거대한 초록색 격자무늬 아치가 설치되어 있었던 것이다. 홍보 이벤트를 위한 스코틀랜드식 장식인가? 나는 생각했다. 이상하다고 느끼기는 했지만 지금은 그게 문제가 아니었다. 로웨나를 생각하면 아무 정신이 없었다. 뭐라고 설명해야 로웨나가 나를 멍청이로 여기지 않을지 방법을 찾아야 했다. 하지만 아무리 생각해도 다른 방법이 없었다. 곧바로 돌아가 내가 로웨나에게 길을 잃어버리게 만들었다는 사실을 고백하는 수밖에. 나는 치과의 위치를 기억했던 방식으로 길을 더듬어 되돌아왔다.

최소한 아까보다 안개는 걷혀 있었다. 나는 숨을 헐떡거리며 겨우 떠났던 자리로 되돌아왔다. 로웨나는 아직 그 자리에서 기다리고 있었다. 등을 돌린 채 애완동물 가게 안을 들여다보는 중이었다. 나는 곧바로 길을 건너 달려가 로웨나의 어깨를 두드리고 말했다.

"미안해. 테드 말을 들었어야 했나 봐. 테드 말을 따르는 게 좋다는 말은 들어보지 못했겠지만, 그렇지?"

로웨나가 돌아섰다.

어렸을 때(그러니까 그린빌로 이사 오기 전 뉴욕에 살 때, 제니가 태어나기 전일 때) 엄마를 따라 메이시스 백화점에 갔던 것을 기억한다. 크리스마스를 준비하기 위해 쇼핑하러 갔었다. 맹세컨대 나는 엄마로부터 거의 눈길을 떼지 않았다. 백화점 안에서 엄마 뒤를 졸졸 따라다녔다. 그러다 사람들에 밀려 깜짝 놀라 엄마의 손을 잡았다. 그러자 엄마가 나를 내려다보았는데……

엄마가 아니었다. 엄마와 비슷한 푸른 코트를 입고 같은 머리 모양을 하고 있었지만, 한 번도 본 적이 없는 아줌마였다. 나는 울기 시작했다. 사람들은 나를 미아보호소로 데려다 놓고 마실 것을 줬으며, 엄마를 찾아내 결국 일은 잘 마무

리되었다. 그러나 나는 그 공포의 순간을 잊지 못한다. 내가 알았던 사람이 금방 다른 사람으로 변해 버렸던 그 순간을.

지금 느끼는 것이 그때의 감정이었다. 왜냐하면 내 앞에 서 있는 사람은 로웨나가 아니었다. 앞의 소녀는 마치 그 동생이나 되는 양 로웨나처럼 보였고, 옷도 똑같았다. 심지어 로웨나가 쓰고 있는 것과 똑같은 검정 야구 모자를 쓰고 있었다.

그러나 로웨나는 언제나 긴 금발머리였다. 최대한 기를 것이며 결코 자르고 싶지 않다고 항상 말하곤 했다.

이 소녀의 금발머리는 단발이었다. 정말 짧았다. 그리고 자세히 보니 로웨나처럼 보이지도 않았다. 정말 아니었다. 로웨나의 눈은 푸른색이었다. 이 소녀의 눈은 갈색이었다. 그녀는 단지 갈색 코트를 입고 검정 야구 모자를 쓴 채, 애완 동물 가게 창가에서 강아지들을 들여다보고 있는 다른 소녀였다. 나는 혼란에 빠져 뒤로 물러섰다.

"미안해."

나는 말했다.

"다른 사람인 줄 알았어."

마치 하키 마스크를 쓰고 전기톱을 든 채 하수구에서 기어 올라온 살인마를 쳐다보듯 소녀는 겁에 질려 나를 바라보았다.

"이봐, 정말 미안해. 내 잘못이야. 괜찮아?"

나는 그녀에게 말했다. 소녀는 아무 말 없이 고개를 끄덕였다. 그리고 길이 꺾어지는 곳까지 인도를 따라 걸어 내려 갔다. 매순간 뒤를 힐끗거리면서. 그러더니 지옥에서 온 개들이 뒤를 쫓는 것처럼 달아났다.

그녀를 놀라게 한 것에 대해 사과하고 싶었지만, 그러나 내 코가 석자였다. 나는 그린빌 도심에서 길을 잃었고, 내 팀의 다른 두 친구로부터 고립됐다. 나의 시도는 완전히 실패했으며, 사회탐구 수업을 망쳤다.

할 수 있는 일은 오직 한 가지였고, 그래서 그렇게 했다.

신발 한 짝을 벗었다.

구두 깔개 밑에는 5달러짜리 지폐가 접혀 있었다. 엄마는 그것을 비상시에만 사용하라고 나에게 당부하였다. 그 지폐를 꺼내들고, 다시 신발을 신었다. 그러고는 잔돈을 거슬러 받고 집으로 향하는 버스를 탔으며, 디마스 선생님께, 로웨 나에게, 그리고 심지어 테드에게조차 뭐라고 변명할지 가능한 모든 궁리를 해 봤다. 내일이 다가오기 전, 열두 시간 안에 운 좋게도 내가 전염병에 걸려, 이번 학기가 끝날 때까지 학교에 나가지 않게 된다면 얼마나 좋을까 생각하며……

나는 집에 도착해도 문제가 끝나지 않는다는 걸 알고 있었다. 하지만 최소한 더 이상 길을 헤매지는 않을 것이다.

그러나 집에 도착했을 때 나는 할 말을 잃었다.

2 우리집은 어디에

　집으로 가는 버스에 탔지만 무언가 이상스러웠다. 버스가 몇 블록을 지나자 나는 창밖을 내다보는 것을 중단하고 앞좌석의 뒤만 쳐다보기 시작했다. 밖에 보이는 거리가 이상했기 때문이다. 언뜻 보아서는 왜 그런 생각이 드는지 딱 집어 말할 수 있는 특별한 점이 없었다. 모든 것이 단지 약간 평소와 달라 보였다. 햄버거 가게의 초록색 격자무늬 아치처럼. 만약 그 햄버거 가게에서 매장 홍보를 위해 떠들어대는 소리라도 들려왔더라면 그렇게 이상하지는 않았을 것이다.

　차들도 이상했다. 아빠는 말했다. 자신이 어렸을 때에는 포드사 등 여러 자동차 회사에서 나온 차를 서로 쉽게 구분할 수 있었는데, 오늘날에 와서는 별 차이가 없이 다 똑같아 보인다고. 그런데 지금 버스 밖 풍경은 마치 누군가가 모든 차는 밝은 색으로만 칠해야 한다고 명령을 내린 것 같았다. 차들은 모두 오렌지색이거나 초록색이거나 밝은 노란색이었다. 검은색 차나 은색 차는 한 대도 볼 수가 없었다.

경찰차가 사이렌을 울리며 버스 곁을 지나쳤다. 차 지붕 위의 번쩍이는 비상등이 빨간색과 파란색이 아니라 초록색과 노란색이었다.

그 이후 나는 눈앞의 금간 회색 가죽시트에만 시선을 고정시켰다. 버스가 집을 향해 반쯤 갔을 때 나는 우리 집이 그 자리에 있을지 걱정되기 시작했다. 빈 터로 있다면? 더 나쁘게 다른 집이 서 있어서, 거기 아빠 엄마와 여동생과 막내가 아닌 처음 보는 다른 사람이 살고 있다면? 더 이상 내가 그 집과 아무 관계가 없는 사람이 된다면?

나는 버스에서 내려 집까지 세 블록을 달려갔다. 집은 밖에서 보기에는 아침과 똑같았다. 색깔도 같았고, 화단, 창틀도 같았으며, 현관 지붕에 달아놓은 장식물도 같았다. 나는 안도감에 거의 울 뻔했다. 나를 둘러싸고 있는 세상이 무너져 내린다 해도, 집은 여전히 피난처로 거기 있었다.

현관문을 열고 안으로 들어갔다.

우리 집 냄새가 났고, 낯선 사람은 보이지 않았다. 마침내 나는 긴장을 풀 수 있었다.

집 안도 거의 예전과 같았다. 그러나 복도에 서자 무언가 다르다는 느낌을 받기 시작했다. 아주 작은 미묘한 차이가 있었다. 무엇이 달랐을지 독자들은 여러 가지를 상상할 수 있을 것이다. 나는 어쩌면 마루 카펫의 무늬가 약간 다른 것 같다고 생각했다. 그러나 어떤 빌어먹을 놈이 카펫 무늬를 기억하겠는가? 평소 거실 벽에는 유치원 시절의 내 사진이 걸려 있었는데, 지금은 또래 나이의 한 소녀 사진이 걸려 있었다. 소녀는 어쩐지 나처럼 보였다. 그러나 엄마 아빠는 거기다가 제니의 사진을 걸어 놓는 것에 관해 의논해 왔으니까…….

그때 퍼뜩 깨달았다. 마치 작년 폭포를 견학하러 가서 바위를 때리며 떨어지는 물줄기를 보았을 때처럼, 갑자기 세상이 노래지며 뒤집혔다. 그리고 충격을 받았다.

달랐다. 집 밖 정면에서는 보이지 않았지만, 올봄 막내 케빈을 위해 새로 지은 침실이 딸린 별채가 없었다.

계단 위를 쳐다보았다. 평소에는 까치발을 하고 약간 아플 정도로 고개를 돌리면 새로 지은 복도가 시작되는 곳을 볼 수 있었다. 나는 그렇게 했다. 심지어 좀더 잘 보기 위해 두 계단이나 올라갔다.

소용없었다. 새로 지은 별채는 없었다.

나는 생각했다. 이게 누군가의 농담이라면 진짜 떼돈을 벌 수 있는 악취미적인 유머일 것이라고.

뒤에서 인기척이 나 돌아섰더니, 엄마가 있었다.

하지만 하나뿐인 내 엄마가 아니었다.

로웨나처럼 엄마도 달라 보였다. 청바지와 티셔츠를 입고 있었는데, 나는 엄마의 그런 모습을 이전에 한 번도 본 적이 없다. 머리 모양은 평상시와 같았지만 안경은 달랐다. 앞에 말했던 것처럼, 아주 작은 미묘한 점이 달랐다.

그러나 수의(인조 팔)는 빼고. 그것은 작은 차이가 아니었다.

수의는 플라스틱과 금속으로 만들어졌고, 티셔츠 바로 밑으로부터 시작됐다. 그렇게 수의를 쳐다보고 있을 때 엄마는 내가 있는 것을 알아챘다. 로웨나가 그랬던 것처럼 나를 눈치채지 못하고 있던 엄마는 소스라치게 놀랐다.

"너 누구니? 여기서 뭐하는 거야?"

이제는 웃어야 할지 비명을 질러야 할지 알 수가 없었다.

"엄마."

나는 필사적으로 말했다.

"나 몰라요? 나 조이예요!"

"조이?"

그녀가 말했다.

"나는 네 엄마가 아냐, 애야. 나는 조이가 누구인지 몰라."

아무 대꾸도 할 수가 없었다. 그저 그녀를 바라보았다. 뭐라고 말해야 할지, 어떻게 해야 할지 아무 생각도 떠오르지 않았다. 그때 내 뒤에서 다른 목소리가 들렸다. 소녀의 목소리였다.

"엄마? 무슨 일이에요?"

나는 그 목소리를 향해 돌아섰다. 지금 이 상황이 꿈이 아니라면 정신이 어떻게 된 것 같다고 생각하면서. 목소리는 계단 꼭대기에서 들려왔다.

사진 속의 소녀였다.

제니가 아니었다. 이 소녀의 머리는 적갈색이었고, 주근깨가 있었고, 마치 자기 머릿속에서 온통 시간을 보내는 듯 멍해 보이는 인상이었다. 내 또래로 보였으니 당연히 내 동생이 될 수 없었다. 나는 스스로 이미 알아챘음을 속으로 인정했는데, 소녀는 마치 내가 여자였으면 그렇게 생겼을 모습이었다.

우리는 서로를 바라보며 충격에 빠졌다. 혼미한 속에서 그녀의 엄마가 말하는 게 먼 거리에서처럼 들려왔다.

"방으로 들어가라, 조세핀. 빨리."

조세핀? 내가 무언가 이해한 것은 그때였다. 어떻게 그리된 것인지 이해할 수는 없었지만 그 생각이 뇌리를 스쳤으며, 나는 그것이 사실이라는 것을 알았다.

나는 더 이상 존재하지 않는다. 어찌 된 것인지 나는 내 삶으로부터 편집당했다. 명백히 내가 여전히 존재함에도 불구하고 내 삶은 사라졌다. 내가 이곳에 있을 권리가 있다고 느끼는 사람은 확실히 나뿐이었다. 어찌 된 일인지 하커 부부의 큰 애가 소년이 아니라 소녀로 바뀐 것이 현실이었다. 조셉이 아니라 조세핀이었다.

하커 부인(엄마를 이렇게 생각하는 건 낯설었다)은 나를 꼼꼼히 살폈다. 경계심이 가득했지만, 동시에 호기심이 동하는 듯 보였다. 그래, 그녀는 분명 내 얼굴에서 가족과 닮은 모습을 본 것이다.

"내가 너를 아니?"

그녀는 눈살을 찌푸리며 나를 기억해내려고 애썼다. 몇 분이 지나면 그녀는 내가 왜 그렇게 닮아 보이는지 알아챌 것이다. 내가 그녀를 "엄마"라고 부른 것을 기억할 것이고, 나처럼 그녀의 세계도 무너져 내릴 것이다.

그녀는 내 엄마가 아니었다. 그녀가 내 엄마이기를 내가 얼마나 바라건, 또 그녀가 내 엄마인 것이 내게 얼마나 필요하건, 그날 머시 백화점에서의 푸른 코트 여인처럼 내게는 더 이상 엄마가 아닌 것이다.

나는 집을 뛰쳐나갔다.

지금 생각하면 그때 그랬던 것이 내가 감당할 수 없어서였던 것인지, 아니면 내가 알아챈 것과 같은 사실로 그녀도 괴롭지 않기를 바랐던 것인지 모르겠다. 우리가 아는 현실이란 망치에 맞은 거울처럼 쪼개질 수 있다. 그것은 누구에게라도 생길 수 있는 일이다. 왜냐하면 이미 그녀에게, 그리고 나에게 그런 일이 일어났기 때문이다.

나는 그녀를 지나쳐 집 밖으로, 거리 아래로 달려나갔고, 계속 뛰었다. 어쩌면 나는 아주 빨리 멀리 달려, 이 미친 일이 일어나기 전의 시간으로 되돌아갈 수 있기를 기대했는지 모른다.

그 때 갑자기 앞에서 공기가 진동하기 시작했다. 열파동처럼 흔들리면서 온통 은빛이 되더니, 양 옆으로 찢기며 가운데로 길이 열렸다. 그것은 현실의 세계가 스스로 갈라지는 것 같았다. 나는 어렴풋이 그 안으로 온통 떠다니는 기하학적 형상과 요동치는 여러 색깔들이 기묘하게 번쩍이는 것을 보았다.

그리고 열린 길을 통해 무언가 걸어나왔다.

어쩌면 사람 같기도 했는데, 알 수가 없었다. 그것은 방수 외투를 입고 모자를 쓰고 있었다. 나를 향해 고개를 드는 그 얼굴을 모자챙 아래로 볼 수 있었다.

그것은 내 얼굴이었다.

3 추적자들

그 낯선 사람은 얼굴을 온통 덮는 일종의 가면을 쓰고 있었다. 가면 거죽은 마치 수은처럼 주변을 반사하고 있었다. 빈 얼굴 속에서, 그 은빛 표면에 반사되는 뒤틀린 내 얼굴을 바라보는 것은 정말 기묘한 느낌이었다.

가면에 비친 내 얼굴은 얼빠지고 우둔해 보였다. 땀으로 얼룩진 얼굴, 걸레처럼 축 늘어진 적갈색의 머리카락, 크게 뜬 갈색 눈. 그리고 비틀린 입은 놀람과, 솔직히 말해 공포로 얼룩진 그로테스크한 모습이었다.

처음 나는 그 낯선 물체가 수은 같은 유동 금속으로 만들어진 로봇이 아닐까 생각했다. 그러고는 다시 외계 생물체라고 생각했다. 그리고 그 다음에는 훌륭한 솜씨로 만들어진 가면을 쓴, 내가 아는 사람이 아닌지 의심하기 시작했다. 왜냐하면 그가 말을 했을 때 아는 목소리처럼 들렸기 때문인데, 의심은 점점 확신으로 변했다. 가면을 뒤집어써 알아볼 수는 없었지만, 확실하다고 생각했다.

"조이?"

나는 "예?"라고 대답하려 했으나 목구멍에서는 알아들을 수 없는 신음소리만이 가까스로 흘러나왔다.

그는 나를 향해 발걸음을 떼었다.

"그래, 이 모든 일은 너에게 조금 갑작스러울 거라고 생각한다. 하지만 나를 믿어야 해."

조금 갑작스러울 거라고? 나는 그에게 말하고 싶었다. 정말 절제된 표현이군, 친구. 내 집은 내 집이 아니다. 내 가족은 내 가족이 아니다. 내 여자 친구는 내 여자 친구가 아니다. 물론 로웨나하고는 시작하지도 못했지만, 지금은 그렇게 세세하게 따질 때가 아니다. 요점은 내 삶을 지탱하던 안정적인 기반이 모두 사라져 버렸다는 것이다. 그리고 나는 그것들을 영원히 잃어버릴지도 몰랐다.

할로윈 가면을 뒤집어쓴 그 기묘한 사람은 내 어깨에 손을 얹고 바짝 다가왔다. 나는 아는 사람이라고 할지라도 개의치 않고, 무릎으로 강하게 올려쳤다. 디마스 선생님은 우리(소년이건 소녀건)에게 성인 남자로부터 육체적 위협을 받고 있다고 생각되면 이렇게 하라고 가르쳤다("고환을 겨냥하지 마라." 디마스 선생님은 마치 날씨에 관해 가르치듯 자연스레 말했다. "마치 고환을 겨누는 듯이 하다가 배 한가운데를 쳐라. 그리고 맞은 사람이 어떤 상태인지 뒤돌아서 확인하지 말고 즉시 도망가라.")

내 무릎뼈는 거의 박살났다. 그는 코트 밑에 일종의 갑옷을 입고 있었던 것이다.

나는 고통에 비명을 지르며 오른쪽 무릎을 꽉 부여잡았다. 아픈 것보다 더 기분이 좋지 않았던 것은 누군지 모를 저 불쾌한 존재가 번쩍이는 가면 뒤에서 웃고 있을 거라는 거였다.

"괜찮아?"

그는 친근한 척 물었다. 그렇지만 걱정하기보다는 재미있어 하는 목소리였다.

"당신은 내게 어떤 일이 일어나고 있는지 몰라요. 나는 가족을 다 잃어버렸는데, 지금 내 무릎까지 부러뜨리려는 건가요?"

도망치고 싶었으나 그러기 위해서는 다리가 말을 들어주어야 했다. 숨을 깊이 들이쉬고, 아픈 발을 추슬렀다.

"그건 다 네 바보 같은 실수 때문이야. 나는 네가 워킹(Walking: 이 책에서 차원이나 공간 이동을 뜻하는 말, 조이는 걸어간다는 말로 이해했다-역주)을 시작하기 전에 너랑 이야기하고 싶어. 왜냐하면 나는 너처럼 빠르지 못한데, 너는 한 지역에서 불안을 느낄 때면 즉시 공간(plane: 보통은 비행기)에서 공간으로 건너뛰기 시작하니까."

그가 무슨 말을 하는지 알 수가 없었다. 나는 가족들과 함께 이스터에 사는 아가사 고모를 보러 갔던 이후 비행기를 탄 적이 없다(조이는 그의 말을 '비행기에서 비행기로 갈아탄다'는 말로 알아들었다-역주). 나는 아픈 다리를 문질렀다.

"당신은 누구세요?"
 나는 계속 물었다.
"가면을 벗어요."
그는 벗지 않았다.
"제이(Jay)라고 부르면 돼."
그가 말했다. 아니면 그저 알파벳 J를 말한 걸 수도 있었다. 그는 마치 내가 그 손을 잡아야만 한다는 듯이 다시 팔을 내밀었다.

나는 잡아야 할지 말아야 할지 어찌할 바를 몰랐다. 결정할 수가 없었다. 그때 갑작스런 녹색 불빛이 섬광처럼 눈앞을 가리며 잠시 아무것도 보이지 않았다. 그리고 쾅 커다란 굉음소리가 이어지며 역시 잠시 동안 아무 소리도 들을 수 없었다.

"도망쳐!"
제이가 외쳤다.
"아니, 그쪽이 아니야! 네가 왔던 방향으로 가! 내가 그들을 막을게."

나는 피하지 않았다. 그저 앞을 바라보며 그 자리에 서 있었다.

은빛으로 번쩍이는 세 개의 원반이 3미터쯤 떨어진 공중에서 맴돌고 있었다. 각 원반 위에는 위아래가 붙은 회색빛 옷을 입은 남자들이 보드를 타듯 균형을 잡고 있었다. 그들은 모두 어부처럼, 무거워 보이는 그물을 손에 들고 있었다.

보고 있자니 문득 로마시대의 검투사가 쓰는 그물 같다는 생각이 들었다.

"조셉 하커."

원반 위의 검투사 중 하나가 거의 감정이 없는 목소리로 말했다.

"저항해 봐야 소용없다. 그 자리에 서."

그리고 자신의 말을 강조하듯 손에 들고 있는 그물을 흔들었다. 그물코가 서로 부딪치며 딱딱 소리를 냈고 푸른 불꽃을 튕겼다. 나는 그물을 보면서 두 가지 사실을 깨달았다. 하나는 그 그물이 나를 잡기 위한 것이며, 다른 하나는 나를 잡기 위해 그들이 나를 공격하리라는 것이었다.

제이가 나를 떼밀었다.

"어서 피해!"

이번에는 그 말에 따랐다. 나는 돌아서서 뛰기 시작했다.

원반 위의 남자들 중 하나가 고통의 신음소리를 냈다. 나는 곧바로 돌아봤다. 그는 땅바닥에 쓰러져 있었고, 원반 홀로 그 위 허공에서 맴돌고 있었다. 자신의 말대로 제이가 그를 막은 것인가? 나머지 둘은 바로 내 위에서 뒤를 바짝 쫓아오고 있었다. 위를 쳐다볼 여유는 없었다. 그림자를 보고 그들이 따라오는 것을 알 수 있었다.

나는 내 자신이 자연 다큐멘터리에서 진정제를 맞고 포획당하는 야생동물처럼 느껴졌다. 알다시피 그 동물들은 오로지 앞쪽으로만 곧장 뛰어 달아나다가 십중팔구 잡혀 버리고 만다. 나는 그렇게 하지 않았다. 그물이 막 내가 있는 곳으로 던져질 때 나는 교묘하게 왼쪽으로 피했다. 그물이 오른손을 스치며 땅바닥에 떨어졌다. 내 손에는 감각이 사라졌고, 손가락이 느껴지지 않았다.

나는 워킹했다.

그렇게 하고 나서조차 내가 어떻게 그렇게 했는지 알 수가 없었다. 나는 순식간에 좀더 짙은 안개와 반짝이는 불빛, 그리고 한층 강한 바람소리를 통과했다. 그리고 거리에 나 혼자 서 있었다. 공중에 따라오던 검투사들은 사라졌다. 그리고 거울 얼굴을 한 수수께끼의 제이도 보이지 않았다. 조용한 시월 오후였고, 인도에는 젖은 낙엽이 뒹굴었고, 나른한 우리 동네 그린빌에는 아무 일도 일어나지 않았다. 하지만 가슴은 너무 쾅쾅 뛰어 심장이 터질 것만 같았다.

나는 숨을 고르며, 감각이 없는 오른손을 왼손으로 문지르며, 무슨 일이 일어났는지 이해하려 애쓰며, 메이플 거리를 따라 걸었다.

우리 집은 더 이상 우리 집이 아니다. 거기 사는 사람들은 내 가족이 아니다. 날아다니는 맨홀 뚜껑 같은 것을 탄 나쁜 놈들이 내 뒤를 쫓았다. 그리고 거울처럼 투명한 가면을 뒤집어쓴 사람이 있었다.

뭘 해야 하지? 경찰서로 가야 하나? *당연히 안 되지,* 나는 스스로에게 말했다. 경찰들은 근무 중에 내가 겪은 일 같은 이야기를 하는 사람들을 더러 만나겠지. 그러면 두말 없이 그 사람을 정신병원으로 보낼 것이고.

　내가 이 이야기를 할 수 있는 사람은 단 한 사람뿐이었다.
길을 꺾었다. 정면으로 그린빌 고등학교가 보였다.

　나는 디마스 선생님과 이야기를 나누기 위해 그리로 갔다.

4 어둠의 눈

그린빌 고등학교는 약 50년 전에 지어졌다. 내가 어렸을 때 시 당국은 석면을 제거하기 위해 학교를 몇 달 동안 폐쇄했었다. 지금 학교 뒷마당에는 두 대의 트레일러가 임시로 놓여 있는데 하나는 공작실로, 하나는 과학실험실로 사용되었다. 신축 건물이 세워질 때까지는 계속 그렇게 놓여 있을 것이다.

트레일러는 아주 낡았다. 습기가 찼으며, 피자 냄새와 땀이 밴 운동용품 냄새가 났다. 만약 내가 우리 학교를 사랑하지 않는다면, 그것은 아마도 그 트레일러 때문일 것이다. 그러나 지금은 그 트레일러들이 여전히 거기에 있다는 사실이 아주 위안이 되었다.

계단을 올라가며 눈을 들어 하늘을 바라보았다. 날아다니는 원반을 탄 검투사들이 보이지 않을까 두려웠던 것이다. 다행히 아무것도 없었다.

정문을 지나 학교 안으로 걸어 들어갔는데 나를 알아보는 사람은 아무도 없었다.

5교시가 절반쯤 진행된 시간이었다. 교사 입구에는 사람들이 많지 않았다. 나는 디마스 선생님의 교실을 향해 거의 뛰다시피 걸었다. 디마스 선생님은 결코 내가 좋아하는 선생님은 아니다. 선생님이 시도하는 이상한 수업 방식은 아주 힘들었다. 그러나 선생님은 위기 상황에서도 항상 침착성을 잃지 않는 대표적인 사람으로서 나에게 강한 인상을 심어 놓았다.

만약 지금이 위기 상황이 아니라면 과연 언제를 위기 상황이라고 할 것인가. 그리고 나에게 닥친 이 위기 상황은 어떤 면에서는 선생님의 책임이기도 했다. 그렇지 않은가?

복도에 접어들어서는 발뒤꿈치를 들고서 선생님의 교실 앞까지 종종걸음으로 뛰어갔다. 문의 창유리를 통해 교실을 들여다봤다. 선생님은 자리에 앉아 쌓아 놓은 숙제 더미에 묻혀 있었다. 나는 문을 두드렸다.

"들어와요!"

선생님은 고개를 들지 않고 채점을 계속했다. 문을 열고 선생님의 자리를 향해 갔다. 선생님은 숙제에 시선을 고정시키고 있었다.

"디마스 선생님?"

나는 목소리가 떨리지 않도록 노력했다.

"시간 좀 내 주시겠어요?"

선생님은 고개를 들어 내 눈을 바라보았다. 그러고는 펜을 떨어뜨리고서, 펜을 놓친 모습 그대로 굳어 버렸다. 나는 허리를 숙여 펜을 집어 다시 선생님의 책상에 올려놓았다.

나는 말했다.

"뭐가 잘못됐나요?"

선생님의 얼굴은 창백해 보였고(그것을 깨닫는 데 약간 시간이 걸렸다) 사실 놀라고 있었다. 선생님은 머리를 떨어뜨렸다. 그리고 아빠가 항상 "혼란 털어내기"라고 부르는 식으로 머리를 부르르 흔들고는, 나를 다시 바라보았다. 선생님이 오른손을 내밀었다. 그리고 말했다.

"내 손을 잡아 봐라."

"예? 디마스 선생님……?"

갑자기 선생님 역시 이 모든 기묘한 상황의 일부가 아닌가 하는 공포가 나를 사로잡았다. 그런 생각이 들자 거의 서 있기도 힘들 지경으로 무서웠다. 지금 나에게는 이 상황을 도와줄 수 있는 어른이 필요했고, 디마스 선생님은 그 마지막 보루였던 것이다.

선생님은 손을 내밀었는데, 손가락이 떨리고 있었다.

"마치 유령을 보고 계신 것처럼 보여요."

내가 선생님께 말했다. 선생님이 날카롭게 나를 쳐다봤다.

"썰렁해, 조이. 만약 네가 정말 조이라면 말이다. 내 손을 잡아 봐라."

나는 선생님의 손 안에 내 손을 넣었다. 선생님은 약간 아플 정도로 내 손을 꽉 쥐었는데, 살과 뼈를 느껴려는 듯했다.

그리고 손을 놓아 주고 나를 쳐다보았다.

"너 진짜구나."

선생님은 말했다.

"환각이 아니야. 이게 무슨 일이지? 네가 조이 하커란 말이냐? 정말 하커처럼 보이는구나."

"물론 저는 조이 하커입니다."

나는 말했다. 그때 나는 어린아이처럼 엉엉 울고 싶었다. 상황이 아무리 미쳐 돌아가도, 디마스 선생님만은 그러면 안 됐다. 선생님은 항상 제정신이었다. 아니, 제정신인 편이라고 하는 것이 맞겠다. 행클 시장이 그린빌 신보의 칼럼에서 선생님을 "6월의 제설차처럼 미친"이라고 기술한 것이 무슨 뜻인지 나는 아주 잘 아니까. 그럼에도 불구하고 나에게 무슨 일이 벌어지고 있는지 말할 사람이 있어야 했고, 디마스 선생님 말고는 내 이야기를 들어줄 마땅한 사람을 찾을 수가 없었다.

"들어 보세요."

나는 조심스럽게 말했다.

"오늘은 정말…… 괴이했어요. 내 생각에 그 일에 답을 줄 수 있는 사람은 선생님뿐이에요."

선생님은 여전히 우웃병처럼 창백해 보였으나 고개를 끄덕였다. 그때 누군가 문을 두드렸고 선생님이 말했다.

"들어와요!"

마치 구원받은 듯한 목소리였다.

테드 러셀이었다. 테드는 내가 서 있는 것을 거들떠보지도 않고 제 이야기를 시작했다.

"디마스 선생님."

테드가 말했다.

"문제가 있어요. 만약 사회탐구 과목에서 F를 받게 되면 우리 아빠가 차를 사 주지 않을 거예요. 그런데 내 생각에는 선생님이 저한테 F를 주실 것 같아서요."

확실히 오락가락하는 세계에서도 어떤 것은 변하지 않는 모양이다. 테드는 여전했다. 디마스 선생님은 들어온 사람이 테드임을 보고 다소 실망한 것 같았다. 선생님은 성가셔 하는 말투로 대답했다.

"그런데 그게 나하고 무슨 상관이지, 테드?"

그런 대꾸야말로 내가 기억하는 디마스 선생님의 모습이었다. 나는 안도감을 느꼈고, 한 번 더 생각할 겨를 없이 불쑥 말해 버렸다.

"선생님이 옳아, 테드. 어쨌든 차도로 나가지 않는 게 모두를 위해 좋을 걸? 네가 차를 몰고 나가면 최소한 5중 충돌일 테니까."

테드가 내가 있는 쪽으로 돌아섰다. 나는 디마스 선생님 앞에서 테드가 주먹을 날리지 않기를 바랐다. 테드 러셀은 자기보다 작은 사람들에게 주먹을 날리기를 좋아했다. 그리고 학생들 대부분은 테드보다 작았다. 바람도 헛되이 테드는 주먹을 치켜들고 나를 바라보았다.

그렇게 주먹을 든 채로 테드는 굳어 버렸다. 그리고 확실히 이렇게 말했다.

"맙소사, 하느님 제게 벌을 내리시는 건가요?"

그리고 울기 시작하더니 교실 밖으로 뛰어나갔다. *저건 걸음아 날 살려라 하는 건데?* 나는 속으로 생각했다.

나는 의아해 하며 디마스 선생님을 바라보았다. 선생님도 나를 쳐다보며, 근처에 놓인 의자 다리에 선생님의 발을 걸어 나를 향해 끌어당겼다.

"앉아라."

선생님이 내게 말했다.

"고개를 숙이고 숨을 천천히 들이쉬어 봐."

나는 그렇게 했다. 그렇게 하니 편했다. 왜냐하면 세상에서, 그리고 선생님의 교실 안에서 예기치 못한 혼란에 빠져 정신이 빙빙 돌고 있었기 때문이다. 몇 분이 지나 조금 안정이 되자 고개를 들었다. 디마스 선생님이 나를 바라보았다. 그리고 교실 밖으로 나가더니 잠시 후 종이컵을 들고 돌아왔다.

"자, 마시렴."

나는 그 물을 받아 마셨다. 도움이 됐다. 약간.

"내 생각에 나는 오늘 아주 이상한 하루를 보냈어요. 이건 정말 이상하다는 정도가 아니에요. 뭐가 어떻게 돌아가는 건지 선생님이 제게 조금이라도 설명해 주실 수 있으면 좋겠어요."

선생님은 고개를 끄덕였다.

"약간은 설명해 줄 수 있을 것 같구나, 확실히. 최소한 테드가 왜 뛰어나갔는지는 설명할 수 있다. 그리고 내가 놀란 것도. 너도 알다시피, 조이 하커는 작년에 그랜드 강 폭포 아래로 떨어져서 물에 빠져 죽었다."

나는 정신을 놓지 않으려고 양 손을 꽉 쥐었다.

"나는 물에 빠지지 않았어요."

나는 선생님께 말했다.

"폭포에 가기 며칠 전 덤벙대다가 다리를 다쳐서 4바늘을 꿰맸어요. 그때 아빠가 잊지 못할 교훈이 될 거라고 제게 말하면서, 물이 내리 쏟아지는 폭포 위쪽으로 올라가는 일은 결코 해서는 안 될 어리석은 짓이라고 말했어요. 그래서 나는 아빠에게 테드가 겁쟁이라고 놀리더라도 결코 그렇게 하지 않겠다고 말했고요……."

"너는 물에 빠졌어."

디마스 선생님이 단호하게 말했다.

"내가 너를 강물 밖으로 끌어냈다. 그리고 추도 연설을 했어."

"아……."

선생님과 나는 잠시 침묵을 지켰다. 침묵이 너무 길어지기 전에 나는 무슨 말이라도 해야 했다. 그래서 말했다.

"추도 연설에서 뭐라고 말씀하셨어요?"

독자들이 나였다 해도 이 질문 외에 다른 생각은 떠오르지 않았을 것이다.

"좋은 점만."

선생님이 말했다.

"마음이 따뜻하다고 했지. 그리고 한 학기 내내 얼마나 길을 헤맸는지. 네가 과학실험실에 무사히 도착하도록 안내 조를 편성해 길을 잃지 않도록 인도해야 했다고 말했지."

나는 얼굴이 붉어졌다.

"잘하셨네요."

나는 온 힘을 끌어모아 대꾸했다.

"그게 바로 제가 친구들에게 기억되고 싶은 점이었어요."

"조이."

선생님이 내 농담을 무시하며 부드럽게 말했다.

"너 지금 어떻게 여기 서 있는 거냐?"

"말했다시피, 이상한 날이었다니까요."

그리고 나는 선생님께 모든 일을 설명하기 시작했다. 선생님은 내 이야기를 들으면서 약간은 이해하는 것 같았다. 그러나 이야기를 계속할 수가 없었다. 갑자기 교실이 어두워지기 시작한 것이다. 먹구름이 해를 가린 그런 어둠이 아니었다. 강력한 폭풍우가 몰아오는 그런 어둠도 아니었다. 장담컨대, 개기 일식의 어둠도 이렇지는 못할 것이다. 교실 안에 닥친 어둠은 손으로 만질 수 있을 것 같이 실체적으로 느껴지는 싸늘한 어둠이었다.

그리고 그 어둠 속에서 두 눈이 나를 빤히 쳐다보았다.

어둠은 어떤 형상을 하고 있었다. 그것은 여인의 모습이었
다. 머리카락은 길었고 검은색이었다. 입술은 내가 어렸을
때 유행했던 여배우들의 그린 입술처럼 큼직했다. 여자는 작
고 마른 편이었다. 두 눈은 초록색이었는데, 분명 색깔 있는
콘택트 렌즈를 끼고 있는 것은 아니었다.

고양이의 눈 같았다. 고양이 눈처럼 생겼다는 말이 아니
라, 고양이가 새를 노려보듯 나를 바라보았다는 말이다.

"조셉 하커."

어둠이 말했다.

"예."

나는 대답했다. 이름을 부른 후 또박또박 내 이름의 철자
를 허공에 그렸기 때문에, 바로 대답한 것은 아마 현명한 일
이 아니었을지도 모른다.

허공에 그렸다고밖에 설명할 수가 없다. 그녀는 허공중에
손가락을 움직여 형상을 남겼는데, 그 모양은 중국 한자 같
기도 했고 이집트 상형문자 같기도 했다. 형상은 손가락의
움직임이 끝날 때까지 공중에 떠 있었다. 그리고 여자는 동
시에 무엇인가를 말했는데, 중얼거린 단어가 방안을 진동하
며 떠다녔다. 그리고 그 단어와 그녀의 동작이 내 머릿속에
확고하게 자리잡았다. 그리고 나는 평생 동안 그녀가 어디를
가건, 그녀를 따라가야 함을 알았다. 그녀를 따르지 않으면
즉시 죽을 것이다.

교실 문이 열렸다. 두 사람이 들어왔다. 한 사람은 일본 씨

름(스모) 선수들이 입는 팬츠(훈도시)를 걸쳤는데, 온몸이 얼룩덜룩 여러 색깔의 문신투성이여서 마치 누더기를 입고 있는 것처럼 보였다. 그는 대머리였다. 머리카락이 하나도 없었다. 대머리에 팬츠만 걸친 모습만으로도 이미 악몽이었는데, 온몸에 새겨진 문신은 그 모습을 더욱 끔찍하게 만들었다. 그런데 기껏해야 몇십 센티미터밖에 떨어져 있지 않았지만, 그 문신들이 무엇을 그린 것인지 알아볼 수가 없었다.

다른 한 사람은 티셔츠에 청바지를 입고 있었다. 티셔츠는 너무 작았다. 그래서 꼴사납게도, 배가 불룩 노출되어 있었다. 그리고 그의 배는…… 그렇다, 그의 배는 해파리처럼 속이 비쳐 보였다. 나는 피부를 통해 그 안의 뼈와 힘줄 등을 볼 수 있었다. 얼굴을 쳐다보았다. 마찬가지였다. 그의 피부는 속이 비치는 기름 막 같았다. 뼈, 근육, 힘줄 등이 피부 밑에서 움직이며 운동하고 있었다.

여인은 기다렸다는 듯이 둘을 바라보았다. 그리고 나를 가리켰다.

"잡았다."

그녀가 말했다.

"정령으로부터 신찬을 취하듯이 쉽게. 하커는 이제 어디든 우리를 따를 것이다."

곁에 서 있던 디마스 선생님이 말했다.

"이봐요, 젊은 여인네, 당신들은 조이를 데려갈 수 없……."

　말하고 있는 선생님을 향해 여인이 다시 주문 동작을 취했고, 선생님은 굳어 버렸다. 움직이려고 시도하는 것처럼 선생님의 근육은 떨었다. 그러나 그렇게 온 몸의 세포가 떨고 있었지만, 여전히 움직이지 못했다.

　"어디서 배를 타지?"

　그녀가 물었다. 그녀의 말투는 마치 밸리 걸(주로 1980년대에 많이 생겨났던, 독특한 유행어와 말씨를 따라한 미국의 10대 소녀들) 같았다. 남은 평생 그녀의 그 말투를 들으며 지낼 생각을 하니 앞이 아득했다.

　"바깥입니다. 속이 빈 참나무가 서 있는 곳에서요."

　진흙탕이 끓는 듯한 소리로 해파리 투명인간이 대답했다.

　"거기서 우리를 실어갈 겁니다."

　"좋아."

　그녀가 해파리 인간에게 말하며 나를 바라보았다.

　"따라와."

　그녀의 음성은 별로 좋아하지 않는 개한테 명령하는 소리처럼 들렸다. 그녀는 돌아서서 걷기 시작했다.

　맹목적으로, 순종하며 나는 그녀의 뒤를 따랐다. 떼어놓는 걸음마다 자신을 증오하며.

제이의 임무일지 *1*

나는 그날밤 늦게 기지로 돌아왔다. 내가 거주하는 돔(둥
근 지붕의 건물) 안의 대원들은 잠들어 있었다. 자이만 빼고.
그는 가부좌를 틀고 공중부양을 한 채 명상중이었다. 그러니
내버려 두는 편이 나았다. 조용히 옆을 지나쳐, 옷을 벗고 이
십 분 간 샤워를 했다. 머리카락에 묻은 흙과 마른 피를 닦아
냈다. 그러고 나서 전투복과 허리띠를 어떻게 잃어버렸는지
해명하는 임무 수행 중 피해와 손실에 관한 보고서를 썼다.
그리고 죽은 사람처럼 깰 때까지 잠들었다.

그것은 전통이었다. 임무로부터 돌아온 사람이 잠들어 있
을 때는 깨우면 안 된다. 하루 동안 임무를 수행하면 그 다음
하루는 자신을 위한 날이다. 이것은 신성불가침에 가깝다.
그러나 올드맨이 호출하면 신성불가침적인 이 관례도 필요
없었다. 잠에서 깨었을 때 내 잠자리 옆에는 올드맨이 사용
하는 오렌지색 종이의 메모가 남겨져 있었다. 내가 편한 시
간에 사무실로 보고하러 오라는 것이다. 이것은 즉시 오라고

말하는 올드맨의 방식이었다.

나는 복장을 갖추고 사령관실로 향했다. 기지에는 500명의 내가 있다. 올드맨은 우리가 죽기를 원치 않지만, 우리들 모두는 올드맨을 위해 죽을 각오가 되어 있다. 그는 우리를 필요로 한다. 우리는 그를 필요로 한다.

사무실로 들어서며 나는 그의 기분이 몹시 좋지 않다는 것을 알아챘다. 내가 들어오는 것을 보자마자 올드맨의 비서가 빨리 그의 방으로 들어가라고 손짓했던 것이다. 인사도 없었고, 커피를 마시겠냐는 말도 없었다.

"기다리고 계세요. 안으로 들어가세요."

단지 그 말뿐이었다.

올드맨의 방은 대부분의 공간을 책상이 차지하고 있다. 그리고 책상 위는 서류 뭉치와 접어서 고무 밴드로 묶어 놓은 문건들로 덮여 있다. 올드맨이 그 서류들로부터 무엇을 찾고 있는지는 하느님만이 알 것이다.

올드맨이 앉아 있는 뒤쪽 벽에는 거대한 그림이 걸려 있다. 그 그림은 회오리바람처럼 보이기도 하고, 아래로 물이 빠져나가 말라버린 소용돌이 모양처럼 보이기도 한다. 그것은 알티버스를 형상화한 것이다. 우리는 그것을 방어하고 지킬 것을 맹세했으며, 필요하다면 목숨도 바칠 것이다.

올드맨은 그 멋진 눈으로 나를 쳐다보며 말했다.

"앉게, 제이."

올드맨은 50대로 보이지만, 그보다는 훨씬 나이가 들었을 것이다. 그는 과거 많은 부상을 당했다. 눈 한쪽은 금속과 유리, 이원적인 재료로 만들어진 의안이었다. 그 눈동자 안에서는 초록색과 보라색과 파란색의 불빛이 깜박거렸다. 올드맨이 그 눈을 통해 바라볼 때는 사람들의 양심까지 들여다보는 것 같았고, 한 번 쳐다볼 때마다 5년은 더 늙는 기분이 들게 했다. 다른 쪽의 진짜 눈도 매섭기는 매한가지였는데, 그 진짜 눈동자는 나와 마찬가지로 갈색이다.

"늦었군."

그가 으르렁거리는 목소리로 말했다.

"네, 사령관님."

나는 말했다.

"메시지를 받자마자 가능한 한 빨리 왔습니다."

"우리에게 새로운 워커(워킹을 할 수 있는 사람)가 나타났다."

올드맨은 말하며 책상에서 서류뭉치 하나를 집어 들어 훑어보다가, 그중 푸른색 서류를 뽑아서 내게 건넸다.

"상부에서는 그가 매우 뛰어난 능력자라고 생각한다."

"어떤 능력입니까?"

"확실히는 몰라. 그러나 우리에게는 매우 중요한 카드이다. 경계를 시작하고, 그가 가는 곳마다 따라붙도록."

나는 대충 서류를 읽어 봤다. 기본적으로 인간이 살기 적당한 환경의 행성들(알티버스에 속하는 세계들로서 방어선의 취약한 고리이다)은 별다르게 설계된 것은 없다. 그 등위의 존재(올드맨이 말하는 워커로서 다른 차원의 지구에 사는 제이, 곧 조이 하커-역주) 또한 매우 단순한 사람이었다. 이것은 아주 쉬운 임무가 될 것처럼 보였다.

"이리로 데려올까요?"

올드맨은 고개를 끄덕였다.

"그래. 가능한 빨리. 적들 역시 그가 거기 있다는 것을 알아채자마자 체포 조를 보낼 것이다."

"나는 오늘 스타라이트 작전 임무를 수행할 예정이었습니다."

"그건 졸리엣과 조이가 대신 할 거네. 더 필요한 지시 사항이 생기면 내가 자네에게 연락하도록 하지. 이 임무가 우선이야. 이틀 안에 완수해야 하네."

이틀 안에 해내는 게 가능할지 불안했지만, 그것은 명령이었다.

"알겠습니다. 데려오도록 하겠습니다."

"가 보도록."

올드맨이 말했다. 나는 일어서며, 빨리 병기창으로 가서 보급품을 받고 인비트원으로 들어가려고 계획했다. 그렇지만 문에 닿기도 전에 올드맨이 다시 말했다. 아직 으르렁거리고 있었지만, 그 목소리는 친근함을 담고 있었다.

"기억해, 제이. 나는 네가 무사히 돌아오는 것을 원해. 어쨌건 워커를 한 명 더 데려오지 못한다고 해서 알티버스가 붕괴되는 것은 아니니까. 물론 전선을 누비는 장교 한 명이 줄어든다고 해도 마찬가지이긴 하지만. 위험으로부터 잘 벗어나도록. 돌아와서 모레 0700시에 다시 명령을 받도록 하게."

"네, 사령관님."

나는 대답하고 나서 문을 닫고 나왔다. 올드맨의 비서가 임무에 필요한 병기를 지급받을 수 있도록 병기 지급 요청서를 건네주었다. 그리고 미소지었다. 그녀의 이름은 조세타였다.

"나를 위해서라도 임무를 잘 수행해 줘, 제이."

그녀가 말했다.

"무사히 돌아와. 우리는 가능한 모든 차원에서의 군사적 자원이 필요해."

병참장교는 중력이 강력하게 작용하는 차원의 지구 출신이다. 거기서는 내 몸무게가 250킬로그램이나 나가는 것처럼 느껴진다. 그리고 실제 그렇기도 하다. 병참장교는 나무통처럼 생겼는데, 나보다 한 자는 더 컸다. 그를 바라보는 것은 축제 때 내 모습을 요술거울에 비춰 보는 것처럼 재미있다. 요술거울 속에 왜곡되어 비친 과장된 내 모습이 바로 그의 모습이었다.

나는 전투복을 요구하고, 그를 바라보았다. 그는 전혀 무게가 나가지 않는다는 듯이 내게 옷을 건네주었지만, 받아보니 거의 앞으로 고꾸라질 정도로 무거웠다. 전투복은 거의 35킬로그램은 나가는 것 같았다. 아마 내가 전투복과 벨트를 잃어버려 화가 난 모양이라고 생각이 들었다.

　나는 전투복을 지급받았다는 서류에 사인했다. 그리고 티셔츠 등 입고 있던 옷을 벗고 전투복을 입은 후, 온 몸을 움직이며 그것이 머리부터 발끝까지 싸고 있는 감각을 느껴 봤다. 나는 이 새로운 친구가 마음에 들었다. 그 위에 묵주를 걸치고 나는 새로운 워커를 찾기 위한 워킹을 시작했다

　인비트윈은 추웠다. 그리고 입 안에 바닐라 맛과 굴뚝 연기 맛이 느껴졌다. 새로운 워커를 찾는 것까지는 순조로웠다. 그러나 일은 잘못되고 말았다.

5 탈출

나는 마녀 뒤를 따라 걷고 있었다. 내 뒤에는 해파리 인간과 문신 인간이 뒤따랐다.

내 머릿속에는 두 사람이 살고 있었다. 하나는 나였다. 그 거대한 나는 중요한 모든 일을 결정했는데, 마녀 여인을 따르고 있었다. 다른 하나는 역시 나였는데, 그러나 아주 작은 나였다. 그는 소리 없이 비명을 질렀다. 그는 마녀와 문신 인간과 해파리 인간이 두려웠다. 그는 자신을 구하기 위해 도망치고 싶었다.

문제는, 그 작은 나는 내게 전혀 영향을 미칠 수 없다는 것이다. 우리는 축구장을 지나 속이 빈 늙은 참나무를 향했다. 그것은 2년 전에 벼락을 맞아 지금은 썩은 이빨처럼 하늘을 향해 서 있었다. 해가 막 지고 있었으나 하늘에는 아직 황혼 빛이 남아 있었다. 나는 떨고 있었다.

마녀가 문신 인간에게로 돌아서 말했다.

"스카라부스, 연락을 취해 봐."

문신 인간 스카라부스가 복종의 표시로 머리를 숙였다. 모양을 잘 알아볼 수 없는 문신들 중 하나가 그의 목 위로 솟아 올라오는 것이 보였다. 그는 부풀어 오른 문신을 손가락으로 눌렀다. 그때서야 나는 그 문신의 모양을 명확히 볼 수 있었다. 그것은 항해 중인 배였다. 문신 인간은 눈을 감았다. 다시 눈을 떴을 때, 그의 눈동자는 밝게 빛나고 있었다.

"당신의 호출을 받은 라크리마이 문디(*Lacrimae Mundi*: 세상의 눈물) 호이다."

그의 목소리는 멀리서 들려오는 라디오 방송처럼 들렸다.

"여기에 포획물을 안전하게 데리고 있다. 이쪽으로 배를 대라, 선장."

마녀 여인이 말했다.

"당신의 뜻대로."

다시 문신 인간이 멀리서 들려오는 것 같은 목소리로 말했다. 그리고 눈을 감고 튀어나온 문신을 눌렀다. 문신은 다시 피부 속으로 들어갔다. 그가 눈을 떴을 때 눈빛은 다시 예전으로 돌아와 있었다.

"뭐라고 합니까?"

문신 인간이 원래의 목소리로 물었다.

"지금 배를 댄단다."

해파리 인간이 말했다.

"봐라!"

나는 머리를 들어 하늘을 보았다.

학교 강당만큼이나 큰 배가 우리들 머리 바로 위 공중에
나타났다. 옛날 영화에서 본 것 같은 해적선 모양이었다. 낡
은 나무 널빤지, 크게 부풀어오른 돛, 배 앞머리에 새겨진 상
어 모양의 남자 얼굴. 배는 우리들 위로 땅 위 1.5미터쯤 되
는 거리까지 내려왔다. 축구장의 푸른 잔디가 배가 지나가고
있는 바닷물처럼 양 옆으로 누워 흔들렸다.

내 머릿속의 거대한 나는 유령선을 타고 공중을 항해한다
해도, 마녀와 함께 있어도 전혀 걱정하지 않았다. 그러나 덫
에 걸려 있는 내 머릿속 뒤편의 작은 나는, 자신이 정신병원
에 갇혀 치료를 받고 있는 중에 이런 환상이 생긴 것이기를
바랐다. 훌륭한 의사가 새로운 치료를 시도하자 반동적으로
생긴 환상이기를.

배 옆으로 줄사다리가 내려왔다.

"올라가라!"

마녀가 명령했다.

나는 배 옆으로 기어 올라갔다. 그러자 배 난간에서 거대
한 손이 내려와 내 손을 움켜쥐더니, 마치 감자자루처럼 나
를 갑판 위에 내동댕이쳤다. 나는 던져진 채 해적영화에 나
오는 선원 복장의 커다란 남자들을 올려다보았다. 그들은 머
릿수건을 둘렀고, 낡은 스웨터와 찢어진 바지를 입었고, 맨
발이었다. 선원들은 마녀를 끌어올릴 때는 조심스럽게 배 한
편에 내려놓았다. 하지만 해파리 인간과 스카라부스라 불리
는 문신 인간의 손은 잡기 싫어했는데, 나라도 그럴 것이었

다.

선원들 중의 하나가 나를 내려다보았다.

"얘 때문에 야단법석이었던 거야?"

그가 말했다.

"하찮은 꼬마잖아?"

"그렇다."

마녀가 차갑게 말했다.

"이런."

그가 물었다.

"그러면 배 밖으로 던져 버릴까요? 돌아가는 길에?"

"헥스로 돌아가기 전에 그 아이에게 문제가 생긴다면 탄의 마법사들이 너를 발기발기 찢어 놓을 거다."

마녀가 그에게 말했다.

"그놈은 우리가 알아서 죽일 거야. 아무튼, 이 배 안에서 권력이 너한테 있는 줄 아느냐? 그 애를 내 선실로 데려다 놔."

여인이 내게로 돌아섰다.

"조셉, 이 사람을 따라가거라. 그가 있으라는 곳에 가만히 있어야 해. 딴 짓을 하면 내가 아주 불행할 거야."

그녀에게 상처를 준다는 말에 내 가슴은 아팠다. 말 그대로 가슴을 찌르는 통증이었다. 어떤 식으로든 그녀를 불행하게 하는 짓을 결코 할 수 없다는 것을 나는 알았다. 만약 그 선원이 있으라는 곳에서 세상이 끝날 때까지 그녀를 기다려야 한다면, 그렇게 해야 할 것이다.

선원은 마루 광택제와 생선 냄새가 나는 좁은 통로를 따라 나는 듯이 나를 데려갔다. 통로 끝에 문이 있었다. 그가 문을 열었다.

"여기다, 꼬마야."

그가 말했다.

"이 방이 헥스로 돌아갈 때까지 인디고가 사용할 선실이다. 여기서 기다려라. 용변이 보고 싶으면 뒤쪽에 세면장이 있다. 그곳을 사용해. 바지에 싸면 안 된다. 인디고는 잠시 후, 선장과 함께 돌아가는 항로에 대한 검토 작업이 끝나면 내려올 거다."

그는 마치 애완동물에게 혼잣말하듯 나에게 말했다. 그리고 선실을 나갔다.

갑자기 배가 기우뚱했다. 선실 창밖으로 어두운 보라색 밤하늘과 그 위에 떠오른 수천 개의 별이 보였다. 배가 날아가고 있었던 것이다.

나는 몇 시간 동안 문 옆에서 기다리며 서 있어야 했다.

한 번 나는 오줌이 마려웠다. 그래서 문을 열고 선원이 가르쳐 준 세면실로 갔다. 비좁고 낡을 것이라고 생각했는데, 작기는 했지만 커다란 분홍빛 욕조와 작은 분홍빛 변기를 갖춘 화려한 욕실이었다. 나는 소변을 보고 물을 내렸다. 장미향이 나는 분홍빛 비누로 손을 씻고, 보송보송한 분홍빛 욕실 수건으로 손을 닦았다.

그리고 욕실 창밖을 내다보았다.

배 위로 별들이 반짝이고 있었다. 그리고 배 아래로도 별들이 깜박거리며 빛나고 있었다. 하늘에는 이제까지 상상했던 것보다 훨씬 많은 별들이 있었다. 그리고 그것은 내가 이제까지 밤하늘에서 보아왔던 것과는 달랐다. 어렸을 때 아버지가 가르쳐 준 많은 별자리들 중 그 어떤 것도 찾을 수가 없을 만큼, 믿지 못할 정도로 별들은 아주 가까이 보였다. 그것들은 거의 태양만큼 크게 보였다.

나는 이 배가 목적지에 언제 도착하게 될지 궁금했다.

그곳에 도착하게 되면 그들이 왜 나를 죽여야 하는지 의아스러웠다(그리고 내 속 어딘가에 있는 작은 조이 하커는 비명을 지르며 울부짖으며 흐느껴 울며, 내 몸을 일깨우려고 애썼다). 나는 인디고가 돌아와 내가 자신을 기다리지 않는 것처럼 보이고 싶지 않았다. 그녀를 실망시킨다는 것은 생각만 해도 칼로 심장을 찌르는 것 같았다. 그래서 나는 선실 안 문 옆으로 돌아와 그녀가 돌아오기를 기다리며 서 있었다. 만약 그녀가 돌아오지 않는다면, 나는 그렇게 선 채로 죽을 것이다.

이십 분 가량을 더 기다렸다. 이윽고 문이 열리자, 나의 영혼은 순수하고 때 묻지 않은 행복으로 물들었다. 나의 여인 인디고가 문신 인간 스카라부스와 함께 들어왔던 것이다.

그녀는 나를 쳐다보지도 않고 작은 분홍빛 침대 위에 걸터앉았다. 문신 남자가 그녀 앞에 섰다.

"모르겠다."

인디고가 문신 남자 스카라부스에게 말했다. 선실로 내려오는 길에 스카라부스가 통로에서 물어본 것에 관해 대답하는 것처럼 보였다.

"우리가 여기 있는 것을 누군가 찾아냈다는 것을 상상할 수가 없어. 아무튼 헥스에 도착하게 되면 수비대의 경계가 있으니까 괜찮겠지."

"그렇지만……."

문신 남자가 불안한 듯 대답했다.

"네빌(해파리 남자의 이름)이 말하기를 4차원 공간에 뭔가 교란자가 있는 것을 탐지했답니다. 무언가 다가오는 것이 확실하다고 합니다."

"네빌은 겁이 많고 소심한 놈이야."

인디고가 느긋하게 말했다.

"라크리마이 문디 호는 아무도 알지 못하는 항로를 따라 헥스로 돌아가고 있다. 실제로 우리는 추적당할 수가 없어!"

"실제로!"

스카라부스가 신음소리를 내며 따라했다.

인디고가 일어나 나를 향해 걸어왔다.

"어떤가, 조셉 하커?"

"당신을 다시 보게 되어서 매우 행복해요."

내가 그녀에게 말했다.

"여기서 나를 기다리는 동안 이상한 일은 없었어?"

"이상한 일이요? 내 생각에는 없었는데요."

"고맙다, 조셉. 앞으로 내가 너에게 말을 걸기 전에는 말할 필요가 없다."

인디고는 커다란 입술을 오므려 보이고는 다시 침대로 가 앉았다.

"스카라부스, 헥스로 연결해라."

"네."

그가 배 쪽의 문신을 만졌다. 그러자 문신 하나가 튀어 나왔다. 그것은 아라비안나이트에 나오는 궁궐이나 드라큘라의 성이 허공중에 떠 있는 모양처럼 보였다. 스카라부스는 눈을 감았다. 다시 눈을 떴을 때 그의 눈동자는 축구장에서 배를 호출할 때 그랬던 것처럼 빛나며 반짝였다. 스카라부스가 깊은 곳에서 들려오는 목소리로 말했다.

"인디고? 무슨 일이냐?"

"하커를 잡았습니다, 나의 마왕 독나이프 님. 하커는 전 차원을 드나드는 워커입니다. 우리들의 배에 많은 동력을 제공하게 될 겁니다."

"좋아."

씨근거리는 끈적한 목소리였다. 마법에 걸려 있는 상태에서도 그 목소리는 나를 소름끼치게 만들었다.

"우리는 로리메어 세계에 대한 공격 준비가 되어 있다. 우리가 침입해 들어 갈 환영(幻影) 통로는 적들이 피할 수 없는 곳이고, 반격도 불가능하다. 환영 통로가 완성되면 로리메이의 적들은 우리의 지배 아래서 그림자 영역을 열게 될 것이다. 그리고 하커를 우리 손 안에 넣었으니 이제 우리는 함대를 보내는 데 필요한 모든 동력을 확보했다. 로리메어의 최고사령관은 이미 우리 편이다."

"우리에게는 로리메어를 수중에 넣어야만 할 원대한 목표가 있습니다, 마왕 독나이프 님."

"그리고 우리에게는 그렇게 할 수 있는 의지가 있다, 인디고. 이곳에 도착하기까지 얼마나 걸리겠나?"

"열두 시간 정도입니다."

"아주 좋아. 하커를 위해서 큰 솥을 준비하도록 하겠다."

인디고가 나를 쳐다보며 미소지었다. 그러자 내 가슴은 두근거리며 봄날의 새처럼 노래 불렀다.

"저는 하커를 기억할 수 있는 물건을 기념으로 지니고 싶습니다."

그녀가 이어 말했다.

"머리카락 한 다발이나 손가락뼈면 좋겠습니다."

"그렇게 하도록 명령을 내려놓지. 그럼, 좋은 여행 되게."

그리고 스카라부스는 눈을 감았다. 다시 눈을 떴을 때 그는 원래의 목소리로 돌아가 있었다.

"우, 머리가 깨질 것처럼 아프군. 독나이프 님은 잘 지내십
니까?"

"아주."

그녀가 말했다.

"마왕님은 로리메어 세계를 공격할 계획을 세우고 있다."

"역시 훌륭하십니다."

스카라부스가 말했다. 그리고 관자놀이를 문질렀다.

"갑판으로 나가는 게 어떻겠습니까? 신선한 공기를 쐬러."

인디고는 고개를 끄덕였다.

"그래, 그 다음에 나는 도착할 때까지 조타실에 가 있을 거
다. 선장이 먹는 생양파와 염소젖 치즈 냄새나 맡아야겠다."

인디고는 나를 힐끗 쳐다보았다.

"그러나 하커를 혼자 남겨두고 싶지는 않은데?"

스카라부스는 얼룩덜룩한 빈약한 어깨를 으쓱했다.

"같이 데리고 나가죠."

인디고는 고개를 끄덕였다.

"좋아. 잠시 기다려."

그녀는 문을 열고 나가서 작은 분홍빛 욕실로 들어가 등
뒤로 문을 닫았다. 문신 남자가 나를 바라보며 말했다.

"불쌍한 꼬마. 양처럼 도살되겠지."

인디고는 나에게 아무 말도 하지 말라고 했다. 그래서 나
는 말없이 가만히 있었다.

그때 누군가 문을 두드렸다. 스카라부스가 문을 열었다.

그 다음에 무슨 일이 벌어졌는지는 볼 수 없었다. 열린 문이 시야를 가렸기 때문이다. 쿵, 타격하는 소리, 헐떡거리는 소리가 들리더니 스카라부스가 바닥으로 쓰러졌다. 안으로 들어온 사람은 모자를 쓰고 코트를 입고 있었으며, 은빛 얼굴이었다.

그가 나에게 인사의 의미로 손을 들어 보였다. 그리고 코트와 모자를 벗었는데, 머리부터 발끝까지 마치 거울을 입고 있는 것처럼 온통 은빛 복장을 하고 있었다. 그는 의식이 없는 스카라부스를 침대 뒤로 굴려 놓고, 그 위에 자신의 코트를 덮었다.

욕실에서 물 흐르는 소리가 들려왔다. 나의 여인 인디고는 장미향이 나는 분홍색 비누로 손을 닦고 있을 것이다. 나는 그녀에게 여기 제이가 와 있으며, 그녀를 해치려 한다는 것을 알려야 했다. 그래서 소리 지르려고 애썼으나, 그녀는 내가 말하는 것을 허용하지 않았다. 그래서 목구멍에 말이 걸려 나오지 않았다.

제이라고 생각되는 사람은 자신의 은빛 옷 위 심장 부근에 손을 올려서 무엇인가 조정했다.

그러자 옷이 녹아내리는 듯 흐르더니 변하기 시작하여……

내 앞에는 스카라부스가 서 있었다. 침대 저편으로 스카라부스의 발이 코트 아래 삐져나와 있는 것이 보이지 않았다면, 나는 제이를 정말 스카라부스라고 생각했을 것이다. 그의 변신은 훌륭했다.

나의 여인 인디고가 욕실로부터 나왔다.

나더러 말을 하라고 명령해요. 나는 속으로 애타게 부르짖었다. *말을 하라고 명령해요, 당신이 위험에 빠져 있다고 말할 수 있도록. 눈앞의 저 스카라부스는 당신의 부하가 아니에요. 나는 정말 당신을 걱정하는데, 당신에게 경고할 수가 없어요.*

"좋아."

그녀가 말했다.

"갑판으로 나가자. 두통은 어떤가?"

스카라부스로 위장한 제이가 어깨를 으쓱했다. 내 짐작에 그 옷은 목소리까지 변하게 하지는 못하는 모양이었다. 인디고는 신경 쓰지 않았다. 그녀는 돌아서서 방을 나갔다.

"나를 따라와라, 나의 종 하커. 입은 계속 닫고 있도록."

인디고가 말했다.

나는 그녀를 따라 갑판으로 올라갔다. 그녀의 말에 따르지 않는다는 것은 상상할 수도 없었다(내 속 깊이 파묻힌 작은 조이는 계속 나에게 저항해야 한다고, 달아나야 한다고 흐느끼며 무엇인가 소리치고 있었다. 나는 그저 걸었다. 그 외침은 나에게 아무 의미도 없었다). 우리 위에는 별 밭이 펼쳐져 깜박거리며 소용돌이 치고 있었다. 해파리 인간 네빌은 인디고를 보자마자 서둘러 보고했다.

"모든 방법을 동원해 징후를 점검했습니다."

네빌이 자부심에 차서 진흙탕 끓는 목소리로 말했다.

"천문관측을 통해 확실해졌습니다. 밀항자가 타고 있습니다. 한 시간 전 라크리마이 문디 호에 어떤 존재가 숨어들었습니다. 이 말을 하는 순간에도 명치에 느낌이 옵니다."

"정말 대단한 명치군."

제이가 스카라부스의 목소리로 비아냥거렸다. 내가 틀렸다. 그 옷은 목소리조차 바꿀 수 있었다.

"그 말은 못 들은 걸로 하겠다."

해파리 인간 네빌이 화를 참는 목소리로 스카라부스에게 말했다.

"어떤 밀항자지, 네빌?"

인디고가 물었다.

"젤다가 보낸 사람이 하커를 빼내기 위해 잠입했을 수 있습니다. 공로를 가로채기 위해서요."

스카라부스가 말했다.

"젤다가 당신을 얼마나 증오하는지 아시지 않습니까? 만약 젤다가 하커를 헥스로 데려간다면 그녀의 위상은 크게 높아질 겁니다."

"젤다."

인디고가 구더기를 씹은 양 얼굴을 찌푸렸다. 네빌이 두 팔로 자기 가슴을 안고 몸을 움츠렸다. 겁에 질린 것 같았다.

"젤다는 지난 몇 년 동안 줄곧 내 가죽을 원했어."

네빌이 말했다.

"따뜻한 코트를 만들어 남들에게 뽐낼려고."

네빌이 계속 주절거리기 전에, 스카라부스인 척하는 제이가 나를 쳐다보며 곁눈질을 했다.

"주인님."

제이가 말했다.

"여기 있는 놈이 진짜 하커인 줄 어떻게 확신하십니까? 만약 바꿔치기 당했다면요? 그들이 이미 소년을 빼내고 여기에는 단지 마법으로 만든 그놈처럼 보이는 다른 놈을 남겨뒀다면요? 젤다가 그렇게 하기란 식은죽 먹기입니다."

인디고가 눈살을 찌푸리며 나를 바라보았다. 그리고 허공에 한 팔을 들고 새처럼 세 번 울었다.

"이제 너를 둘러싸고 있는 모든 주문은 사라졌다. 네가 진짜 누구인지 우리에게 말해 봐라."

나는 내가 말하고 싶으면 다시 말할 수 있다는 것을 깨달았다. 나는 이제 본래의 나로 돌아왔고, 돌아온 것에 기분이 좋았다.

"좋아, 조이."

가짜 스카라부스가 말했다. 그의 얼굴과 몸체가 물 흐르듯 흐르며 본래의 모습으로 변신했다.

"제이지?"

"당연히 그렇지! 이리 와!"

그는 소방관처럼 나를 한쪽 어깨에 들쳐메고 달렸다.

거의 배 난간까지 갔을 때 폭죽이 터지듯 작은 녹색 불꽃이 폭발했다. 제이가 고통에 찬 신음소리를 냈다. 나는 고개를 들어 제이의 반대쪽 어깨를 보았다. 거울 같은 방탄복이 불에 타 벗겨져 그 안의 회로가 보였다. 밖으로 드러난 제이의 피부에서는 피가 흘러내리고 있었다. 제이의 어깨 뒤쪽으로 우리를 쫓아오는 인디고와 네빌의 모습이 기괴하게 뒤틀려 보였다.

제이가 나를 내려놓았다.

우리는 배 끝을 향해 달렸다. 배 난간 바깥에는……. 아무것도 없었다. 영원히 그래왔듯 단지 별과 달과 은하수뿐.

인디고가 팔을 쳐들었다. 손에는 녹색 불꽃을 터뜨리는 작은 구슬들을 쥐고 있었다.

네빌은 흉악한 큰칼을 한 손에 들고 휘두르고 있었다. 어디서 나왔는지는 모르겠지만, 자기 피부처럼 번쩍이는 칼이었다. 네빌이 칼을 들고 나를 향해 걸어왔다.

문득 허공에서 무슨 소리가 들려와 고개를 들어 쳐다보았다. 작은 보트 가득 선원들이 타고 있었는데, 손에는 모두 칼을 들고 있었다.

확실히 상황은 좋지 않았다.

고함소리가 들려왔다.

"던지지 말아요, 주인님! 불꽃을 던지지 말아요!"

진짜 스카라부스가 갑판 아래쪽에서 비틀거리고 있었다.

그는 인디고를 도우려 했으나 도리어 적으로 오인받고 있었다.

"제발."

스카라부스가 말했다.

"나를 내버려 두세요. 이걸 불러내야 합니다."

그의 한쪽 팔을 뒤덮고 있는 문신 하나가 우리를 향해 돌출하고 있었다. 다른 한 손으로는 그것을 누르려 했다. 스카라부스의 팔 위쪽에서 거대한 뱀의 흐릿한 모습이 요동쳤다. 만약 스카라브스가 문신을 문지른다면 그 커다란 배고픈 뱀은 진짜로 모습을 드러내게 될 것이 확실했다.

우리가 할 수 있는 일은 하나뿐이었다.

제이와 나는 배에서 뛰어내렸다.

되돌아보면, 나는 두 가지 심각한 판단 실수를 저질렀다. 가장 잘못한 것은 조이가 새로운 세계에 빠져들었을 때, 그를 집 바깥에서 만나기로 결심했던 것이다.

나는 내가 그를 확보하기 전에 그가 워킹을 시작하지 않기를 바랐다. 그러나 올드맨이 말했듯, 그 바람은 물거품이 되었다("무엇을 바라는 것은 아무것도 할 수 없을 때 해라. 그러나 할 수 있는 일이 있을 때는, 제발 그 일을 해라!") 조이는 이미 워킹을 시작했다.

그는 멀리 가지는 못했다. 대부분의 새로운 워커들이 그러하듯이, 자기가 원래 있던 세계로 가지 못했다. 워커들에게는 자신이 본래 존재했던 세계로 돌아가는 일이 더 어렵다. 그것은 동일한 자극이 서로 밀어내는 원리와 같다. 어쨌든 하커는 다른 세계로 탈출했고, 그래서 그가 살던 곳이 아닌 다른 한 세계로 워킹했다.

처음에 인터월드로부터 출발해서 그를 찾는 데는 40분이 걸렸다. 그리고 마침내 그를 찾았다. 그는 시내를 가로지르는 버스를 타고 집으로 가고 있었다. 정확히는, 그가 자기 집이라고 생각하는 곳으로.

나는 집 바깥에서 그를 기다렸다. 나는 그가 자신을 기다리고 있는 것이 무엇인지 보고 나면 현실을 좀더 순순히 받아들일 것이라고 생각했다.

그러나 올드맨이 그날 아침 이야기했듯, 그는 놀랄 때마다 매번 워킹을 시작했다.

그가 집 밖으로 나왔을 때는 대화를 나눌 수 있는 상태가 아니었다. 결국 나는 원반 위에서 그물을 던지는 바이너리(이진법으로 모든 것이 가능한 디지털 세계를 뜻한다)의 레티아리(로마시대 검투사 등급의 하나, 삼지창과 그물을 무기로 쓴다)를 기다리는 바보였다.

바이너리와 헥스 중 어느 것을 더 증오하는지 선택하라고 한다면, 나 자신도 모르겠다.

헥스에서는 젊은 워커들의 정수를 뽑아내기 위해 삶는다. 이건 말 그대로다. 식인종이 등장하는 만화에서 볼 수 있듯이, 그들은 커다란 솥에 우리를 집어넣고 마법을 걸어 움직이지 못하게 한다. 그리고 정수(영혼이라고나 할까)만이 남을 때까지 삶아서 그것을 유리병에 따른다. 그리고 다른 차원의 행성으로 항해할 때 그것을 자기들 배의 연료로 쓴다.

바이너리에서는 워커들을 다르게 처리한다. 그러나 헥스보다 나은 것은 아니다. 그들은 우리를 꼬챙이에 매달아서

절대 온도(영하 273도)에서 냉동한다. 그 다음 그들 세계의 거대한 격납고 안에 저장해 놓고, 우리 머리 뒤쪽에 파이프와 선을 죽지 않을 정도로 연결한다. 그리고 두고두고, 행성간 여행을 할 때 우리의 에너지를 뽑아 동력으로 사용한다.

나는 두 세계를 똑같이 증오한다고 말할 수밖에 없겠다.

조이는 바이너리의 레티아리들이 나타났을 때 현명하게 대처했다. 무의식적이었지만, 그래도 현명했다. 그는 다시 다른 세계로 워킹을 했다.

나는 큰 어려움 없이 그들 세 레티아리를 처리했다.

그러나 다시 조이를 찾아야 했다. 처음부터 이 임무가 이렇게 어려울 것이라고 생각했더라면……. 조이는 이번에도 맹목적으로 알티버스의 어느 한 세계로 가버렸다. 갈 수 있는 수백 개의 세계가 마치 휴지나 된다는 듯 뚫고 지나쳐서는, 막무가내로 그리로 간 것이다.

그래서 나는 그를 뒤쫓기 시작했다. 다시.

이상했다. 나는 내가 다른 세계의 그린빌들을 얼마나 싫어했는지 잊어버린 것 같다. 내가 자란 그린빌에는 여전히, 차 안에 앉은 채로, 롤러스케이트를 타고 오는 직원에게 주문하는 햄버거 가게가 있다. 텔레비전은 흑백이고, 라디오에서는 그린호넷(녹색 말벌 표시의 마스크를 쓴 정의의 용사 캐릭터)이 나온다. 다른 행성의 그린빌의 집 지붕에는 위성 접시가 달려 있고, 사람들은 커다란 달걀 모양의 차나 지프 모양의 차를 타고 다닌다. 내가 살던 그린빌에서와 같은 촌스런 모양의 차는 없다. 그들은 컬러 텔레비전과 비디오 게임기와 홈시어터와 인터넷을 갖추고 있다. 얼마나 더 바랄 것 없는 도시인가. 그런데 그들은 그것이 어떤 과정을 거쳐 이루어진 것인지 알고 있지 못하다.

나는 적당한 거리를 두고 그린빌에 도착했다. 그리고 마침내 내 가슴속에 불꽃이 타오르는 듯 그를 느꼈다. 나는 그를 향해 워킹했다. 그러나 도착했을 때 내 눈앞에는 돛을 부풀리고 노우웨어엣올(전혀 존재하지 않는 곳이란 뜻)로 사라지고 있는 헥스의 배만이 보였다.

나는 그를 놓쳤다. 아마도 이번에는 끝일 것이다.

나는 학교 축구장에 앉아 심각하게 고민했다.

나에게는 두 가지 길이 있다. 하나는 쉽다. 그것은 임무를 망친 개자식이 되는 것이다.

돌아가서 올드맨에게 실패했다고 보고한다. 다른 열 명의 워커의 힘을 합친 것보다 더 큰 힘을 갖고 있는 조셉 하커를 헥스가 사로잡았다고. 내 실수는 아니며, 우리는 그 문제를 잊어야 한다고. 아마 올드맨은 호되게 꾸짖을 수도 있고, 아닐 수도 있다. 그러나 나는 안다. 올드맨은 자신이 꾸짖는 것보다 더 심하게 내가 스스로를 자책하리라는 것을 알고 있다는 것을. 이건 쉽다.

다른 길은 불가능을 시도하는 것이다. 범선을 타고 헥스로 가는 길은 먼 여정이다. 그전에 내가 노우웨어엣올로 가서 조이 하커를 잡아간 놈들을 찾아낼 수 있을 것이다. 하지만 이것은 우리가 기지에 있을 때 하는 농담 중 하나이다. 아무도 그렇게 해 본 적이 없다. 또한 누구도 할 수 없는 일이다.

하지만 나는 도저히 일을 망쳤다고 올드맨에게 보고할 자신이 없었다. 불가능을 시도하는 것이 차라리 나았다.

그래서 나는 노우웨어엣올로 워킹했다. 그리고 나는 우리들 중 아무도 알지 못하는 사실을 발견했다. 헥스의 배는 지나간 자리에 흔적을 남겼다. 배가 지나친 별 무리에는 일정한 유형의 교란이 있었다. 그것은 매우 희미했고, 단지 워커들만이 느낄 수 있었다.

나는 올드맨에게 이 사실을 알려야 할 것이다. 이것은 중요하다. 나는 바이너리의 원반 접시는 스태틱(고정된 곳이라는 뜻, 바이너리의 기지로 가기 위해 경유하는 공간)을 지나는 길에 추적할 수 있는 흔적을 남기지 않는지 궁금했다.

우리에게 유리한 것은 단 한 가지다. 그들에 비해 우리에게는 시간이 많다. 그들이 스태틱이나 노우웨어엣올을 경유해 자기네 기지로 가기 위해서는 몇 시간, 몇 일, 몇 주가 걸리는 반면, 우리는 어느 곳이든 인비트윈을 경유하면 몇 초, 몇 분이면 된다.

나는 내 전투복에 감사했다. 그것은 레티아리의 그물로부터 나를 보호해 준 것은 말할 것도 없이, 바람의 저항에 의한 불꽃이나 추위를 최소화해 준다.

나는 멀리 날아가고 있는 배를 볼 수 있었다. 허공에서 헥스의 깃발이 펄럭이고 있었다. 가슴속에 횃불이 타오르는 것처럼 조이가 뚜렷이 느껴졌다. 불쌍한 놈. 만약 내가 실패하면 무엇이 그를 기다리는지 알고나 있을까?

나는 조타실과 고물 사이로 기어서 배 위에 올랐다. 그리고 잠시 기다렸다. 함선에는 최고 수준의 마법사가 최소한 두 명은 있을 것이다. 전투복이 내 존재를 어느 정도 가려준다고 해도, 배에 무엇인가 변화가 생겼다는 사실을 숨길 수는 없다. 나는 그들이 배 안을 조사하고, 아무것도 없는 것을 확인할 만한 충분한 시간을 주었다. 그다음 선실 입구로 들어가 하커의 흔적을 추적했다.

나는 기지로 돌아가는 길에 인비트윈에서 이 글을 쓰고 있다. 내일 나는 일찍 편한 마음으로 보고할 수 있을 것이다.

올드맨 님께: 이 임무가 끝나면 이틀 간 휴식을 취할 수 있게 되기를 원합니다. 이 임무는 그럴 만한 가치가 있습니다.

6 인비트원

　그래, 아주 솔직하게 진실을 말하자면 정말 '우리'가 뛰어내린 것은 아니다. 제이가 뛰어내리면서 내 옷을 끌어당겼다. 그러니 실제로는 내가 뛰어내렸다고 말하기 어렵다. 나의 탈출은 영웅적이었기보다 희극적이었던 것이다. 어쨌든 바닥에 닿을 때면 내 목은 부러질 것이다. 그렇지만 우리는 바닥에 닿지 않았다.

　착륙할 땅이 없었던 것이다. 우리는 그저 계속 떨어졌다. 밑을 내려다보니 우리 아래로 엷은 빛 구름에 둘러싸인 별들이 빛나는 것을 볼 수 있었다. 인디고가 던지는 초록색 폭탄은 우리 왼쪽으로는 더 이상 터지지 않았고, 오른쪽에서만 터졌다. 그러나 그것도 이제는 너무 멀어져 어떤 위협도 되지 못했다. 우리 위로 함선은 급속히 멀어져 병뚜껑만 해졌고 곧 어둠 속으로 사라졌다. 그리고 제이와 나는 칠흑 같은 어둠 속으로 끝없이 떨어졌다.

　스카이다이버들이 자유낙하를 하면서 마치 날아다니는 것

같다고 얼마나 과장되게 찬미하였던가? 나는 그들의 말이 다 거짓임을 깨달았다. 그저 추락하는 느낌일 뿐이다. 찢어지는 비명소리를 내며 귓가를 스치는 바람이 입 안과 콧구멍으로 밀려들고, 죽음을 향해 추락하고 있다는 사실을 추호도 의심할 수 없다. 그것을 '한계속도'라고 부르는 데는 까닭이 있는 것이다.

낙하산을 짊어진 것도 아니고, 근처에는 지구나 어떤 행성도 보이지 않았다. 우리는 그저 끝없이 밑으로, 밑으로 떨어지고 있었다. 5분 이상 그렇게 떨어졌을까. 마침내 제이가 내 어깨를 붙잡고 나를 껴안아 그의 입가에 내 귀를 댔다. 그가 뭐라고 외쳤지만, 내 귀와 그의 입 사이가 몇 센티 되지 않았음에도 불구하고 알아들을 수가 없었다.

"뭐라고?"

내가 소리쳐 되물었다. 그는 입을 내 귀에 좀더 가까이 대고 크게 외쳤다.

"우리 밑에 입구가 있어! 워킹해!"

처음이자 마지막으로 내가 허공중에서 걸어 보려 한 것은 다섯 살 때였다(조이는 제이의 워킹하라는 말을 걸으라는 말로 이해했다—역주). 2미터쯤 되는 콘크리트 담 위에서 신나게 허공을 걸어 보려 했으나 결과는 쇄골을 부러뜨렸을 뿐이다. 어른들은 말하기를, 뜨거운 난로 위를 걸어 본 고양이는 차가운 난로 위에서도 걷지 않는다고 했다. 그 말에 일리가 있다고 나는 생각했다. 확실히 그 이후 나는 날개가 돋친 듯 허공 걷기를 시도하는 것은 그만뒀다. 지금까지. 그러니 나는 제이의 말에 어찌 할 바를 몰랐다. 제이는 내가 무슨 생각을 하는지 훤히 꿰뚫고 있었다.

"워킹해, 형제여. 그렇지 않으면 우리는 바람이 살을 깎아 내 뼈만 남을 때까지 끝없이 노우웨어엣올 속에서 추락하게 될 거야! 워킹해! 다리로 걸으라는 게 아니고, 마음으로!"

나는 제이의 말을 들으면서도 도대체 어떻게 하라는 건지 아무 생각이 나지 않았다. 마치 황소개구리가 호두까기 인형의 곡조를 흉내내서 울려면 어떻게 해야 할지 알지 못하는 것처럼. 그러나 제이의 말 중 한 가지는 확실히 옳았다. 우리가 처한 궁지로부터 벗어나기 위해서는 다른 방법이 없다는 것이다. 나는 깊이 숨을 들이쉬고 정신을 집중하려 했다. 그런데 어디에 초점을 맞춰 정신을 집중해야 할지 알 수 없었다.

"워킹해!"

제이가 내게 다시 명령했다. 그러나 걷기 위해서는 발밑을 받치는 견고한 무언가가 필요했다. 그래서 나는 내 발이 딱딱한 땅을 밟고 간다는 생각에 맞춰 정신을 집중했다.

처음에는 아무 변화도 없었다. 그런데 우리 밑으로부터 불어오던 귓전을 찢는 바람이 약해지고 있었다. 동시에 빛 구름이 두터워졌다. 발밑에 보이던 별무리를 더 이상 볼 수 없었다. 그리고 우리를 둘러싸고 있는 빛 구름으로부터 이상한 빛이 쏟아졌다.

이제 우리는 추락하는 것이 아니라 떠 있었다. 마치 꿈속에서 추락할 때 느끼는 기분 같았다. 그리고 피어나는 구름 속으로 들어섰을 때, 우리는 둘 다 놀라지 않게 되었다. 내 생각에 제이는 이전에 이보다 더 이상한 일들을 경험했을 것이다. 그래서인지 망설임 없이 그 속으로 성큼성큼 들어섰다. 내가 놀라지 않은 이유는 제이와 달랐다. 머릿속이 포화점에 도달해 있었던 것이다. 하루 종일 겪은 일을 생각해 보면서, 나는 마침내 결론에 도달했다. 아마도 이 모든 일은 내 머릿속에서 일어나는 일일 것이다. 어찌된 일인지 정신이 돌아버려, 아마도 지금 사실은 단추 대신 맹꽁이자물쇠가 달린 환자복을 입고 있을 것이다. 그리고 그런 환자 대부분이 그렇듯이 후미진 지역의 요양소에 가 있을 것이며, 안락한 병실에서 부드러운 환자식을 먹고 있을 것이다. 끔찍한 생각이었으나, 아무래도 그게 맞는 것 같았다. 만약 진짜 그렇다고 해도 이제는 더 이상 놀랄 일도 아니었다.

거의 2분 동안은 이런 생각을 하며 닥칠 일을 걱정하지 않았다. 그러는 사이 빛 구름이 완전히 엷어졌다. 나는 우리가 어디 있는지 보았다. 제이가 나를 맞이하기 위해 걸어오는 모습을 보며, 나는 사방(실제로 물리적인 장소인지, 아니면 내 머릿속의 관념에 불과한 것인지 모르겠지만)을 되돌아보았다. 이곳도 이상하기는 마찬가지였다. 단지 이번에는 그 가운데서 제이와 내가 서로의 모습을 볼 수 있었을 뿐.

"잘했어, 조이."

제이가 이어 말했다.

"네가 우리를 이곳으로 데려왔어. 네가 해낸 거야."

나는 천천히 사방을 둘러보았다. 많은 것이 보였다. 우리는 더 이상 구름 속에 있지 않았다. 나는 무한히 이어지는 것처럼 끝이 보이지 않는 구불구불한 보라색 길 위에 서 있었다. 지평선도 없었고, 사방 어디에도 경계가 보이지 않았다. 지평선이 없어 하늘과 땅도 구분이 되지 않았다. 원근감도 느낄 수 없었다. 제이는 내 옆에 서 있었는데, 내가 서 있는 길과 같은 방향으로 뻗어 있는 진홍색 길 위에 서 있었다. 그 길은 때로는 내 길 위로, 때로는 밑으로 지나갔다. 길 색깔들은 생생했고, 둘 다 물들인 합성섬유처럼 윤이 났다.

그러나 길 전부가 그런 것은 아니었다. 아주 군데군데는 색깔이 죽어 있었다. 내 눈높이 1미터쯤 앞에는 기하학적 형상의 무엇인가가 있었다. 내 머리보다 컸고, 고동치며 5각형으로, 9각형으로, 12각형으로 시시각각 변했다. 그게 무엇이냐고 묻는다면 그렇게 변하는 것이라고밖에 대답할 수가 없다. 그것은 노란색이었다. 나는 조심스럽게 한 손가락으로 그것을 찔러 보았다. 리놀륨 질감이었다.

그때 회전 물체 하나가 소리를 내며 내게로 달려들었다. 나는 그것을 피하기 위해 바라보던 물체에서 눈을 돌려야 했다. 회전 물체는 종잡을 수 없이 혼란스럽게 주위를 날아다녔다. 그러더니 잠시 후 수은처럼 보이는 액체 웅덩이 속으로 첨벙 빠졌다. 액체 웅덩이는 계피 색깔이었는데, 내가 서 있는 곳에서 45도쯤 위의 공중에 떠 있었다. 물체가 떨어진 웅덩이 자리에서 천천히 방울이 튀고 파장이 올라오더니, 그 모양 그대로 완전히 굳어 버렸다.

우리 주위에서는 이런 종류의 것들이 쉬지 않고 날아다녔다. 제이는 이런 광경이 아무렇지도 않은 모양이었다. 그는 크게 하품을 하고는 천천히 입술에 침을 발랐다. 나는 혼돈이 계속되는 발 아래쪽을 내려다보았다. 기하학적 형상들이 굴러다니고 위로 튀면서 다른 모양으로 변하거나 서로 합쳐졌다. 그것들은 갖가지 색깔들로 요동쳤다. 대기에서는 꿀과 소나무, 장미 향기가 났다. 눈앞에 보이는 광경은 마치 살바도르 달리, 피카소, 잭슨 폴록(20세기 중반 미국의 추상화가)의 그림에 보슈(Bosch, Heironymus: 초현실주의의 선구자로 평가되는 중세 플랑드르의 화가)의 그림들을 혼성해 뛰어난 기술로 입체적으로 재현해 놓은 것 같았다.

스스로 미쳤다고 생각하던 나는 깨달았다. 나는 병원 침대에 누워 의사를 기다리면서 이런 광경을 머릿속에서 보고 있는 것이 절대 아니었다. 이것은 실제였다. 미친 사람이더라도 이런 모든 것을 상상해낼 수는 없었다. 어지러운 것은 눈뿐만이 아니었다. 끊임없이 귀에 거슬리는 소리가 들려왔다. 무언가 삐걱거리는 소리, 종 소리, 바람이 공간을 스치는 소리……. 나는 눈앞에 벌어지는 일을 놓치지 않고 바라보기를 포기한 것처럼, 소리를 구분하는 것도 그만 두었다. 머리 뒤에, 머리 위에, 그리고 발밑에까지 눈이 달려 있다 해도 여기

서 벌어지는 모든 일을 관찰하는 것은 불가능했다.

그리고 냄새! 나는 강렬한 박하 향 때문에 비틀거렸는데, 이어서 지독한 구리 냄새가 났다. 그 외의 냄새들은 어떤 냄새라고 표현할 수가 없다. 이곳의 광경, 소리, 냄새는 시각,

청각, 후각으로 따로 감지되는 것이 아닌 공감각(共感覺)적이었다. 귀로 색깔을 들을 수 있었고, 눈으로 맛을 볼 수 있었다. 우리 아랫집에 사는 텔필름 할아버지는 감각이 서로 통하는 것이라고 주장하면서, 사람들에게 끊임없이 하늘이 어떻게 날카로운 냄새가 나는지, 파스타가 어떻게 청록색 맛과 C단조 맛이 나는지 이야기했다. 이제 마침내 나는 할아버지가 무슨 말을 했는지 알 수 있었다.

나는 제이가 내 손을 잡고 흔드는 것을 깨달았다.

"조이! 잘 들어. 우리는 이동해야 돼. 너에게는 보호 장비가 없어. 그것 없이는 이곳 인비트윈에서 오래 견딜 수가 없어."

"뭐라고?"

그때 나는 거대한 탑이 생성돼 위로 올라가다가 수은 웅덩이 속으로 녹아내리기를 반복하고 있는, 정말 멋진 컴퓨터 그래픽 같은 눈앞의 광경에 빠져 있었다. 나는 마지못해 제이에게로 주의를 돌렸다. 제이는 내 손을 꽉 쥐고 은빛 가면 뒤에서 뚫어지게 나를 응시했다.

"우리는 가야 해! 이렇게 다쳐서 엉망인 팔로는 내가 너를 인터월드 기지로 데려갈 수 없어. 나는 고통이 너무 심해 정신이 흐트러지고 있어. 약을 먹는다 해도 정신을 집중하기 어려울 거야. 네가 돌아가는 길을 찾아야 해."

나는 놀라서 그를 쳐다보았다. 15미터쯤 떨어진 곳에서 사다리꼴 형상이 자기보다 작은 장사방형 형상을 쫓아 구석으로 몰더니, 느긋하게 그 주위를 돌며 '잡아먹고' 있었다. 머리 바로 위 허공에서 느닷없이 보통 모양의 여닫이창이 나타났다. 그리고 커튼이 걷히고 창문이 열리더니 깊은 암흑이 드러났다. 창문 안 멀리서 끔찍한 비명소리, 울부짖음, 탄식소리가 들려왔다. 나는 지옥문이 열린 것이라고 생각하면서, 내가 미친 것이 맞는지 다시 내 마음속을 들여다봤다.

그러나 미친 것과 지옥에 떨어지는 것 중 어느 것이 더 나을지 도무지 판단이 서지 않았다.

"이곳이 어디라고 했지? 어떻게 나가는 길을 찾지?"

"인비트원."

가면 뒤에서 제이의 목소리가 들려왔다. 제이는 다친 팔을 다른 쪽 손으로 잡고 있었다. 팔에서 피가 많이 흐르지는 않았지만, 확실히 밴드 따위를 붙여서 치료될 상처는 아니었다.

"이곳은 여러 행성과 차원 사이에 있는 틈이야. 초공간, 또는 웜 홀이라고 부르기도 하지. 이곳은 네 대뇌 주름 사이에 있는 어두운 공간이기도 하고, 또는 마법사가 자기 모자에서 토끼를 꺼내는 장소이기도 해. 이해가 돼? 네가 이곳을 뭐라고 부르건 그건 정말 문제가 되지 않아. 중요한 건 여기서 나가서 인터월드 기지로 돌아가는 거야. 그게 네가 해야 할 일이야, 조이."

"너 정말 사람 잘못 골랐다."

나는 그가 알아듣도록 애썼다.

"나는 네가 내 손바닥에 어디로 가라고 써 줘도 손바닥을 뒤집어서 그걸 보지 못하는 사람이야."

"그건 왜냐하면 네 재능은 한 행성 위에서 발휘되는 것이 아니고, 행성 사이에서 발휘되는 것이기 때문이야. 그리고 지금 여기가 네 재능을 발휘할 수 있는 곳이고."

내가 말을 막으려 했지만 제이는 무시하고 계속했다.

"인비트윈은 위험한 장소야. 앞에 보이는 저것들은 여기서 우리 눈에 보이지만, 존재의 일부만 보이는 거야. 우리는 저것들을 머드러프라고 부르지. 약자로는 MDLF라고 하는데 다차원적 존재 유형(MultiDimensional Life Form)을 말하는 거야. 그건 뭐라고 정의할 수 없는 종류의 것이야. 우리는 모두 다차원적 존재 유형이야, 알아? 그렇지만 너하고 나는 3차원 세계에서만 자유롭게, 그리고 4차원에서는 시간의 흐름을 따라 단선으로 움직일 수 있지만, 반면 저것들은 자기들이 아는 아주 많은 차원에서 완전히 자유롭게 움직여. 그 아주 많은 차원에는 4차원도 포함되지."

제이가 하는 이야기는 너무 어렵고 생소한 것이라 나는 머리가 터질 것만 같았다.

"네 이야기는 저것들이 시간 여행을 할 수 있다는 거야?"

"우리는 저것들 중 어떤 것들은 그렇게 할 수 있다고 믿고 있어. 자, 설명하기 곤란한데, 행성들간에 어떤 시간의 휘어짐이 발생하면 모두에게 영향을 끼쳐. 너는 워킹할 때 발생하는 그런 영향을 해결할 수 있는 법을 배우게 될 거야. 그렇게 하지 않으면 어떤 세계에서 한 달을 보냈는데 다른 세계로 가니 이틀밖에 지나지 않은 걸 발견하게 될 테니까. 그건 정말 헷갈리고 당황스런 일이지. 그래서 우리는 정말 필요할 때가 아니면 시간 여행을 하지 않으려고 해.

하지만 지금 말하려는 핵심은 그게 아냐. 내 말은 우리가 머드러프로부터 벗어나야 한다는 거야. 저것들은 지능이 없지만 위험할 수 있어. 항상 인비트원에 살고 있기는 하지만, 저것들 중 어떤 것은 마치 치약이 빈틈을 파고들듯 어떻게 다른 세계들로 스며들어갈 수 있는지 알고 있어."

나는 이 모든 이야기에 압도당하는 느낌이었다. 그리고 제이가 이야기하는 것들이 정말 진짜인지 아니면 나를 겁주기 위한 것인지 의심스러워지기 시작했다.

"좋아. 네가 하려는 다음 이야기는 다른 세계들로 스며들어간 저런 머드러프들이 요정이나 괴물 같은 이야기들의 주인공이 되었다는 거지?"

나는 웃기를 기대하며 이야기했으나, 제이는 그저 고개를 가로저었다.

"아니야. 그런 이야기들에 등장하는 것은 보통 헥스의 첩자들이야. 그리고 바이너리의 첩자들은 '정체불명의 사람'이나 로스웰 사건(대표적인 UFO 추락사건) 같은 이야기 속에 나타나지. 그러나 악마 이야기 중의 어떤 것들은 아마도 머드러프로부터 비롯되었겠지. 너는 우리의 기지에서 기초 교육을 통해 이런 것들을 배우게 될 거야. 아무튼 지금의 문제는 저것들과 부딪치지 않고 여기서 빠져나가는 거야."

제이는 내 손을 움켜쥐고, 나를 뒤돌아 세우며 떠밀었다.

"뭘 기다려? 나는 부상 때문에 정신이 가물거리고 있어. 인디고의 마법 불꽃이 온몸을 갉아먹고 있어. 나는 뜨거운 목욕과 피를 씻어낼 진통제가 필요해. 나를 갉아먹는 이놈들을 잡아서 몸 밖으로 쫓아내야 해. 워커! 너는 길을 알고 있어! 시도해!"

나는 사람을 잘못 골랐다고 다시 그에게 말하려고 하다가 멈췄다. 그리고 만델브로트(프랙탈 기하학의 아버지로 불리는 20세기의 수학자)의 반복구조 문양이 미친 듯 소용돌이치는 이곳 인비트윈 속을 다시 바라보았다. 그리고 제이가 옳음을 깨달았다.

나는 길을 알고 있었다.

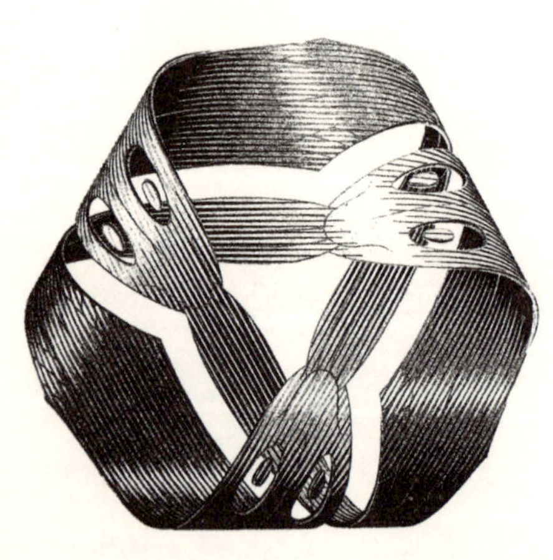

나는 내가 어떻게 길을 알고 있는지 알 수 없었다. 아니, 그것을 알고 있는 것을 어떻게 아는지조차 알 수 없었다. 그러나 선명하고도 환하게 머릿속에 길이 보였다. 알고 있는 것처럼 자기를 기만하는 것도 아니었다. 진짜로 알고 있었다.

　길을 앎과 동시에, 나는 다른 것도 알게 되었다. 머드러프에 관해서는 제이가 옳았다. 저만큼 떨어진 곳에 한 놈이 보였는데, 우리 둘의 다리를 물어뜯어 이쑤시개로 쓰려는지

도 모른다. 나는 그들 중 어느 놈과도 부딪치기 싫었다. 우리가 이곳 인비트윈에 오래 있으면 있을수록, 그놈들과 충돌할 위험은 더 컸다. 놈들은 우리가 알 수 없는 어떤 감각을 통해 우리를 찾아낼 것이다.

　나는 워킹을 시작했고, 제이는 뒤를 따랐다. 제이는 내가 서 있는 보라색 길 위로 올라서고 싶었다. 그래서 우리는 보라색 길 위에 앞뒤로 바짝 붙어 섰다. 그리고 잠시 몸을 숙이고 앞뒷면이 구분되지 않는 뫼비우스의 띠와 안팎이 구분되지 않는 클라인의 병 아래를 지나쳤다. 그것이 중력이건 다른 힘이건, 우리를 길 위에 붙어 있게 하는 힘은 작용했다가 사라지기를 반복하는 것처럼 여겨졌다. 워킹을 계속하는 중에 보라색 길 위에 비탈이 나타났다. 뛰어넘는 수밖에 다른 길이 없었다. 그러기 위해서는 결단이 필요했다. 왜냐하면 비탈 위의 심연을 쳐다보니, 바다로 가라앉는 배에 타고 있

는 일쯤은 장난으로 여겨졌기 때문이다. 그러나 머릿속에서는 그곳으로 뻗은 길이 밝고 선명하게 빛났다. 그래서 나는 숨을 깊이 들이쉬고 비탈 위로 뛰었다.

뱃속이 뒤집혀 목구멍까지 치밀어 올라왔다. 인비트윈 전체가 여러 방향으로 한 번에 90도씩 회전했다. 그리고 더 이상 '아래'는 '아래'가 아니었다. 나는 굼뜨게 부유하는 기하학적 형상들 가운데 떠 있었다. 문이 열린 옷장 같아 보이는 물체를 지나치며 힐끗 그 안을 들여다보았는데, 놀랍게도 햇볕이 따사롭게 비치는 육지가 보였다. 그리고 이어서 내 머릿속에는 일종의 소용돌이처럼 보이는 지도가 떠올랐다.

제이는 바로 내 뒤에 있었다. 주변 상황을 고려할 때, 내가 알고 있는 지식으로는 이곳은 진짜 진공 상태는 아니었다. 왜냐하면 어디선가 중력이 0인 곳에서는 빨리 헤엄칠 수가 없다고 읽은 기억이 났기 때문이다. 거기서는 모든 운동이 사라지며, 앞으로 나아가기 위해서는 손과 발을 동시에 사용해야 하고, 추진 도구가 있어야 했다.

우리는 추진 도구가 없었지만 다른 어떤 도움 없이 순탄하게 앞으로 가고 있었다. 그러나 나는 우리가 가는 길이 천천히 돌고 있는 소용돌이, 혹은 회오리바람 속에 놓여 있는 것을 깨닫고 신경이 곤두서기 시작했다(인비트윈에서는 우리가 쓰는 단어로 묘사하기를 포기해야 한다). 제이는 바로 내 뒤에 붙어 있었다. 내가 멈추자(정신 집중을 멈추기만 하면 된다) 뒤에 붙어 있던 제이와 부딪쳤다.

"조이, 무슨 문제야?"

"저게 문제야."

나는 우리 앞의 회전하는 깔때기 모양을 가리켰다. 내가 그것을 소용돌이라고 생각했던 것은 그것이 어떤 것으로 만들어졌는지 전혀 모르기 때문이라는 것을 깨달았다. 놀랄 일도 아니었다. 나는 인비트윈의 모든 것들이 무엇으로 만들어졌는지 모른다. 저 깔때기는 암흑물질, 아마도 그것으로 만들어졌을 것이다. 그러면 많은 것이 설명된다. 그렇지 않은가?

그것이 타피오카(식용 전분) 푸딩으로 만들어졌다 해도 나하고는 아무 상관이 없었다. 나는 그 깔때기 속으로 뛰어들고 싶은 생각이 전혀 없었다. 오즈(오즈의 *마법사*를 인용해 목적지를 가리킴-역주)로 가는 더 나은 길이 있을 것이다.

제이는 깔때기 속을 내려다보았다. 그것은 안쪽을 향해 영원히 소용돌이칠 것처럼 보였다. 그리고 소용돌이치는 회선은 불이 들어오는 것처럼 때때로 깜박깜박 빛났다.

"저게 인비트윈 밖으로 나가는 길이야?"

"나는…… 어휴. 맞아. 거기야."

대답을 회피하고 싶었지만, 그럴 정신이 없었다. 제길, 차라리 옆에다가 이곳이 출구라는 네온사인을 세워 놓을 것이지.

제이가 여전히 사람 미치게 하는 친근한 목소리로 말했다.

"조이, 어떤 것들은 네가 살던 세계의 것들과는 전혀 달라.

이게 그런 것 중 하나야. 무엇인가로부터 벗어나는 가장 빠른 길은 보통 곧장 통과해 버리는 거지."

그리고 공중에 뜬 채로 나를 앞질러 깔때기 속으로 뛰어들었다.

제이는 아래로 추락했거나 소용돌이에 휩쓸려 버렸을 것이다. 어찌되었건 그게 빠른 길은 맞다. 제이의 몸은 순식간에 산산조각 났을 것이다. 제이에게 벌어질 일은(그리고 그 뒤를 따랐다면 나도) 원자로 분해되어 새로운 화학적 구조로 재배치되는 일일 것이다.(나는 내가 전혀 좋아하지 않는 일에 대해서는 억지를 부린다는 걸 안다. 그렇지만 성격이 그런 걸 어떻게 하겠는가?)

그러나 나에게 남겨진 선택은 이 기분 나쁜 곳에 홀로 남는 것뿐이었고, 그것이 그렇게 좋은 대안은 아니었다. 제이는 나의 생명을 구해 주었고, 최소한 그 호의에 보답하려는 시도는 해야 했다.

나는 입 안으로 뭐가 들어오건 말건 꿀꺽꿀꺽 숨을 들이쉬고는, 깔때기 속으로 뛰어들었다.

7 아, 제이!

　나는 별들이 깜박이는 하늘 한 귀퉁이로부터 채 2미터 높이도 떨어져 있지 않은 땅바닥으로 뒹굴었다. 제이는 멋지게 굴러 안전하게 착지했지만, 나는 숨을 쉬지 못할 정도로 거세게 떨어졌다.

　제이는 내가 기도가 막히지 않았는지 확인하기 위해 등짝을 잡아당겨 보더니, 다리를 꼬고 옆에 앉아 내가 정신차리기를 기다렸다. 몇 분이 지나자 나의 폐는 자신이 해야 할 일을 기억해냈고, 툴툴거리며 움직이기 시작했다.

　제이는 내 호흡이 정상으로 돌아올 때까지 기다렸다. 그리고 내게 작은 병을 건넸다. 그걸 어디에 보관했었는지 모르겠다. 제이가 입고 있는 딱 맞는 거울 옷은 그 병은커녕 성냥개비 하나 넣어둘 틈도 없어 보였다. 나는 멍한 표정으로 그 병을 쳐다보다 도로 돌려주었다.

　"고마워, 하지만 마실 수가 없어."

　제이는 병을 돌려받지 않았다.

"지금이 시작하기 좋을 때야. 네가 배워야 할 많은 일이 있어. 그리고 그중에 어떤 것은 받아들이기 힘들 거야."

내가 여전히 마시지 않자 제이가 말했다.

"진심이야, 조이. 망설일 시간이 없어. 마시면 달리는 기차처럼 기운이 날 거고, 계속 길을 갈 수 있을 거야."

그때 어떤 생각이 퍼뜩 내 머리를 스쳤다. 제이는 내 쪽으로 몸을 숙이고 가면 뒤의 눈구멍에서 내 표정을 살폈다.

"잠깐, 너 이 속에 술이 들어 있다고 생각하는 거야?"

내가 고개를 끄덕이자 제이는 웃음을 터뜨렸다.

"지구에서는 참 재미있어. 조이, 나를 믿어. 페니실린을 만병 통치약이라고 믿는 것처럼 지구에서는 술이 모든 것을 해결한다고 믿는 사람들이 있지. 왜 지구인들은 그게 정상이라고 생각하면서 독약을 마시는 거지? 몸을 망치지 않고 술과 같은 효과를 낼 수 있는 다른 많은 방법이 있는데 말이야."

제이는 병뚜껑을 열어 나에게 건배하는 시늉을 하더니 훌쩍 한 모금 마셨다. 아무 표정 없는 그 가면을 벗지 않고도 그것을 마실 수 있다는 것이 신기했다. 금빛 액체가 가면을 통과해 흘러들어갔다. 그리고 마치 로르샤흐테스트(스위스의 정신의학자 헤르만 로르샤흐가 발명한 정신분석 기법으로서, 종이 위에 잉크를 번지게 한 대칭 문양을 본 뒤 떠올리는 이미지와 반응을 분석해 심리상태를 파악하는 방법)에 쓰이는 대칭 문양처럼 금빛과 은빛이 혼합된 액체가 몸 아래쪽으로 흘러 내려가는 모습이 투명한 막을 통해 선명하게 보이더니, 점차 사라졌다. 제이는 다시 내게 병을 건넸고, 나는 그것을 마셨다.

내가 나이 들어 은퇴한 후에라도, 지구 어딘가에 작은 선술집을 내고 이 음료를 판매할 수만 있다면 노후 연금 같은 것은 필요 없을 것이다. 음료는 식도를 타고 술술 내려가 마치 원래 평생 거기 있었다는 듯 부드럽게 내 위에 짝 달라붙었다. 그리고 긴장이 풀리더니 힘과 자신감이 솟구쳤다. 온몸 구석구석 손가락 끝까지 힘이 솟았다. 한걸음에 높은 빌딩도 뛰어넘을 수 있을 것 같았다. 자동차로 공기놀이하는 것은 물론, 통일장이론을 수립하는 것도 식은죽 먹기일 것 같았다. 모든 것에 도전하고 싶었다. 나는 병을 제이에게 돌려주며 말했다.

"우와."

"자, 좀 가라앉혀."

제이가 말했다.

"헥스의 지배 영역 가장자리에 한 세계가 있지. 그 세계에 한 호수가 있고, 그 호수 안에 섬이 하나 있어. 그리고 그 섬에 나무 한 그루가 있는데, 7년마다 열매를 맺지. 인터월드에서 가장 영광스런 임무는 그 섬으로 워킹해서 과일을 따오는 거야. 이 병 속에 든 액체의 비밀 성분이 바로 그 열매야."

제이는 일어섰다.

"금방 돌아올게. 잠시만 기다려."

제이는 내게 등을 보이고 30미터쯤 앞으로 갔다.

나는 제이가 왜 바위 뒤로 가지 않는지 의아했다. 그리고 인비트원으로부터 이곳에 떨어진 이후 처음으로 주위를 둘러보았다. 나는 이곳에 몸을 가릴 만큼 큰 바위가 없음을 깨달았다. 사방으로 지평선이 뻗어 있는 먼지 날리는 평원의 한가운데에 우리는 떨어졌던 것이다. 멀리 산들이 평원을 둘러싸고 있어, 마치 석상에 둘러싸인 분지처럼 느껴졌다. 이곳이 왜 이렇게 더운지 해를 찾아 하늘을 바라보았다.

해가 없었다. 그리고 정말로 하늘도 없었다. 대신 물 위에 뜬 기름처럼 색깔들이 흐르며 소용돌이치고 있었고, 환각을 불러일으키는 빛이 지평선에서 지평선으로 뻗어 있었다. 하나의 단일한 광원은 없었다. 그럼에도 불구하고 모든 사물은 어떤 알 수 없는 것에 의해 빛을 발하고 있었다.

나는 제이가 서 있는 곳을 쳐다보았다. 제이는 한 손에 들고 있는 어떤 것에 대고 말하고 있었다. 녹음기 같았다. 간간히 그가 하는 말이 희미하게 들려왔다. 하지만 나는 알아들을 수가 없었다. 막연한 불안감이 몰려왔다. 제이는 나를 일종의 캥거루 재판(미국의 골드러시 시기에는 오스트레일리아에서 이민 온 많은 이주자들도 참여했다. 본토박이 미국인들은 그들이 금을 캐가는 데 불만을 품고 자의적으로 그들을 처단했다. 거기서 '사적인 재판'을 뜻하는 이 말이 나왔다. 캥거루는 오스트레일리아인을 뜻한다―역주)에 부치기 위해 그 증거로 나의 행적을 녹음하는 것인가? 제이는 정말 내 편인가? 물론 그는 나의 목숨을 구해 주었다. 그러나 그것이 단지 마녀 인디고에게 나를 빼앗기지 않기 위해서였다면? 왜인지는 모르겠지만, 이곳에서는 내가 매우 가치 있는 녀석인 듯 생각되니까. 학교 생활 내내 나는, 게임을 위해 편을 가를 때 맨 마지막으로 뽑히는 놈이었다. 테드 러셀조차 단지 더 이상 뽑을 사람이 없을 때만 나를 마지막으로 선택했다.

나는 순간적으로 드는 피해망상적인 생각을 떨쳐 버렸다. 나는 제이를 믿는다. 내가 왜 믿는지는 확실히 모르겠지만. 단지 제이를 대할 때 느낌이 그랬다.

몇 분이 더 지나고 제이가 돌아왔다.

"좋아, 여기 돌부리 옆으로 와 봐. 이야기하는 데 시간이 좀 걸릴 거니까."

제이가 이어서 말했다.

"중요한 부분부터 시작해서 끝내도록 하자."

"차근차근 처음부터 이야기를 시작하는 게 낫지 않아?"

내가 제안했다.

"두 가지 이유가 있어. 첫째, 이 짧은 이야기에는 처음도 없고 아마 끝도 없을 거야. 둘째, 이건 내가 이야기하는 것이고, 미안하지만 나는 내가 잘 할 수 있는 부분부터 이야기할 거야."

제이의 말에는 반론할 여지가 없었다. 그래서 나는 돌부리에 기대 제이가 이야기를 시작하기를 기다렸다.

"가면을 벗으면 안 돼?"

"아직 안 돼. 좋아, 눈앞에 보이는 이곳을 우리는 알티버스라고 불러. 멀티버스하고 혼동하면 안 돼. 멀티버스는 무한히 평행하는 우주 전체를 뜻하고, 온 우주가 그 안에 있으니까. 알티버스는 대칭하는 수많은 모든 지구를 포함하는 세계인데, 멀티버스의 한 부분이야. 멀티버스 안에는 알티버스 같은 세계가 많이 있지."

제이는 잠시 말을 멈췄는데, 나를 바라보면서 얼굴을 찡그렸다.

"양자 분화를 이해하니? 하이젠베르크의 불확정성 원리는? 우주의 다선형 구조는?"

"음……."

그중 어떤 것은 레너 선생님의 과학 수업 시간에 들어 본 것도 같다. 그리고 *디스커버리*라는 웹사이트에서 그런 비슷한 이야기를 들은 것 같았다. 그러나 모든 걸 다 동원해도 나의 지식은 고양이보다 나을 게 없었다.

나는 내가 아는 만큼 이야기했다. 제이가 손사래를 쳤다.

"됐어. 필요한 것만 골라서 알면 되니까. 앞으로 문화적 침투가 이루어지겠지. 기억해야 할 것은 어떤 중요한 결정은 시간의 흐름에 중대한 파동을 일으킬 수 있고, 그때 갈라진 시공 연속체가 대체 세계가 되어 쪼개져 나올 수 있다는 거야. 다음 말을 기억해, 그렇지 않으면 네가 어떤 선택을 해야 하는 매순간마다 부담을 느껴 마비 증세가 올지도 모르니까. 알티버스에서는 네가 오늘 빨간 양말 대신 초록색 양말을 신었다고 해서 새로운 세계가 생겨나지는 않아. 만약 생겨난다고 해도, 그 세계는 1,000조 분의 몇 초만큼의 시간밖에 지속되지 않아. 현실 속으로 편입돼 안정적으로 재순환되기 전에 흩어져 버리는 거지. 그러나 만약 너희 나라 대통령이 중동 지역을 폭격할 것인가 말 것인가 결정하려 한다면, 그는 두 길을 다 선택한 거야. 왜냐하면 어떤 한 일을 실행하기 전에 이미 두 세계가 창조되었기 때문이지. 물론, 두 세계는 인비트윈을 사이에 두고 따로 진행되기 때문에, 평행하는 다른 세계에서 일어나는 일은 결코 서로 알 수가 없어."

"잠깐 기다려. 너는 마치 새로운 대체 세계를 만들어내는 것이 의식의 결정이라는 말을 하려는 것 같은데?"

"그렇게 말하려는 게 아니고 그렇다고 말하고 있는 거야. 정신을 어디다 쏟고 있어?"

"하지만 누구의 의식이지? 하느님?"

제이는 어깨를 으쓱했다. 녹아 흐르는 듯 하늘의 빛깔들이 제이의 어깨에 물들어 번득였다.

"이건 신학이 아니라 물리학이야. 하느님이건, 부처님이건, 아니면, 날아다니는 스파게티 괴물(날아다니는 스파게티 괴물이 세계를 창조했다고 믿는 신흥 종교, 약자로 FSM)이건, 혹은 제1운동자(아리스토텔레스의 철학에서 세계의 모든 운동을 야기하는 제1원인, 신이라고 생각할 수 있다)이건 네가 부르고 싶은 대로 불러. 그것은 세상 만물을 다 품고 있는 것인데, 뭐라고 부르건 신경 안 써. 의식은 멀티버스의 모든 측면에서 하나의 구성 요소야. 양자물리학에서는 관점(관찰자)이 필요하지. 관점이 없으면 대상은 작동하지 않아. 아무튼 의식을 자아와 헷갈리면 안 된다는 것을 꼭 기억하도록 해. 둘은 완전히 다른 거야. 자아는 일시적인 것이지.”

나는 그 이야기에 관해 좀더 묻고 싶었으나, 제이는 이미 다른 이야기로 넘어가고 있었다.

“어떤 세계이든 멀티버스의 한 부분이라고 생각하면 돼. 물론 여러 차원도 마찬가지로 멀티버스의 한 부분이고.”

제이가 뱀의 목을 죄는 것 같은 시늉을 냈다.

“알티버스에서는 두 제국이 지배권 다툼을 벌이고 있어. 그들은 여러 차원에 있는 지구들 중 일부를 조종하고 있지. 하나의 제국은 바이너리라고 불러. 그들은 앞선 과학 기술을 사용하지. ‘앞섰다’는 말은 각 차원에 있는 대부분의 지구들이 이룬 과학 기술과 비교했을 때 그렇다는 거야. 그들은 그 기술로 자기들이 가는 곳 전부를 정복하려고 하지. 네가 반대편 지구로 워킹했을 때 너는 이미 그 하수인들을 만났어. 원반 위에서 ‘저항해 봐야 소용없다’라고 말하던 놈을 기억하지? 그들은 그런 식으로 말하는 걸 좋아해. 다른 한 제국은 헥스라고 불러. 그들의 무기는 마법이야. 주문, 부적, 희생의식……”

“잠깐.”

나는 손바닥을 제이 쪽으로 하고 두 손을 엇갈려 T자를 만들었다. 타임아웃 동작이었다.

"기다려, 기다려. 마법이라니? '수리수리마수리', '열려라 참깨' 이런 걸 말하는 거야?"

내 질문에 제이는 성가셔하는 것 같았지만, 참을성 있게 대답했다.

"그래, 한 번도 '수리수리마수리'라는 주문을 듣지는 못했지만 일반적으로는 그렇게들 알고 있지."

나는 혼란스러워 머릿속이 흔들리는 것 같았다.

"하지만 그게……."

"가능하냐고? 라크리마이 문디 호에서 너를 빼낼 때 보니 확실히 너는 마법에 걸려 있는 것 같던데?"

아, 나는 입을 벌렸다. 그리고 본전도 못 건질 말은 꺼내지 말고 입을 다물고 있자고 결심했다. 제이는 쑥스러워하는 내 모습을 고맙게도 못 본 척했다.

"좋아. 네가 살았던 곳 기준에 맞춰 너무 합리적으로 생각하려는 것 같아서. 항상 기억해. 무한한 세계 속에서, 어떤 가능해 보이는 일은 가능한 데 그치는 게 아니라 꼭 일어나게 돼 있어."

"이야기를 계속할게. 바이너리와 헥스는 공공연히, 그리고 은밀하게 알티버스를 완전히 장악하기 위해 싸우는 중이야. 두 제국은 수백 년 동안 그 싸움에 전념해 왔지만, 사활을 건 싸움이라 한쪽으로 전세가 기울지 않고 팽팽하게 맞서고 있지. 우리가 마지막으로 입수한 조사 통계에 따르면 알티버스에서는 수백 만, 수십 억, 수 조 개에 달하는 지구가 관측돼.

그들 중 많은 것들은 샴페인 기포가 올라오는 것보다 더 빨리 무(無)로부터 튀어나오고 있지."

"헥스를 통치하는 것은 13인 위원회야. 바이너리는 스스로를 01101이라 부르는 인공지능이 통치하고. 그들이 바라는 것은 단 한 가지야. 알티버스 전체를 지배하는 것. 그들은 마법의 힘과 과학의 힘이 균형을 이룰 때 알티버스가 최상으로 잘 돌아간다는 사실을 받아들이지 않아. 그래서 인터월드가 등장한 거야."

"네가 전에 그 이름을 한 번 말했던 것 같아."

"맞아. 나는 인터월드를 위해 일해. 지금 너를 데려가고 있는 곳이기도 하고."

제이는 말을 멈추고 숨을 들이쉬었다. 나는 그 많다는 지구들보다도 질문하고 싶은 게 더 많았다. 하지만 내가 묻기 전에, 그리고 제이가 말을 계속하기 전에, 우리는 뭔가 울부짖는 소리를 들었다.

멀리서 들려왔는데, 이전에 한 번도 들어본 적이 없는 소리였다. 그러나 그것은 분명히 사냥에 나선 야수의 소리였고, 아마도 제이와 나를 동시에 특식으로 원할 만큼 큰 놈 같았다. 제이가 껑충 뛰었다.

"이리 와."

마스크를 쓰고 있었음에도 불구하고 신경이 곤두선 제이가 느껴졌다.

"우리가 지금 있는 곳은 아직 인비트원과 가까운 경계 지역이야. 바짝 붙어서 나를 따라와."

우리는 빠른 걸음으로 타버리고 갈라진 계곡 바닥을 가로
질러 걷기 시작했다. 무엇이 바닥을 태웠을까? 나는 의아했
다. 기온은 적당했고 약간 상쾌하기까지 했는데, 어림잡아
이십 도가 약간 넘는 것 같았다. 나는 얼룩진 하늘을 힐끗 올
려다보았는데, 더 이상 매혹적으로 보이지 않았다. 마치 그
온갖 빛깔들이 한순간에 우리 위로 쏟아져 내릴 것 같았다.
성벽 위에서 쏟아지는 펄펄 끓는 납을 피하듯 나는 진저리치
며 더 빨리 걸었다.

우리가 걷는 곳의 한 가지 좋은 점은 어느 것도 몰래 다가와 기습할 수가 없다는 것이다. 하지만 나는 여전히 이 장소가 마음에 들지 않았다. 우리는 아이스하키 링크 위의 들쥐 두 마리처럼 완전히 노출되어 있었다. 우리는 걷고 또 걸었다. 하지만 멀리 보이는 산들은 좀처럼 가까워지지 않았다.

그런데 길 저 편에 여러 색깔로 변하며 깜박거리는 물체가 눈에 들어왔다.

나는 한쪽에 떨어져 그것을 살펴보기 위해 걸음을 멈췄다. 한눈에 그것은 갈라진 땅 틈에서 흘러나온, 농구공 크기의 거품방울처럼 보였다. 그런데 그것은 하늘을 향해서 위로 올라가더니, 어느 정도 높이에서 멈췄다. 그리고 마치 줄에 매달린 풍선이 흔들리듯 위아래로 깐닥거렸다.

"저게 뭐지?"

내가 물었다. 제이가 거품방울을 향해 고개를 돌렸다. 제이와 약간 떨어져 있던 터라, 나는 그의 은빛 뺨과 턱 선에 반사되는 내 전신 모습을 볼 수 있었다.

"전혀 모르겠네. 저런 건 본 적이 없어. 그렇지만 머드러프의 일종이기 쉬우니까, 위험한 물체라고 치부하고 피하는 게 상책이야."

제이가 다시 걷기 시작했다. 나는 떠나기 전 마지막으로 거품방울을 쳐다봤다. 내 생각에 그것은 마치 살아 있는 것 같았다. 그리고 돌아서서 제이를 뒤따랐다.

멀리 어디선가에서 덜걱거리는 소리가 들려왔다. 방울뱀

이 기어가는 소리 같기도 했고, 누군가 바위 위로 거대한 긴 쇠사슬을 끌고 가는 소리 같기도 했다.

나는 소리가 들려오는 뒤쪽으로 돌아서서 주변을 둘러보았다. 그런 소음을 낼 수 있는 물체는 눈에 뜨이지 않았다. 보이는 것이라고는 마치 무엇인가로부터 도망치려는 것처럼 미친 듯 용을 쓰는 작은 거품방울뿐이었다. 방울 표면은 시시각각 얼룩덜룩한 여러 색깔로 변하며 고동쳤다. 암적색과 오렌지색, 보라색으로.

그것은 겁을 집어먹고 있었다. 그걸 내가 어떻게 아는지 확신하지는 못했지만, 나에게는 그 거품방울이 위험한 지경에 처해 있는 게 확실해 보였다.

나는 돌아서서 거품방울이 흘러나온 갈라진 땅 틈으로 향했다.

등 뒤에서 제이가 외쳤다.

"조이! 안 돼! 돌아와!"

"방울이 위험에 처한 것 같아!"

내가 대답했다.

"저 방울은 해로운 물체가 아니야. 도와줘야 해."

나는 계속 다가가 갈라진 틈 앞에 섰다. 틈은 거대했지만 생각보다 많이 벌어져 있지는 않았다. 가까이서 보니 그 방울은 갈라진 땅 틈으로 나와 있는, 세포질로 만들어진 가느다란 줄에 매여 있었다.

"조이! 그건 인비트윈의 생물이야! 머드러프라고! 당장 돌아와!"

나는 못 들은 척했다.

그 줄은 타액이 늘어진 것처럼 투명하고 얇았다. 그걸 끊고 방울을 풀어 주기란 어려운 일이 아닌 듯 했다.

"방울이 묶여 있어!"

나는 조이에게 말했다.

"내가 풀어 줄 수 있을 것 같아."

제이가 나를 향해 오고 있었다. 풀어 주려면 제이가 오기 전에 빨리 풀어 줘야 했다. 나는 손을 뻗어 줄을 끌어당겼다. 줄은 보기보다 강했다.

"이봐."

나는 조이를 불렀다.

"칼 갖고 있어? 우리가 풀어 줄 수 있어."

제이는 대답하지 않았다. 은빛 가면에 가려져 표정이 보이지는 않지만 그가 얼마나 화가 나 있는지 알 수 있었다.

우리 위에 떠 있는 방울 모양의 생물체는 살려달라고 호소하고 있는 듯했다. 나는 줄을 풀려고 했다. 약간 끈적거리는 것이 거미줄 같다는 생각이 들었다.

"저 방울은 위험한 물체가 아니야."

나는 제이에게 말했다.

"보면 알잖아."

제이는 한숨을 쉬었다. 그 사이 그는 내 뒤 1~2미터 거리까지 와 있었다.

"네 말이 옳다고 하자."

제이가 말했다.

"그러나 무엇인가 이상해. 너는 왜 저 방울이 붙잡혀 있다고 생각하지? 왜?"

줄이 부르르 떨기 시작했다. 그리고 고막을 찢는 엄청난 울부짖음 소리가 들렸다. 나는 내가 줄을 잡아당김으로써 무엇인가를 불러냈다는 것을 깨달았다. 그저 작은 방울을 풀어 주려 한 것이지만, 실제로는 괴수의 식사 시간 종을 울린 것이다.

갈라진 틈의 심연으로부터 괴물이 솟아올랐다.

그놈의 머리는 어떻게 보면 상어 머리처럼, 또 어떻게 보면 티라노사우르스의 머리처럼 보였는데, 트럭같이 두터운 몸을 끌고 지네가 춤추듯이 땅 위로 올라왔다. 몸체 전체가 얼마나 긴지는 모르겠지만, 바닥이 없는 틈바구니로부터 끝없이 올라오고 있었다. 분절된 몸체들이 돌 위를 길 때마다 골짜기에는 거대한 긴 쇠사슬이 끌리는 것 같은 소리가 울려 퍼지며 메아리쳤다. 이윽고 괴물이 자신의 몸체를 틈 가장자리로 전부 끌어올렸을 때, 그 길이는 족히 10미터는 되어 보였다. 괴물은 헤아릴 수 없이 많은 겹눈으로 나를 내려다봤다. 그 눈 하나하나는 거의 내 손바닥만큼이나 컸다.

그리고 괴물은 나를 향해 덤비기 시작했다.

괴물의 머리는 아빠의 차만큼이나 컸다. 놈은 여러 겹의 이빨이 드러나 있는 아가리를 딱 벌리고 덤벼들었는데, 아가리 안의 이빨들은 고기를 써는 칼처럼 날카로웠다. 놈이 마치 고속 엘리베이터처럼 빠르게 나를 향해 몸을 덮쳤다. 그렇게 속수무책으로 막 그놈의 한입거리가 되려는 순간, 등 뒤에서 무엇인가가 나를 낚아채 뒤로 집어던졌다. 나는 벌렁 뒤로 넘어졌다.

몸을 일으키지도 못한 채로 즉시 고개를 돌려 뒤를 살펴보았다. 내가 서 있던 자리에 제이가 서 있었다. 괴물은 게걸스런 입으로 제이를 덮쳐 물었고, 입 밖으로 반쯤 나온 몸뚱이를 마저 삼키려고 했다.

그때 묶여 있던 방울이 내 어깨 위에서 날아올라 제이를 엄호하러 갔다. 내가 날아가 땅바닥으로 떨어지면서 그때까지 손에 쥐고 있던 줄이 끊어진 것이다. 반투명한 방울은 괴물의 주둥이 위를 날아다니며 날파리처럼 놈을 교란시켰다.

괴물은 분노에 울부짖으며, 물고 있던 제이를 땅에 내려놓고 몸을 뒤로 세웠다. 입은 그대로 벌린 채였다. 숨을 쉬기 위해서 괴물은 그 험악한 입을 완전히 닫을 수가 없었다. 왜냐하면 방울 모양의 머드러프가 자신의 반투명한 몸에서 달라붙는 재질을 분비해 괴물의 코를 막았던 것이다. 괴물은 울부짖으며 아메바처럼 달라붙는 머드러프의 분비물을 떼어내려고 몸부림쳤다. 결국 놈은 자신의 코에 덩굴손처럼 달라붙는 방울의 분비물을 떨어뜨리는 데 성공했다. 그러나 떨어진 분비물은 다시 제자리로 튀어 돌아가 괴물의 코를 막았다. 믿기 어렵게도 그 작은 거품방울이 괴물에게 잡아먹힐 위기에 처한 제이와 나를 구하고 있는 것이다!

괴물은 몸을 끌고 자기가 나왔던 갈라진 틈 사이로 다시 기어들어갔다. 땅이 들썩거렸고 괴수의 울부짖는 소리가 울려퍼졌다. 괴물은 머드러프의 분비물을 떼어내기 위해서 비늘로 덮인 코를 돌에 문지르고 있었다. 나는 누가 이길 것인지 구경할 수는 없었다. 대신 제이에게로 달려가 그의 손을 잡고 부축했다. 비틀거리는 제이를 내게 기대게 하고, 싸움터로부터 멀리 끌고 갔다. 내 생각에 방울은 괴물을 상대로 오래 버틸 수 있을 것 같지 않았다.

싸움터로부터 400~500미터쯤 멀어져서야 우리는 멈춰섰다. 제이는 모래 위에 힘들게 앉았다. 이제 괴물의 모습은 보이지 않았지만, 울부짖음과 땅의 진동은 계속 전해져 왔다. 싸움터 쪽에서는 먼지구름이 피어나고 있었고, 때로 돌조각이 날리는 모습도 눈에 들어왔다. 만약 제이가 심하게 다친 사실을 알아채지 못했다면, 그 싸움의 추이를 구경하는 것은 흥미진진했을 것이다. 하지만 선명하게 뻗어 있는 핏자국은 나를 얼어붙게 했다. 핏자국은 싸움터로부터 제이의 몸 아래까지 이어지고 있었다.

나는 숨이 막혀 제이 옆에 꿇어앉았다. 은빛 옷에는 커다란 구멍이 뚫려 있었다. 제이의 몸도 마찬가지로 엉덩이 바로 위 왼쪽에 두 군데, 오른쪽에 세 군데 끔찍한 상처가 나 있었다. 괴물의 이빨은 거의 직경 3센티미터의 구멍을 남겼다. 끔찍한 상처에서는 끊임없이 피가 솟구치고 있었다. 멈출 방법이 없었다. 나는 어찌 해야 할 지 몰랐다. 제이는 이미 너무 많은 피를 흘린 것이다.

제이가 힘없이 손을 들어올렸다. 나는 그 손을 잡았다.

"내가 너를 인터월드로 데려갈게."

나는 무슨 말을 해야 할지, 어떻게 해야 할지 안절부절못하며 말했다.

"우리는 인비트윈을 벗어나게 될 거야. 그렇게 오래 걸리지는 않을 거야. 나는… 나는… 미안해… 제이."

"그만 둬."

제이가 속삭였다.

"나는…불가능해. 피를…너무 많이…흘렸어. 그리고 그놈 이빨에는…독이 있는 모양이야. 조이, 해롭지 않게 보여도… 무조건 믿으면 안 돼……."

제이의 목소리는 아주 작았고, 힘이 없었다.

"내가 어떻게 해야 하지?"

나는 어찌할 바를 모르며 물었다.

"내 손을… 모래 위에 내려놓아."

제이가 말했다.

"내 손이… 네가 가야 할 마지막 남은 길을… 어떻게 가야 할지 보여줄 거야."

나는 제이의 손을 바닥에 내려놓았다. 떨리는 손으로 힘들게, 제이는 무엇인가를 그렸다.

그리고 멈추더니, 휴식을 취하는 듯 움직이지 않았다. 나는 자기 자신이 완전히 쓸모없는 놈이라는 느낌이 들었다.

"제이?"

내가 말했다.

"너는 괜찮아. 정말, 괜찮을 거야."

거짓말을 하려는 것은 아니었다. 나는 그러기를 진심으로 바랐다.

제이가 갑자기 몸을 돌렸다. 나는 깜짝 놀랐다. 제이는 한쪽 어깨로 몸을 지탱하며, 바닥에 기대고 있지 않은 다른 손으로 내 옷을 잡았다. 그리고 놀라운 힘으로 끌어당겼다. 나의 얼굴은 그의 가면 바로 앞에까지 끌려갔다. 그의 은빛 옷에 일그러져 반사되는 나의 기괴한 모습이 비쳤다.

"올드맨에게…… 대원을 하나 잃어버리게 해서…… 미안하다고 전해 줘. 나를 대신할…… 최고의 대원을…… 천거한다고…… 전해 줘."

"전할게, 그 대원이 누군지는 모르지만."

나는 약속했다.

"대신 한 가지 부탁을 들어주면 안 돼?"

그는 알아볼 수 없을 정도로 미약하게 고개를 끄덕였다.

"가면을 벗어 봐."

나는 말했다.

"네가 누구인지 보여줘."

제이는 망설이다가, 한 손을 가면 위로 올려 손가락으로 턱 밑을 찔렀다. 그의 얼굴을 덮고 있던 번쩍이는 은빛 물질이 광택 없는 암회색으로 변하더니, 점점 줄어들어 제이의 목에 둘러져 있는 고리 속으로 사라졌다.

나는 뚫어지게 제이의 얼굴을 보았다. 아무 차이도 없었다. 가면은 아직 제자리에 있었다. 적어도 제이의 얼굴을 보고 충격을 받아 처음 떠오른 생각은 그랬다.

그러나 그것은 은빛 가면에 비친 내 얼굴이 아니었다. 그것은 바로 제이의 얼굴이었다. 하지만 내 얼굴과 완전히 똑같지는 않았다. 제이는 나보다 최소한 다섯 살은 많아 보였다. 오른쪽 뺨에는 흉터자국이 있었고, 귓바퀴 아래쪽도 다쳤다가 아물었는지 우툴두툴 상처의 흔적이 남아 있었다. 그러나 그깟 흉터가 그의 모습을 달라보이게 할 수는 없었다.

제이는 나였다. 그것이 제이의 목소리가 그렇게 익숙하게 들렸던 이유였다. 그 목소리는 내 목소리였다. 아니, 앞으로 5년 후에는 그렇게 들릴 내 목소리였다.

나는 왜 내내 그 사실을 알아채지 못했을까? 이상했다. 그리고 깨달았다. 솔직히 말하면 어느 정도 나는 알고 있었던 것이다. 당연히 그는 나였다. 나보다 멋지고 용감하고 현명한 나였다. 그리고 그는 자신의 목숨을 내 생명과 바꾸었다. 제이는 생기 없는 눈으로 나를 바라보았다.

"움직…… 여."

제이의 속삭이는 목소리는 거의 알아듣기 힘들었다.

"올드맨에게 전해… 최고의 대원을… 잃어서는 안 된다고… 너무 위험해. 프로스트의 밤이… 오고 있어……."

"그래, 꼭 약속할게."

나는 말했다. 내 말을 들었는지 못 들었는지 제이의 눈이 감겼다. 의식이 없어 보였다.

하지만 제이가 내 약속을 들었는지 못 들었는지는 문제가 아니었다. 약속은 지켜야 한다. 약속한 사실을 내 스스로가 알고 있지 않은가. 나는 평생 약속을 지키지 못한 것을 자책하며 살고 싶지 않았다.

편하게 제이를 눕히고 나는 자리에서 일어섰다. 갑자기 무언가 왈칵 목구멍으로 올라오는 느낌이었다. 그렇게 얼마나 오랫동안 멍하니 서 있었는지 모르겠다.

그러다가 나는 제이가 모래 위에 쓴 것을 내려다보았다.

아마도 그것은 중요한 것일 것이다. 그러나 좀더 가까이 다가가 자세히 보니, 전혀 이해가 가지 않았다. 그것은 무슨 수학 공식처럼 보였다.

$$\{IW\} := \Omega / \infty$$

그것이 무엇을 의미하는지 알 수가 없었다. 그러나 그 기호는 내 마음속에 뻗어나가며, 머릿속 깊이 뿌리를 내리는 것 같았다.

사방은 조용했다. 제이의 헐떡거리는 숨소리와 바람 소리뿐. 나는 알고 있었다. 얼마나 걸렸을지 모르겠지만, 그 괴물과 거품방울 간의 싸움이 어떻게 끝났으리라는 것을. 거품방울이 불쌍하면서 미안한 마음이 들었다. 처음에는 미끼로 사용되었다가, 결국 제이와 나를 구하기 위해 싸우다가 괴물에게 죽은 것이다.

나는 일어나 돌아서서 뒤쪽을 살폈다. 또 다른 괴물이 있는 기색은 없었다. 좀더 잘 보기 위해 조심스럽게 몇 걸음 앞으로 갔다. 싸움터 쪽에 보이는 것이라고는 가라앉고 있는 먼지뿐이었다.

제이의 피부에 푸른빛이 돌고 있었다. 그의 말대로 괴물의 이빨에 독이 있었던 모양이었다. 내가 제이 말을 들었더라면, 그렇게 멍청하게 굴지 않았더라면, 제이는 그런 멍청한 나를 구하기 위해 결코 괴물에게 물려 죽지 않아도 되었을 것이다. 제이는 내 멍청한 짓 때문에 죽어가고 있다. 나 때문이다. 내 잘못이다. 오로지 내 탓인 것이다.

나는 하늘을 바라보며 세상 모든 것에 대고 맹세했다. 만약 제이가 살아난다면, 제이를 데리고 여기서 빠져나갈 수만 있다면, 치료를 받게 해서 제이가 다시 완쾌될 수만 있다면, 그렇게만 될 수 있다면 나는 최선을 다해 열심히 사는 사람이 될 것이라고. 어떤 누가 할 수 있는 것보다 착하고 선하게, 성 프란체스코나 부처 같은 그런 사람이 되겠다고.

그러나 제이는 눈을 뜨지 않았고 숨도 쉬지 않았으며 움직이지도 않았다. 이제 내가 맹세한 것, 내가 미래에 어떤 존재가 되느냐 하는 것은 아무런 의미도 없었다. 제이는 죽은 것이다.

8 인터월드로 가는 길

나는 제이를 그곳에 남겨 둘 수가 없었다.

어쩌면 독자들은 나를 비웃을 것이다. 그러나 나는 그럴 수가 없었다. 상황을 고려하면 제이를 두고 오는 것이 분별 있는 행동이었을 것이다. 사실 무덤이나 그 비슷한 것을 만들 수 있었다면, 나는 아마도 그 인비트윈의 접경 지역인 사막에 제이를 두고 왔을지도 모르겠다. 그러나 그곳의 땅바닥은 불타서 단단하게 굳어 버린 황토였다. 모래층이 얇게 그 위에 덮여 있을 뿐이었다.

그래서 나는 제이를 끌고 가려고 했다. 제이의 몸은 꿈쩍도 하지 않았다. 확실히 나보다 무거웠다. 그렇더라도 제이를 괴물이 기어나온 틈바구니로부터 10분 이상 떨어진 거리까지 끌고 가려고 했다. 괴물이 제이를 먹어치우게 내버려둘 수는 없었다. 위험한 상황은 끝났기 때문에, 시간은 얼마가 걸려도 상관없었다.

나는 제이가 그렇게 무거운 것이 혹시 금속 옷 때문이 아닌가 생각했다. 그래서 옷에 고리나 지퍼 혹은 단추 같은 것이 달려 있지 않나 들여다봤다.

아무것도 없었다.

그때 옆에서 무슨 소리가 들렸다. 나는 긴장해 돌아봤다. 그것은 인비트윈의 거품방울이었다. 고양이 크기의 아메바 같은 그 머드러프는 무지개 빛깔로 반짝이며 내 옆에서 날아다녔다.

"아!"

나는 말했다.

"살아 있었구나. 하지만 제이는 죽었어. 아무래도 제이의 말대로 너를 그냥 두고 갔어야 했나 봐."

방울의 색깔이 비참한 느낌의 어두운 보라색으로 바뀌었다.

"아니야, 내 말이 진심은 아니야."

나는 말했다.

"하지만 제이는…… 내 친구야. 아니, 제이는 나 자신이지. 하지만 지금 제이는 죽었고, 나는 제이를 그의 집으로조차 데려갈 수 없어. 너무 무거워."

방울의 보라색이 밝아지더니 금빛으로 바뀌며 환해졌다. 방울의 몸에서 팔도 아니고 촉수라고 할 수도 없는 것이 돋아나와, 제이가 입고 있는 금속 옷의 가슴을 건드렸다. 표현이 맞는지는 모르겠지만, 내 생각에 그것은 식물의 꼬투리와 비슷했다.

"그래."

나는 말했다.

"제이는 죽었어."

방울은 실망한 듯 깜박이며 똑같은 위치를 다시 두드렸다.

"나보고 거기를 만지라는 거야?"

방울의 색깔이 다시 잔잔한 푸른색으로 변했다. 그것은 긍정의 느낌이었다. 나는 방울의 꼬투리가 건드렸던 위치에 손가락을 댔다. 그러자 마치 꽃이 태양을 향해 봉오리를 벌리듯 옷이 열렸다. 제이는 회색 속옷 위에 녹색 티셔츠를 입고 있었다. 차가운 몸은 아주 창백했고, 내 목구멍에서는 다시 울컥하는 무엇인가가 치밀어 올라왔다.

나는 제이의 몸에서 금속 은빛 옷을 벗겨냈다. 그것은 엄청나게 무거웠다. 아마도 30~40킬로그램은 나갈 것 같았다. 방울은 무엇을 말하고 싶은 듯 여전히 내 옆 공중에 떠 있었다. 그리고 보라색 꼬투리를 내밀어, 땅바닥에 구겨져 있는 은빛 옷을 가리켰다. 그리고 나를 가리키더니, 자신의 온몸에 핏줄처럼 은빛 결을 퍼뜨리며 반짝거렸다.

"뭐라고?"

나는 알아듣지 못하고 물었다.

"네가 말을 할 수 있으면 좋을 텐데."

방울은 한 번 더 은빛 옷을 가리키더니, 회색으로 변해서는 다시 나를 가리켰다.

"나보고 그걸 입으라는 거야?"

방울은 아까처럼 푸른색으로 변했다. 그래. 입을게.

"혓바닥으로 말하는 건 많이 들었지만, 색깔로 말하는 건 처음 들어보네."

나는 말했다.

그리고 불가사리 모양으로 열려진 은빛 옷을 주워 몸에 걸쳤다. 무거워서 등짝이 아팠다. 납으로 만든 담요를 걸친 기분이었다. 옷은 차가웠고 쓸모가 없었다. 이걸 입고서는 어느 방향으로든 열 발자국 이상을 걸을 수가 없었다.

"이제는?"

나는 인비트윈의 머드러프에게 물었다. 방울은 잘 모르겠다는 듯 녹색으로 변하더니, 연속해서 빠른 속도로 노란색과 진홍색으로 바뀌며 반짝였다. 그리고 망설이면서, 내 가슴 위 옷의 중앙 지점을 가리켰다. 나는 그곳을 건드렸다.

아무 변화도 없었다.

나는 다시 건드렸다. 그리고 주먹으로 쳤다. 그래도 변화가 없어서 이번에는 문질렀다. 그리고 손가락으로 할 수 있는 한 꽉 눌렀다. 그러자 갑자기 납덩어리 같던 옷이 살아나 나를 감쌌다. 옷은 죽 흐르며 머리끝부터 발끝까지 온 몸을 덮었다. 얼굴을 덮을 때는 시야가 가려, 순간 숨이 막히는 공포를 느꼈다. 그러나 곧 이전보다 더 잘 보였고, 호흡하기도 편했다.

내려다보니 은빛 옷이 몸을 덮고 있는 것을 볼 수 있었는데, 동시에 옷 안도 볼 수 있었다. 은빛 옷은 전투비행기 조종사들이 입는 빈틈없는 비행 복장과 비슷했다. 나는 옷 안으로 금빛 병과 일종의 총처럼 보이는 것, 그리고 뭔지 알 수 없는 다른 물건들을 볼 수 있었다. 그것들은 어떤 호주머니 같은 곳에 들어 있었다. 그리고 나는 내 몸도 내려다볼 수 있었다.

이제는 따뜻했다. 하지만 마녀 인디고 때문에 뚫린 왼쪽 어깨는 아니었다. 그리고 괴물의 이빨이 뚫어 놓은 곳도.

가면을 통해서 보자니, 방울 머드러프는 마치 초점을 잘못 맞춘 망원경을 통해서 보듯 이상스럽게도 거대해 보였다. 나는 방울의 크기가 단지 고양이만 하다는 것을 알고 있다. 하지만 어쨌든, 방울은 마천루만큼이나 크고 나는 15킬로미터 정도 떨어진 곳에서 그것을 보고 있다는 생각을 떨쳐 버릴 수가 없었다. 은빛 옷이 평상시와 다른 어떤 감각을 만드는 것일까?

"너는 이름이 뭐니?"

내가 방울에게 물었다.

방울은 백 가지 색깔로 반짝였다. 나는 그렇다는 말로 받아들였다. 문제는, 나는 색깔로 말할 수 없다는 것이다.

"이제부터 너를 휴라고 부를게."

방울에게 말했다.

"마음에 안 들면 다른 이름으로 하고."

방울은 금빛으로 환해졌다. 나는 그렇게 불러도 괜찮다는 말로 받아들였다.

몸을 숙여 제이를 내 어깨에 들어올렸다. 느껴지는 제이의 부피는 여전했지만, 그러나 그 무게는 대부분 은빛 옷이 차지했었던 모양이다. 제이는 마치 15킬로그램도 나가지 않는 것처럼 가벼웠다.

그리고 나는 정신을 집중했다.

{IW}:= Ω/∞

사슴을 들쳐메고 집으로 돌아가는 인디언 사냥꾼처럼, 나는 제이를 어깨에 메고 인터월드의 기지로 가야 하는 것이다. 가는 길은 그 기호 속에 있었다.

휴는 내 옆 공중에서 이리저리 깐닥거리고 있었다. 나는 인터월드 기지로 나를 데려다 줄 것이라고 느껴지는 길 위에 섰다.

나는 좀더 잘 설명하고 싶다. 사람들이 혓바닥을 사용해 지명을 이빨 사이로 내뱉을 때 어느 장소를 아는 것과 똑같이, 나는 그것을 마음으로 느낀다. 나는 그 장소를 느껴서 알 수 있다.

이곳을 떠날 시간이었다. 나는 워킹했다.

그 장소에서 마지막으로 본 것은 내 뒤에서 약간은 슬픈 듯 깐닥거리던 휴의 모습이었다. 그리고 장면이 바뀌어서……

아무것도 보이지 않더니……

강둑이 보이고……

도시의 광경이 보이고……

나를 찾는, 천 개의 눈이 보이더니……. 멀리 자줏빛 산맥이 보이는 초원이었다. 나는 갑자기 그곳에 서 있었다. 그곳이 어디이든 간에, 나는 목적지에 도착한 것을 머릿속에서 느낄 수 있었다.

{IW}:= Ω/∞

이 기호는 이제 역할을 다 한 게 틀림이 없었다.

그러나 주위에는 아무것도 없었다. 나는 인적 없는 초원 한가운데에 완전히 혼자였다. 나는 제이를 풀밭에 내려놓고, 제이가 말한 인터월드 기지의 사람들이 나와 제이를 발견할 수 있을지 생각했다. 그리고 갑자기, 정말 솔직히, 아무래도 상관없다는 생각이 들었다.

나는 손가락으로 턱 밑 부드러운 곳을 만졌다. 그러자 은빛 가면이 오므라들어 맨 얼굴이 드러났다. 따뜻한 공기가 느껴졌다. 함께 지냈던 모든 것으로부터 수백 만, 수천 만 킬로미터 떨어져 있는 미지의 곳에서, 완전히 외톨이가 되어 나는 울기 시작했다. 제이를 위해, 나의 부모님을 위해, 제니와 오징어를 위해, 로웨나와 테드 러셀을 위해, 그리고 디마스 선생님과 그 밖의 모두를 위해. 그리고 무엇보다 나 자신을 위해 울었다.

내 안에 토해내고 싶은 아무것도 남지 않을 때까지 나는 흐느껴 울었다. 그리고 눈물이 말라붙은 얼굴로, 감정이 텅 빈 상태로, 해가 질 때까지 그 자리에 앉아 있었다. 얼마나 그 자리에 있었을까? 이윽고 유리 돔 도시가 조용히 초원 위 허공에 나타나 땅으로 내려앉았다. 돔 도시는 제이와 내 위 2미터 허공에서 멈췄다. 그리고 나처럼 생긴 몇 명의 사람들이 나와서 우리를 데리고 안으로 들어갔다.

제 2 부

인터월드는 한 곳에 멈춰 있지 않았다.
마법과 과학의 조화로운 힘에 의해 떠 있는 기지는
행성 표면을 따라 끊임없이 떠돌았다.

9 올드맨과의 만남

나는 절벽 중간쯤의 암벽에 바짝 달라붙어 있다. 나는 위아래가 통째로 붙은 회색 훈련복을 입고 등산화를 신었으며, 허리 벨트에는 로프가 부착돼 있다. 그 로프는 아마 5~6미터쯤 내 위에서 올라가고 있을 동반자와 연결되어 있다. 그녀는 나를 정말 싫어한다. 어쨌든 그런 골치 아픈 문제야 지금은 잊어야 한다. 그녀의 30미터 위에는 자유와 따뜻함과 씹을 수 있는 음식과, 기지로 돌아가는 길이 기다리고 있다는 것을 상기하며.

이 등반길은 30미터가 마치 30킬로미터처럼 느껴진다. 나는 배고프고 추웠다. 그리고 손가락부터 발끝까지 다치지 않은 곳이 없었다.

나는 머리에 신경계를 제어하는 밴드를 차고 있다. 그것은 훈련 도중에 워킹하는 것을 막기 위해서이다. 아마도 그것이 없었으면 나는 벌써 어딘가 다른 행성으로 워킹해 버렸을 것이다. 정말이다. 워킹해 버리고 싶은 유혹을 떨칠 수가 없었다. 특히 지금처럼 진눈깨비마저 내린다면. 빗물 섞인 차가운 눈송이가 피부를 적셔 나의 온몸은 완전히 꽁꽁 얼어 버렸고, 너무 심하게 떨어 절벽에 붙어 있을 수가 없었다.

바로 밑에서 기침소리가 들렸다. 나는 아주 조심스럽게 몸을 틀어 밑을 내려다 보았다.

자이였다. 피부색이 호두빛깔인 것만 뺀다면, 자이는 나와 아주 똑같아 보이는 사람들 중의 하나였다. 자이는 헐렁한 흰 수련복을 입고, 땅으로부터 45미터 위 허공에 가부좌를 튼 채 떠 있었다.

"괜찮겠는지 물어보러 왔어."

그다운 점잖은 말투로 자이가 말했다.

"진눈깨비 때문에 등반에 애로가 많을 거야. 만약 여기서 훈련을 끝내기를 원한다고 해도, 사람들은 네가 부족하다고 생각하지는 않을 텐데."

컵 속에서 주사위 구르는 소리를 내며 이빨이 딱딱 부딪쳤다. 나는 정신없이 떠느라고 자이의 말을 거의 듣지 못했다.

"뭐라고 했지?"

"여기서 멈추기를 원해?"

어디론가 워킹해 버리고 싶은 유혹이 다시 찾아들었다. 그러나 겁쟁이라는 딱지가 붙는 게 싫은 것 말고도, 훈련을 중단하지 못할 충분한 이유가 있었다.

"계속할 거야."

나는 자이에게 말했다.

"설령 죽는 한이 있더라도."

"죽는 건 네가 선택할 사항 중의 하나가 아니야."

못마땅한 듯 자이가 말했다. 자이는 어딘가 답답한 구석이 있다. 하지만 어쨌든 내가 훈련을 계속하는 것을 받아들였고, 말을 끝내자 절벽 꼭대기의 캠프로 천천히 날아갔다.

다시 나는 절벽을 오르기 시작했고, 얼마쯤 지난 후 암벽 사이에 깊이 파인 균열 지점을 발견했다. 나는 그리로 들어가서 등반 중에 쌓인 온몸의 눈을 털어냈다. 영원히 끝날 것 같지 않았던 시간이었지만, 그래도 어느새 자이와 대화를 나눴던 곳으로부터 10미터 가량 올라와 암벽 틈새에 도달한 것이다. 그런데 암벽 틈에는 나 혼자만 있는 것이 아니었다. 나와 같이 등반하는 동반자가 먼저 와 있었다. 그녀는 진눈깨비를 피하기 위해 안쪽 구석에 앉아서 몸을 떨고 있었다. 나는 반가운 기척은 물론 아무 내색도 하지 않으려고 애썼지만, 그래도 역시 그녀는 나와 한 장소에 있는 것이 기분 좋아 보이지 않았다. 암벽 안으로 들어설 때도 그녀는 내게 눈길 한 번 주지 않고 하늘만 올려다보았다.

"꼭대기까지 별 탈 없이 올라갈 묘책이라도 있어?"

나는 우리가 더 기어올라야 할 위쪽 절벽을 걱정스레 쳐다보며 말했다.

"내가 말을 나누고 싶어하지 않는 사람들은 드물어."

그녀가 나에게 말했다.

"그런데 네가 그런 사람 중의 하나야."

그녀는 쉬지 않고 계속 휘몰아치는 눈보라를 향해 다시 눈길을 돌렸다.

그래, 좋다고……. 나는 벨트에 매달려 있는 보온병의 뚜껑을 열어 뜨거운 쇠고기 스프를 한 컵 따랐다. 그녀에게는 권하지 않았다. 그 이유는 첫째, 그녀의 벨트에도 내 것과 똑같은 보온병이 매달려 있으니까. 둘째, 그녀라면 진절머리가 나서.

나는 천천히 조금씩 스프를 들이켰다. 너무 뜨거워서 잘못하면 입천장을 데기 쉬웠다. 그러면서 조우를 쳐다보았다. 인터월드의 다른 모든 대원들처럼 그녀 역시 나와 비슷한 모습이었지만, 나하고 아주 다른 두 가지 점이 있었다.

"쳐다보지 마."

"미안."

나는 말했다.

"그냥, 내가 살던 곳에서는 아무도 날개를 가진 사람은 없었거든."

조우는 마치 신발 밑창 아래 걸리적거리는 이물질을 발견한 것처럼 얼굴을 찌푸리며 나를 바라보았다. 그녀는 마법 세계의 나라들 가운데 한 곳에서 왔다. 조우의 날개는 그림 속에 그려진 천사의 날개처럼 크고 흰 깃털이 달렸다. 조우는 그 날개로 활주를 하거나 방향을 조종할 수는 있지만, 하늘에서 오래 날지는 못한다. 올드맨은 조우가 허공에서 떨어지지 않으려면 스스로 날 수 있다는 확신을 가져야 한다고

말했다. 올드맨의 말이 사실이라면 그것은 매우 신기한 일이
다. 하지만 내게는 그녀가 살던 세계에 관해서 그것보다 더
신기하게 생각되는 게 많다. 종종 조우에게 묻고 싶을 때가
있다. 나는 정말 그 세계의 사람들이 날개 달린 원숭이로부
터 진화한 것인지, 아니면 아기가 태어날 때마다 마법사들이
새의 날개를 아기 등에 붙이는 일을 영구적으로 반복하는 것
인지 궁금했다. 그러나 조우는 나를 에볼라균(살을 파먹는 바
이러스)처럼 생각하기 때문에, 내 의문에 대한 답을 들을 수
있을 것 같지는 않다.

　나는 인터월드의 막사에서 열흘을 지냈다. 그렇지만 벌써
평생을 그곳에서 보낸 듯한 느낌이다. 물론 행복한 일생은
아니다. 도리어, 전생에 살상을 일삼은 폭군이었고, 그래서
그 업보를 평생 갚고 있는 중이라는 느낌이 들었다.
　진눈깨비 속에서 절벽에 매달려 있기 열흘 전이었다. 나는
소독약 냄새가 나는 무균실의 야전침대에서 깨어났다. 밖에
서는 슬픈 곡조의 군악대 연주가 들렸다.
　장송 행진곡이었다.
　음악이 그쳤다. 나는 침대에서 내려와 약간 비틀거리며 창
가로 갔다. 밖을 내다보았다.
　넓은 연병장에는 오백 명 가량이 서 있었다. 아주 다양한
모습의 사람들이었지만, 어딘지 전부 나 같은 느낌이었다.
그들은 관을 둘러싸고 열을 지어 정렬해 있었다. 뚜껑이 열

린 관 안에는 검은 깃발에 덮힌 시체가 누워 있었다.

나는 그가 누군지 안다.

그리고 그가 어떻게 죽었는지도 안다.

연단 위에 한 사람이 보였다. 마치 내가 중년이 되면 그렇게 보일 모습이었다. 그는 막 제이를 보내는 추도사를 끝냈다. 소리가 거의 들리지 않았지만 나는 알 수 있었다.

그리고 사람들이 외치기 시작했다. 그것은 오백 개의 서로 다른 목소리였고, 제이를 잃은 데 대한 슬픔과, 동시에 임무를 완수한 것에 환호하는 외침이었다. 그 외침은 비명이었고, 분노였다.

그리고 관에서 불꽃이 피어올랐다. 불꽃은 점점 커져 활활 타올랐고, 마침내 관은 사라졌다.

군악대가 다시 연주를 시작했다. 여전히 구슬픈 곡이었지만, 이번에는 박자가 빨랐다. 그래도 인생은 *계속되는 거야*라고 음악은 말하고 있었다.

나는 다시 돌아와 야전 침대에 걸터앉았다. 내가 있는 곳은 일종의 병원이었다. 그것은 명백했다. 나는 인터월드의 기지 돔 속에 있었던 것이다. 내가 본 것은 제이의 장례식이었다.

노크 소리가 들렸다.

"들어오세요."

내가 말했다. 추도사를 했던 나이 든 사람이었다.

"반갑네, 조이."

그가 말했다. 그의 제복은 빳빳했고 깨끗했다.

"기지에 온 것을 환영하네."

그가 말했다. 그의 한 눈은 갈색이었고, 다른 쪽 눈은 의안이었다. 발광소자(LED)로 만들어진 것 같았다.

"당신도 역시 나랑 같은 모습이군요."

내가 말했다. 그가 머리를 약간 앞으로 숙였다. 아마도 그렇다는 표시일 것이다.

"내 이름은 조우 하커다. 여기서는 나를 대부분 올드맨이라고 부르지. 내가 이곳의 최고사령관이다."

"제이 일은 죄송합니다."

나는 말했다.

"시신은 수습해 왔습니다."

"그건 잘한 일이야."

올드맨이 말했다.

"그리고 제이의 전투복을 가져온 것도. 어쩌면 그게 더 중요할지도 모르지. 우리에게는 전투복이 단지 12벌뿐이네. 전투복은 이제 더 이상 만들 수 없어. 그걸 생산하던 세계가…… 이제는 사라졌으니까."

올드맨은 잠시 말을 멈췄다.

나는 무슨 말이라도 해야겠다고 생각했다. 그래서 말했다.

"사라졌다고요? 그 세계 전체가?"

"잔인하게 들릴지 모르겠지만, 하나의 세계란 우주에서는 하찮은 것이라네. 그러나 잔인한 것 속에는 진실을 알려 주는 가늠자가 있지. 바이너리와 헥스는 하나하나의 세계를 정말 하찮게 생각한다네. 생명은 더욱 하찮게 여기고……. 네 이야기로 돌아가야겠다. 제이의 시신을 가져온 것은 잘했다. 덕분에 우리는 제이와의 작별인사를 할 수 있었지. 그리고 전투복 안에는 제이의 마지막 메시지가 들어 있었다.”

올드맨은 잠시 말을 멈췄다.

“너를 기지 안으로 데려올 때를 기억하는가? 다소 정신이 없어 보이던데. 너는 계속 나를 찾았다.”

“제가요?”

“그랬지. 너는 우리에게 네 목숨을 구해 준 제이를 네가 죽게 했다고 말했어. 머드러프와 티라노사우르스를 닮은 괴물에 관해 모든 것을 말했지. 네가 멍청해서 제이를 죽음에 빠뜨렸다고.”

나는 고개를 떨어뜨렸다.

“맞습니다.”

올드맨은 수첩을 꺼내 넘기면서 적어 놓은 것을 찾아 읽었다.

“제이는 올드맨에게 미안하다고, 대원 한 명을 잃게 해서 죄송하다고 전해달라고 말했다. 그는 자기를 대신해서 다른 대원 하나를 강력하게 천거한다고 말했다.”

“제가 그렇게 말했나요?”

“그래.”

올드맨은 다시 자신의 수첩으로 눈을 돌렸다. 이번에는 의아해하는 목소리로 말했다.

"프로스트의 밤이 뭐지?"

"프로스트의 밤? 모르겠어요. 제이가 내게 전해달라며 한 말입니다. 최고의 대원을 잃을 수는 없다. 프로스트의 밤이 오고 있다."

"그밖에 다른 말은 없었나?"

나는 고개를 끄덕였다.

"저를 집으로 보내 줄 수 있나요?"

내가 물었다. 올드맨은 말없이 고개를 끄덕였다. 그리고 말했다.

"할 수 있지. 그래. 힘이 좀 들겠지만. 힘이 든다는 건 실패할 수도 있다는 것을 의미하는 거다. 우리는 네 기억을 지워야 한다. 이곳에 관한 모든 정보를 삭제해야 되니까. 그리고 너의 워킹 능력을 모두 제거해야 돼. 하지만, 그래, 어쨌든 할 수는 있을 거다. 헥스와 바이너리의 첩자들은 네가 어디를 갔다 왔는지 의심하겠지. 하지만 모든 세계에서 시간이 다 똑같은 속도로 흐르는 것은 아니니까. 아마 네가 사라졌던 시간은 그 행성의 시간으로는 5분이 넘지 않을 수도 있을 거다. 그렇게 긴……."

올드맨은 그때 분명 내 얼굴에서 희망의 기색을 보았을 것이다.

"그러나 우리를 저버릴 수 있겠니?"

"아저씨, 악의는 없지만, 나는 아저씨를 잘 모릅니다. 내가 왜 아저씨 편에 가담하기를 바란다고 생각하세요?"

"너는 강력한 천거를 받고 왔으니까. 제이가 그렇게 말했다. 제이가 말한 대로, 우리는 최고의 대원을 잃어도 될 만큼 여유가 있지 않다."

"내…… 내가, 제이가 말했던 그를 대신할 대원이란 말입니까?"

"받아들이기 어렵겠지만, 그렇다."

"하지만 나는 제이를 죽게 했습니다."

"그게 이곳에서 일해야 할 더 큰 이유다. 제이를 잃은 것은 비극이다. 그런데 너마저 잃게 되면 그건 우리에게는 재앙이야."

"글쎄요……."

나는 집을 생각했다. 다른 차원의 지구마다에 있는 집이 아니라 내 진짜 집을.

"그럼 저를 집에 보내 주실 마음이 있기는 한 건가요?"

"그래. 만약 네가 인터월드에 적응하지 못하고 탈락하게 되면, 너를 집으로 돌려보낼 것이다."

죽기 전 나를 올려다보던 제이의 모습이 눈을 감으면 여전히 보일 것만 같았다. 나는 한숨을 내쉬었다.

"이곳에 있겠습니다."

나는 말했다.

"당신을 위해서가 아니라 제이를 위해서."

올드맨이 손을 내밀었다. 나는 손을 뻗쳐 악수하려고 했다. 그러나 올드맨은 악수를 하는 대신 커다란 거친 손으로 내 손을 감싸 쥐고, 내 눈을 들여다보았다.

"내 말을 따라 해라."

올드맨이 말했다.

"나 조셉 하커는……."

"음… 나 조셉 하커는……."

"세상 만물이 조화로워야 한다는 사실에 동의하며, 그러므로 선언한다. 나는 모든 힘을 바쳐 알티버스를 해치고 지배하려는 무리들로부터 그것을 지키고 보호하는 데 전력을 다할 것이다. 그리고 인터월드와 인터월드가 표방하는 가치를 지원하기 위해, 어떤 일이라도 할 것이다."

나는 최선을 다해 따라했다. 올드맨은 내가 더듬을 때면 도와줬다.

"잘했다."

올드맨이 말했다.

"제이의 신념이 너를 통해 실현되기를 바란다. 너는 병참으로 가서 장비를 지급받아야 한다. 연병장 건너편의 네모난 건물이 그곳이다. 지금이 1100시다. 1145시까지면 네 막사로 가서 짐을 푸는 데 충분한 시간이다. 점심시간은 1200시다. 1245시에 기초 훈련을 시작한다."

올드맨은 일어서서 나갈 준비를 했다. 나는 그에게 하나 더 물어 볼것이 남아 있었다.

"사령관님, 제이의 죽음은 제 탓이지요?"

올드맨의 의안이 차가운 푸른색으로 빛났다.

"음? 그래, 물론 그렇다. 그리고 이 기지에 있는 500명의 대원들도 너를 탓할 것이다. 너는 이곳에서 네가 한 실수를 만회하기 위해 많은 어려움을 넘어서야 할 것이다."

그리고 올드맨은 걸어나갔다.

막사 생활은 싫어하는 학교의 신입생이 되는 일과 같았다. 아니, 더 힘들었다. 그것은 어딘가 모르게 가학성을 띠는 군율에 의해 지배되는 생활이었다. 그리고 제각기 다른 세계에서 온 모든 대원들은 단 하나의 공통점을 갖고 있었다.

그들은 나를 미워했다.

아무도 내 음식에 침을 뱉지 않았고, 아무도 나를 막사 뒤로 끌고 가 구타하지도 않았다. 아무도 내 머리를 변기에 처박고 물을 내리지도 않았다. 그러나 그렇게 아무 관심도 보이지 않는 게 더 힘들었다. 전달해야 할 말이 없는 이상 아무도 나에게 말을 걸지 않았다. 아무도 나를 도와주지 않았다. 내가 훈련 장소를 잘못 찾아가도 누구도 나에게 알려 주지 않았다. 그들은 집합 시간에 5분 늦은 내가 땀에 젖어 헐떡이며 연병장을 뛰는 모습을 바라볼 뿐이었다……. 그렇다, 그들이 웃을 때는 내가 길을 헤맬 때뿐이었다.

유격 시간에 로프를 타고 올라가다 떨어졌을 때, 원반 타기 훈련 중 가장 성능이 좋지 않은 반 중력기를 탔을 때, 101 마법 수업 중 제일 낡고 후줄근하고 마력이 신통치 않은 지팡이를 잡았을 때, 붐비는 식당 한가운데 혼자 덩그러니 테이블 하나를 차지하고 앉아 식사를 할 때, 그럴 때만 그들은 웃었다.

나는 개의치 않았다. 아니, 그 이상이었다. 나는 충분치 않다고 생각했다. 그들은 내가 스스로 벌 받아야 된다고 생각하는 만큼 벌하지는 않았다. 제이는 내 생명을 구해 줬다. 제이는 노우웨어엣올 한가운데서 헥스의 함선으로부터 나를 구출했다. 제이는 나 자신의 어리석음에서 비롯된 위험으로부터 한 번 이상 나를 구해 줬다. 그리고 나는 그 보답으로 그를 죽음으로 몰고 갔다.

그러니 모두가 한마음으로 나를 미워하는 것도, 그리고 내가 당하는 것도 당연한 일이었다.

진눈깨비가 얼굴을 때렸다. 나는 컵을 다시 벨트에 매달고 암벽을 향해 돌아섰다.

"좋아."

나는 말했다.

"다시 기어오를 시간이야."

조우는 아무 말도 없었다. 날개를 퍼덕여 얼어 버린 물기를 털어내고 암벽으로 돌아섰다. 그녀는 먼저 오르기 시작했다. 그리고 몇 분 기다린 후, 나도 오르기 시작했다.

나는 여전히 추위에 몸을 떨었다. 그렇지만 아까보다는 나았다. 조우는 손으로 잡고 발로 짚는 데는 타고난 본능이 있는 듯했다. 나는 그 뒤를 따랐다. 진눈깨비가 더 심해지기 전까지는 잘 되어 가고 있었다.

문득 나는 위를 올려다보았다. 조우가 짚고 있는 바위가 그녀의 발 아래에서 흔들리고 있었다.

"발을 옮겨!"

나는 딛고 있는 자리를 이동하라고 조우에게 신호를 보내며 미친 듯이 소리쳤다.

그러나 조우는 나의 외침을 무시했다. 순간 바위는 무너졌고, 자갈들이 쏟아지는 가운데 조우는 미끄러졌다. 그녀의 몸이 곧바로 내 머리를 덮쳤고, 우리는 둘 다 암벽 아래로 떨어졌다.

더 아래로 떨어지기 전에 우리는 재빨리 함께 공중돌기를 했다.

나는 조우의 허리를 붙잡고 양발로 암벽을 밀었다. 조우는 정신이 들자마자 날개를 세우고 힘껏 파닥였다. 아마도 조우의 날개는 허공에서 오랫동안 우리 둘을 지탱하기는 힘들었을 것이다. 그러나 우리는 오래 떠 있을 필요가 없었다.

조우는 아까 내가 스프를 마셨던 바위틈으로 내려앉았다.

"내가 주의하라고 외쳤는데."

나는 조우에게 말했다.

"그래."

조우가 말했다.

"주의시키려고 소리친 거 알아. 나는 그저 너를 쳐다보고 싶지 않았을 뿐이야.”

나는 진눈깨비 속에 서서 떨었다.

“제이는 어떻게 알게 됐어?”

내가 조우에게 물었다.

“우리 모두 똑같지. 어느 날 우연히 워킹을 시작하게 되고, 그러면 제이가 찾아와서 이곳으로 데려오는 거지. 데려오는 길에는 대부분 문제가 생기고.”

“그렇군, 제이가 나를 찾아왔을 때도 그랬어. 그리고 오는 길에 서너 번쯤 내 생명을 구해 줬지. 제이는 나를 이곳에 데려오느라고 목숨을 바쳤어. 하지만 지금처럼 나를 다루려고 제이가 나를 데리고 온 것은 아니라고 생각해. 그리고 이렇게 동료들에게 업신여김을 당하도록 내버려두지도 않았을 거고.”

잠시 침묵이 흘렀다. 조우가 갈색 눈으로 나를 똑바로 쳐다보았다. 그 눈동자를 보자니 거울을 보고 있는 것 같았다.

“네 말이 맞아. 제이는 우리처럼 너를 대하지 않았을 거야. 다른 대원들에게 이야기해야겠다.”

그리고 우리는 아무 말 없이 절벽 끝까지 기어올랐다. 하지만 평화로운 침묵이었다.

그 뒤, 상황은 나아졌다. 그러나 많이는 아니었고 모든 면에서 그런 것도 아니었다. 하지만 동료들의 태도는 변해 갔다.

10 신병 수업

나는 디마스 선생님이 제시하는 과제가 어렵다고 생각했다. 그러나 인터월드의 시험은 멘사(천재 클럽)에서 출제하는 문제조차 까다롭게 여겨지지 않을 정도로 어려웠다. 제일 머리가 좋은 학생들이라도 인터월드에서 제출하는 문제를 접하면 머리에서 모락모락 김이 올라올 것이다. 다음과 같은 질문에 당신은 어떻게 답할 것인가?

"대칭적인 시공 연속체가 갈라져 나오지 않게 하는 결정은 유아론적인 것인가, 현상학적인 것인가?"

또는

"원자 교란을 야기하지 않을 수 있는 여섯 가지 방식들을 서술하라."

또 이건 어떤가?

"7단계의 클리파('악의 힘'이란 뜻으로서, 유대교 신비주의 종파인 카발라의 교리 가운데 하나)를 인용해 영적 직관을 이해할 수 있도록 설명하라."

당신이 집에서 숙제를 거의 다해 갈 무렵 나는 이런 문제들과 씨름했다.

나는 약 20주 가량 인터월드의 신병 훈련소에 머물렀다. 24시간 내내 전혀 들어보지도 못한 전투 기술(우리 조교들 중의 한 명은 한국과 인도차이나가 통일된 지구에서 왔는데, 가라데를 무용으로 보이게 만드는 품새를 만들어냈다), 생존 기술, 외교술, 응용 마법, 응용과학 등등을 배우는 훈련과 수업의 연속이었다. 대부분의 고등학교, 나아가 M.I.T 공대에서도 이런 것은 배우지 않을 것이다.

훈련소에서 보낸 20주 동안의 맞지 않는 음식, 밀도 있는 훈련, 밀도 있는 학습(제기랄, 모든 것이 밀도 있다) 때문에 나의 몸은 쇠꼬챙이처럼 말라 버렸고, 볼 때마다 항상 우편 주문을 하고 싶었던 옛날 만화책 뒷표지에 실린 근육 신경계 해부도 광고를 닮아갔다. 또한 머릿속에는 여러 다른 지구들의 관습이나 거기에 관한 특수한 지식을 가득 채웠는데, 그것은(이론적으로는) 어느 지구를 가더라도 그곳 토박이처럼 보이게 해줄 것이다.

물론, 위장 잠입을 위해 습득한 이 새로운 기술들은 어떤 지구에서는 별 소용이 없을 것이다. 가령 자콘 하카넨이 태어난 지구 같은 곳 말이다. 자콘은, 예를 들자면, 우리 집 가계도에 3,000년 전쯤 늑대 한 마리가 있었던 것 같은 그런 모습이다. 그녀는 늘씬하고 야성적이고, 제일 말랐을 때 몸무게가 36킬로그램쯤 나갔으며, 강인한 근육은 짧고 검은 털로 덮여 있다. 자콘은 우리에게 진정 필요한 대원이다. 그녀는 돔 지붕 위 서까래에 웅크리고 앉는 것을 좋아했는데, 가끔 그 아래를 걸어가는 사람들을 덮쳐서 마루에 쓰러뜨리는 장난을 해 놀라게 하곤 했다. 자콘의 이빨은 날카롭고 눈은 밝은 녹색이다. 하지만 그래도 결국 나와 비슷하게 생겼다. 아마 독자가 자콘의 모습을 본다면 내 먼 사촌 같다고 할 것이다.

자콘과 나, 조셉 호쿤, 저지 하카는 함께 공부를 하다가, 드물게 있는 휴식시간을 즐겼다. 우리는 높은 발코니 위에서서 기지 아래의 좁은 강 계곡을 따라 이동하는 영양처럼 생긴 동물 무리를 쳐다보고 있었다. 정오 무렵이었고, 기지 밑으로 펼쳐진 행성의 초원에는 한가롭게 시원한 바람이 불었다. 나는 붉은 오렌지색 열매송이를 달고 있는 이지리 나무 옆에 서 있었다. 앞 화단에는 황제백합, 꿀나무, 조브 꽃과 푸른 로터스(그 열매를 먹으면 세상 괴로움을 잊는다고 하는 그리스 신화에 나오는 식물)가 가득했다. 이곳 기지의 나무와 꽃들은 대부분의 지구들에서는 몇백만 년 전에 사라졌다. 그것들이 섞인 향기는 나를 취하게 하기에 충분했다. 특히 기준치 아래로 건조하게 걸러진 공기 속에서는.

인터월드의 세력 아래 있는 다른 서너 개의 떠 있는 돔 도시처럼, 인터월드도 한 곳에 멈춰 있지 않았다. 마법과 과학의 조화로운 힘에 의해 떠 있는 기지는 행성 표면을 따라 돌았고, 각 곳에서 계속 흥미로운 다양한 생물들을 볼 수 있었다. 기지에 머무르는 것은 행성 크기만한 국립공원에서 아름다운 자연의 장관을 찾아 끊임없는 여행을 하는 것과 같다. 우리는 나이아가라 폭포와는 비교할 수도 없을 정도로 큰 폭포가 펼쳐진 숲 위를 지나가고 있었다. 숲은 대륙의 절반에 걸쳐 펼쳐졌고, 우리는 안전하게 기지에 앉아서 화산폭발과 거대한 회오리바람과 대홍수를 구경했다.

여기에 있으면 학교에 갈 필요가 없었다.

기지는 동쪽으로 움직이고 있었는데, 공간 이동을 할 때가 되었다. 일정상 그렇게 해야 할 시간이었다. 우리가 바라보고 있던 세계가 가물거리며 깜박이더니 녹아 없어지는 듯 보였다. 그리고 순간 인비트윈의 정신병적인 풍경 속으로 빨려 들어갔고, 다시 우리 앞에는 다른 세계가 펼쳐졌다. 태양이 높게 솟아 있는, 오로라가 빛나는 툰드라의 불모지 위에 우리는 떠 있었다. 나는 한 무리의 들소떼가 뛰어가는 것을 보았다. 몇 마리의 가련한 마스토돈(코끼리 모양의 고대 생물)이 거대한 버드나무 껍질을 벗기고 있었다. 공기는 매우 찼다. 그런데 멀리 산더미 같은 얼음벽이 우리를 향해 다가왔다. 태양광선을 받아 빛을 발하며 우리를 향해 다가오는 것이 보였다.

그러나 얼음벽이 있는 곳은 아까 행성에서의 계곡이었다. 지금 있는 곳이 아니다.

우리는 새로운 지역으로 이동해 들어갈 때마다 깜짝깜짝 놀라곤 한다. 우리의 눈이 방금 전 세계의 시간 흐름에 계속

매여 있어 착시 현상이 일어나기 때문이다.

공간 이동은 바이너리와 헥스가 인터월드를 발견하지 못하도록 하기 위한 안전책 중의 하나이다. 공중에 뜬 돔 도시는 알티버스 공간의 한가운데에 있는 수천 개의 지구들 중 하나로 무작위 이동을 한다. 그래서 인비트윈으로 워킹할 수 있는 내 기술로도, 기지가 어느 지구에 가 있는지 찾기 위해서는 도움이 필요했다.

제이가 피 묻은 모래 위에 그렸던 이상한 기호 속에 그 실마리가 있었다. 인터월드에 존재하는 대부분의 것들이 그렇듯, 그 기호도 마법과 과학의 조화에 의해 작동한다.

$$\{IW\} := \Omega/\infty$$

이 기호는 수학적 논쟁의 대상이 아니다. 또 순전한 마법 주문도 아니다. 이것은 −1의 제곱근처럼 역설적인 기호였다. 마법적 방식에 의해 추상화된 과학적 공식이었다.

$\{IW\} := \Omega/\infty$. 이 기호는 워커들의 머릿속에만 전해 내려오는 문화 유전자적인 부적이었다. 그것은 기지가 어디에 가 있건, 우리가 기지로 되돌아오는 것을 도왔다. 그것은 열쇠였고, 워커만이 그 열쇠를 사용할 수 있다. 살아 있는 워커의 에너지를 짜내어 동력으로 쓰는 헥스의 마법 배는 인터월드의 기지를 찾을 수 없다. 99퍼센트 죽어 있는 냉동 워커로부터 에너지를 얻어 운항하는 바이너리의 우주선도 기지를 찾

을 수 없다. 오직 워커만이 이 기호를 머릿속에 집어넣어 워
킹에 사용할 수 있다. 그러므로 헥스와 바이너리, 두 제국이
인터월드를 찾는다는 것은 사실상 불가능하다.

　어쨌든 이론적으로는 그랬다.

　우리는 내일 치러야 하는 '분화된 대칭적 지구들의 다중적
인 비대칭 구조에 관한 기초 이론'과 '아홉 천사들의 의식에
있어서 부정(否定) 사변형의 법칙('아홉 천사들의 의식'은 악
마주의 의식을 말하며, 그 신봉자들의 비밀조직 이름이기도 하
다-역주)' 과목의 시험을 앞두고 서로에게 문제를 내고 있었
다. 우리가 바이너리나 헥스의 침공 걱정 없이 이러고 있을
수 있는 것도 다 그 기호 덕분이다.

　같이 지낸 지 다섯 달이 지났지만, 여전히 대부분의 대원
들은 나를 차갑게 대했다. 더 이상 내가 식당 가운데에 혼자
앉아 밥을 먹게 내버려두지는 않았지만, 그렇다고 바로 내
옆에 앉지도 않았다. 그리고 말을 할 때도 부드럽기는 했지
만, 감정의 앙금을 느끼지 않을 수는 없었다. 나는 그들 중의
하나였다. 아니 나는 바로 그들 자신이었다. 누구라도 자신
을 끝까지 미워할 수는 없다. 그러나 그렇다고 일부러 자신
을 좋아해야 하는 것도 아니다. 그러니 동료들이 지금과 같
은 상태로 계속 나를 대한다면, 나는 그것을 인정한 상태에
서 감정을 처리하는 방법을 배워야 할 것이다. 나는 나와 같
은 꼴인 세 동료('실체성의 단계 101' 수업 용어로 하자면 '대칭
적인 화신들')와 함께 작은 공부방에 앉아 있었다. 나는 그들

과 친해져야 했다. 이 말은 그들과 '적이 아닌' 관계가 되어
야 한다는 뜻이다.

"좋아."

내가 말했다.

"공간에서 공간으로 이동할 때도 지속되는 네 가지 속성을
대 봐."

"음."

조셉 호쿤이 말하며 코를 긁었다.

"전부?"

"다해야 네 개뿐이잖아, 조셉."

조셉은 내가 온 지구보다 조밀한 지구에서 왔다. 조밀하다
는 것은 중력이 더 강하게 작용한다는 것을 의미한다. 조셉
의 모습은 다리 달린 탱크 같았는데, 아마 다른 어떤 인간보
다도 강할 것이다. 그는 한번 내게 길고 강한 힘줄을 만드는
방법에 관해, 민무늬근에 비해 가로무늬근의 비율을 높이는
방법에 관해, 그리고 골밀도를 높이는 방법에 관해 이야기했
다. 내가 아는 것은 조셉은 나보다 두 배나 크며, 뒤로 넘어
지더라도 자빠지자마자 본능적으로 벌떡 일어날 만큼 강하
다는 것이다.

"대칭성, 좌우 비대칭성(케이랠리티chirality: 실제상과 거
울상이 겹치지 않는 것과 같은 비대칭적 성질), 대응성, 음 그리
고……."

조셉은 누군가 미끼를 내밀면 덥석 물어 버릴 것처럼 단순

해 보이는 인상이다. 그러나 실제로는 매우 눈치가 빨랐다.
하기야 다른 모든 조이들에게 뒤떨어지지 않으려면 그럴 수
밖에 없었다.

"포기야?"

"편측성인가?"

조셉이 확신 없이 말했다.

"맞아, 그거야."

내가 말했다.

"내 차례야."

저지가 내게 말했다.

"무의식적인 제고선(制高線)이란? 그리고 그것은 워커들에
게 어떻게 작용하는가?"

"그거 아는 건데. 내가 말하기 전에 미리 답 말하지……."

저지가 싱긋 웃었다.

"걱정 마. 말하지 않을게."

저지는 진화론적 계보로 보았을 때 나와 아주 가까웠다.
저지가 온 지구와 내가 살던 지구의 주요한 차이점은 저지가
살던 지구의 사람들은 털 대신에 깃털을 가지고 있다는 것이
다. 아, 그리고 여자들은 아기 대신 알을 낳는다. 아마 두 가
지 사실은 연관이 있을 것이다. 저지가 걸어오는 것을 볼 때
마다 나는 깜짝 놀란다. 콧날이 약간 더 날카롭고 광대뼈가
조금 더 튀어나왔을 뿐 그의 얼굴은 내 얼굴과 거의 똑 같다.
하지만 회색 눈썹의 꼬리가 밑으로 조금 처졌으며, 화려한

깃털 같은 머리카락은 20센티미터나 길렀다. 머리털 끝은 밝은 보라색이다. 저지는 매우 똑똑하고 머리회전이 빠르며 날카롭다. 그는 멀리 떨어져 있는 내 고향 지구의 내 진짜 친구들과 아마도 가장 비슷한 녀석일 것이다.

"제고선은 어떤 물체가 유지하는 높이를 표시하는 선이지. 한 세계에서 다른 세계로 워킹할 때 무의식적인 제고선은 워커들이 땅 속으로 들어가지 않도록 제어해 줘. 우리가 어디로 가든 땅 위에 있게 하는 거지."

저지는 얼굴을 찡그렸다.

"그래 맞아, 뭐 비슷해. 하지만 표현을 좀더 정확하게 해야 할 것 같은데. 어? 저 위로 날아가는 거 봤어?"

"어디?"

내게는 아무것도 보이지 않았다.

"저 위에. 하늘 높이. 마치…… 모르겠다. 방울이나 뭐 그런 것처럼 보이던데. 이제는 안 보여."

나는 푸른 하늘을 쳐다보았으나 아무것도 볼 수 없었다.

지난주는 내내 시험이었다. 그것은 낮 동안 고된 훈련을 한 후에 밤늦게까지 벼락공부를 해야 함을 의미했다. 우리는 3시간, 혹은 (운이 좋으면) 4시간 자는 동안 모두 똑같이 델타 파(숙면 시에 뇌에서 나오는 파동-역주)를 발생시키는 프로그래밍의 도움을 받았다. 그러나 좋은 성적을 받고 싶다면 옛날식의 공부 방법을 동원해 추가적으로 더 공부해야 했다.

나는 결코 열심히 공부한 것은 아니다. 아니 솔직히 말하자
면, 열심히 했다. 나는 자다가 일어나서도 중얼거리며 암기
했다.

"영구적인 운동과 마법사의 돌, 그것은 암흑 세계의 실체
를 이룬다.", 혹은 "스태틱과 노우웨어엣올은 공간 속에서
서로에게 정확히 90도를 이룰 때 인지된다." 등등. 나는 너
무 열심히 공부했던 것 같다. 다른 대원들이 나를 보는 시선
이 편하게 느껴지지 않을 만큼. 그런데 상황이 더 꼬여, 자이
보그와 문제가 생기기 시작했다. 자이보그는 매우 나 같다.
이 말은 나같이 보인다는 이야기이다. 자이보그는 나보다 머
리 하나만큼 작았는데, 그것은 내가 그와 같은 나이일 때의
키였다. 코도 똑같았고, 머릿결조차 같았다. 그는 열한 살쯤
됐는데, 나는 물론 다른 대원 누구보다도 어려 보였다. 아마
그게 자이보그를 심통 나게 했을 것이다. 아니면 자이보그의
일부를. 왜냐하면 자이보그의 몸의 반은 컴퓨터니까. 혹은
자이보그 스스로가 말하듯 '생미립자적 존재'라고나 할까.
그가 태어난 지구에서는 모든 사람이 반은 컴퓨터였다.

"공평하지 않잖아."

해저드 존(위험 지역)에서 수업을 받던 어느 날 자이보그가
나를 붙잡고 말했다.

"어쨌든 너도 손목시계를 차고 있잖아(조이도 기계의 도움
을 받고 있다는 뜻–역주). 그런데 나는 왜 내 망막 판독기를
사용해 정보를 취득하면 안 되지?"

순간 나는 바닥에 몸을 던져 굴렀다. 우리가 서 있는 바닥 위로 갑자기 뒤틀린 철선들이 솟아올라 그것을 피하기 위해서였다. 철선들이 자이보그를 둘러싸며 봉쇄했다. 자이보그가 오른손을 들었다. 거기에는 레이저 장치가 장착되어 있었다. 붉은 빛 광선이 눈앞을 가렸고, 프라이팬에서 고기가 익듯 지지직거리는 소리가 났다. 다시 앞이 보이자, 철선들은 바닥에 검게 탄 끄트머리 부분만 남기고 모두 사라지고 없었다. 오존 냄새가 났다.

"내가 시계 차는 게 못마땅하면 너는 네 머리에다 해시계를 장착하면 되잖아."

나는 벽으로부터 발사되는 불꽃을 피하기 위해 뒤로 공중제비를 돌며 말했다.

"우리가 교과서를 외워야 할 때, 너는 그것을 이미지 파일로 만들어 네 롬(ROM) 속에 저장한다면 그건 공평한 거라고 생각되지 않아."

"그건 네가 못난 탓이지, 구닥다리야."

그가 내게 말했다.

"나는 단백질과 핵산과 신경계 대신 실리콘과 분자회전 기술로 움직이는 최신 시스템으로 업그레이드되어 있거든. 미래의 물결이라고 할 수 있지."

제기랄. 자이보그는 마치 자신이 그런 것들을 발명이나 한 것처럼 굴고 있었다. 물 분자 크기의 컴퓨터 칩을 몸과 결합시키기 시작한 문명을 가진 지구에서 태어났다는 것밖에 다른 특별한 것도 없으면서. 자이보그가 태어난 지구는 바이너리의 식민지는 (아직) 아니었지만, 내가 태어난 지구보다는 훨씬 앞선 기술을 갖고 있었다.

어쨌든 시험은 끝났다. 지금까지도 몹시 화가 나는 게, 시험 결과는 전혀 통지되지 않았다. 그리고 모두 110명인 우리 신병들은 상황실로 호출을 받았다. 나는 병원에서 서약을 한 이후 처음으로 다시 그곳에서 올드맨을 보았다.

그는 더 나이 들어 보였다.

"환영한다, 제군들."

그가 우리에게 말했다.

"너희들은 이제 위대한 싸움에 참여할 모든 준비가 되었다."

"이 시간에도 새로운 지구들이 파생되고 있다. 그중 어떤 지구는 과학이 지배하고……."

자이보그가 자랑스레 고개를 빳빳이 드는 게 보였다.

"어떤 지구는 마법이 지배한다. 그러나 물론 대부분의 지구에서는 과학과 마법이 공존한다. 인터월드의 우리들은 마법이든 과학이든 문제시하지 않는다. 문제는 바이너리와 헥스에 있는 것이다. 그 둘은 자신들의 신념 체계와 존재 방식을 받아들일 것을 다른 세계에 부단히 강요하고 있다. 때로는 전쟁을 통해, 때로는 포착할 수 없는 교묘한 방법으로."

"인터월드는 균형을 유지하기 위해 존재한다. 우리는 게릴라 부대다. 병력도 모자라고, 무기도 부족하고, 모든 면에서 불리하다. 우리는 양 제국과 직접적으로 대결할 수 없다. 왜냐하면 결코 이길 수 없기 때문이고, 또한 그것을 바랄 수도 없기 때문이다. 그러나 우리는 가스통 속의 설탕처럼(설탕은 발효를 촉진시킨다-역주) 두 제국이 사라지게 하는 데 한 알의 밀알이 될 수 있다.”

“과학이나 마법, 한 흐름의 독주를 막기 위하여, 어느 곳에서나 두 흐름이 조화를 이루게 하기 위하여, 우리는 알티버스를 수호한다, 우리는 균형을 유지한다. 이것이 우리의 신념이다.”

“이제 너희 신병들은 기초 훈련 일 단계를 졸업한다. 모두 축하한다. 수고했다. 내일 너희들은 몇 명씩 작은 팀으로 묶이게 된다. 그리고 훈련 임무가 주어질 것이다. 이번에는 진짜 야전에서의 작전과 같다. 물론 분명, 진짜 위험 속에 놓이지는 않을 것이다. 너희들은 우호적이거나 중립적인 지구로 가게 된다. 그리고 예상 밖의 사고만 없다면, 손에 넣어야 할 목표물을 주어진 시간 안에 획득하게 될 것이다. 임무를 완수하기 위해 너희에게 주어진 시간은 24시간이며, 그 안에 기지로 돌아와야 한다.”

“각 팀은 4명의 신병과, 일이 잘못되는 경우를 대비해 1명의 경험 많은 요원으로 구성된다. 덧붙여 말하자면……”

상황실에서 나온 후 나는 식당에서 저지를 만났다.
“고향이 그립지 않아?”

나는 그에게 물었다.

"그립다니?"

그가 의아해 하며 물었다.

"만약 내가 지금 여기에 없다면, 나는 또한 가족들이 있는 보금자리로 돌아갈 수도 없을 거야. 이미 죽었을 테니까. 나는 내 생명을 인터월드에 빚졌어."

"네 말대로야."

나는 그러나 내내 집이 그리웠다. 때로 명치끝에 딱 느껴지는 고통이 나의 바이오센서에 데이터로 잡혀 의사들이 이상하게 생각했다. 물론 나는 아프지 않다고 강력하게 부인했다. 대화의 주제를 바꿨다.

"이번 실전 훈련에 우리가 같은 팀으로 가게 될까?"

"왜 그런 쓸데없는 고민을 해?"

우리 뒤에서 부드러운 목소리가 들려왔다.

"그저 식당 뒤쪽 게시판을 보면 알 수 있을 텐데."

자이가 미소를 지어 보이며 가볍게 목례를 하고 지나쳤다.

"팀 구성이 이미 끝났다는 거야?"

저지가 나에게 물었다.

"그런 것 같은데."

나는 말했다. 우리는 경쟁적으로 홀을 가로질러 게시판을 향해 뛰어갔다. 게시판 앞은 팀 구성에 관한 정보를 노트북 컴퓨터에 적고 있는 신병들로 북적였다. 그들은 소리쳤다.

"와! 나는 졸리엣과 같은 팀이야! 식은죽 먹기겠는데."

"어이, 지주, 우리 같은 팀이야."

누군가 환호하고 있었다.

저지도 고개를 돌리며 환성을 질렀다.

"나는 올드맨과 같은 팀이야!"

올드맨도 직접 4명의 신병을 데리고 나갔다. 나는 부러웠으나 한편으로 올드맨의 팀에 속하지 않은 것에 안도감을 느꼈다. 나는 아직도 올드맨이 약간 무서웠다. 자이보그 역시 올드맨의 팀원이었고, 조호스도 그랬다. 조호스는 켄타우로스(그리스 신화 속의 반인 반마, 센토)였다. 그는 지난 주 식당에서 줄을 서 있던 중에 누구라도 "말처럼 먹는다"는 소리를 입 밖에 내면 얼굴에 말편자 자국이 남는다는 사실을 확실히 행동으로 보여줬다. 나는 올드맨이 가장 유망한 신입생들을 그의 팀에 합류시켰다고 생각했다. 그의 팀원이 되지 않은 것에 나는 놀라지 않았다. 그것은 올드맨의 잘못이 아니었다.

우리 팀의 경험 많은 요원은 자이였다. 그는 수수께끼 같은 사람이었는데, 말을 좀 장황하게 하는 편이다.

황소처럼 큰 조셉 호쿤, 그리고 날개 달린 조우가 우리 팀이었다. 조우는 암벽 등반 훈련을 같이 한 날 이후로 나하고 말을 나누지 않았다. 그러나 나를 무시하는 행동도 하지 않았다. 그리고 늑대소녀 자콘이 우리 팀이었다. 내게는 최악의 팀이었다.

수업 벨이 울렸고, 우리는 실용 마법 수업을 듣기 위해 떼를 지어 실험실로 향했다.

동이 트기 전, 경보가 울려 나를 악몽에서 깨어나게 했다. 그것은 가족과 함께 인비트원으로 보내진 꿈이었다. 거기서 나는 계단을 오르려고 했는데, 계단이 갑자기 M. C. 에셔(네덜란드의 화가)의 판화 그림으로 변해 버렸다. 또 나는 점수가 나쁘다고 엄마로부터 잔소리를 듣고 있었다. 엄마가 피카소의 그림이 되어 두 눈이 코 옆 한쪽으로 몰려 버렸다. 제니

는 늑대소녀가 되었고, 오징어는 진짜 오징어가 되어 바다 밑에 살고 있었다. 나는 꿈에서 깨어나 정말 기뻤다.

우리는 열을 지어 오트밀을 배급받았다. 나의 식인종 버전인 한 화신만 빼고. 자콘은 조리된 것인지 날것인지 모르겠지만, 들소 고기를 배급받았다. 그리고 우리는 개인 비품을 들고 5명씩 팀을 이뤄 연병장에 집합했다.

몇몇 팀에게는 출발해도 된다는 허락이 떨어졌다. 그들은 인비트윈 속으로 워킹했고, 사라졌다.

그런데 올드맨의 비서가 사령관실 밖으로 달려나와 그를 불렀다. 그들은 내 옆에 아주 가까이서 대화를 나눴다.

"안 된다고? 지금? 음, 도움이 안 되는군. 어쨌든 상부의 지시니까. 내가 곧 갈 거라고 전해라."

올드맨은 자이를 향해 말했다.

"한 명 더 데려갈 수 있겠지, 어때?"

자이는 고개를 끄덕였다. 그는 우리의 훈련 임무 내용이 지시된 봉투를 들고 있었다.

올드맨은 자신의 팀원들에게로 가 사정을 설명하고, 연병장에서 출발을 대기하고 있는 몇몇 팀을 가리켰다.

나는 저지가 우리 팀으로 합류하지 않을까 기대했다.

그러나 대신 자이보그가 어슬렁거리며 다가왔다.

"안녕, 새로운 팀."

그가 말했다.

"자, 나는 출발할 준비가 됐어. 우리는 죽을 수도 있겠지.

그리고 다른 팀원들 모두도."

"농담이라도 그런 식으로 말하지 마라."

자이가 자이보그를 향해 말하며, 출발하자는 뜻으로 내 어깨를 가볍게 두드렸다. 내가 우리 팀의 워커였다.

"공간을 건너뛰는 우주의 소풍을 시작하자."

"뭐라고?"

조우가 물었다.

자이가 미소지으며 말했다.

"이곳으로부터 떠나자고."

나는 깊은 숨을 들이쉬고 정신을 집중해 인비트원으로 워킹했다.

인비트원은 추웠다. 그리고 바닐라 향과 나무 타는 맛이 났다.

11 함정

　나는 끔찍했던 인비트윈으로의 첫 여행 이후 몇 번 더 그곳에 갔다. 기초 훈련의 일환이었는데, 다양한 입구 지점을 찾는 능력을 연마하기 위해서였다, 그리고 또 워킹할 때 무엇을 밟으면 안 되는지(거기서 날아다니고 있는 자동차 크기만 한 보랏빛 원반에 올라타면 쉽게 이동할 수 있을 것 같은 생각이 드는데, 그러나 그 위에 발을 대기만 하면 흐르는 모래를 밟은 것처럼 빨려 들어간다), 머드러프와 그 밖의 다른 위험을 어떻게 간파할지 배우기 위해서였다. 나는 여전히 그 장소를 좋아하지 않았다. 인비트윈은 너무 기괴하고, 너무 불안정했다. 우리는 많은 생존 수업을 받는다. 그중의 어느 수업 시간에 한 강사는 인비트윈에서 길 찾는 방법에 관해 이렇게 묘사했다.

　"연속 구조가 뒤죽박죽 다중으로 접혀 있는 속에서 직관적으로 떠오르는 방향 지시를 따른다."

　나는 인비트윈에서의 길 찾기가 대형 라바 램프(유선형의 병 안에서 유동 고체가 빛의 열에 의해 녹으며 위아래로 천천히 순환 이동하는 장식용 램프) 안에서 바깥으로 나가는 길을 찾는 것과 같다는 생각이 든다고 말했다. 그 강사는 자신의 이야기와 같은 말이라고 답했다.

그런데 좋건 싫건 우리 워커들은 인비트원으로 들어가야 원하는 장소로 갈 수 있다. 물론 인비트원에 들어간다고 해서 목적지로 가는 길을 찾는 일이 수월해지지지는 않는다. 우리들 중 누구에게도 그것은 쉬운 일이 아니다. 특히 이차원적 좌표인 지구의 표면 위에서 집 앞 가게에 갈 때도 길을 찾는 데 곤란을 겪는 나로서야 어떠하겠는가. 인비트원에 얼마나 많은 차원이 구현되어 있는지 아는 사람은 아무도 없다. 그러나 인터월드 최고의 두뇌진은 인비트원은 최소한 12차원이며, 그 외에 구석구석 포진한 다양한 아원자 공간에 5~6 차원이 더 숨겨져 있을 것이라고 결론 내렸다. 인비트원은 쌍곡면과 뫼비우스의 띠, 클라인의 병 등의 개념으로 설명되는 공간이다. 유클리드 기하학의 좌표로는 표현이 불가능하다. 그곳에 서 있는 것은 아인슈타인의 최악의 악몽 속에 갇힌 느낌이다. 인비트원에서 길을 찾는 것은 나침반을 보고 "이 길이다!"라고 외치는 것과 같은 게 아니다. 단지 '4방', '8방', '16방' 만이 있는 것이 아니기 때문이다. 선택할 수 있는 무한한 방향의 길이 있다. 그리고 어린이 그림책에서 숨어 있는 찰리를 찾을 때처럼, 길을 찾기 위해서는 초점을 맞춰 집중하는 것이 요구된다.

우리 팀은 입구(이번에 들어온 입구는 문에 스테인드글라스를

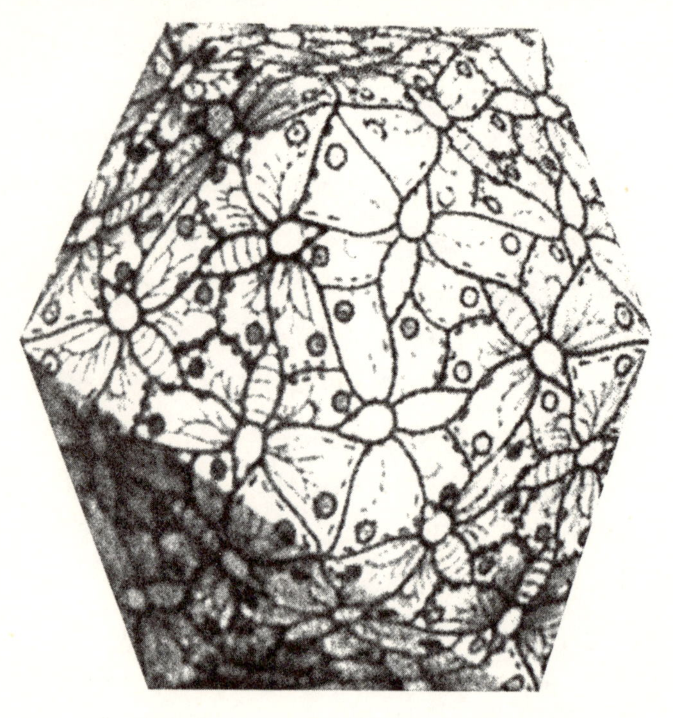

낀 것 같다는 것 말고는 마치 백화점의 회전문처럼 보였다)를 통해 인비트윈으로 들어서서 거대한 12면체의 한 면 앞에 섰다. 자이가 훈련 임무가 적혀 있는 봉투를 열었다. 안의 종이를 꺼내고 봉투는 버렸는데, 봉투에서 즉시 날개가 돋아나더니 날아가 버렸다(인비트윈에서는 뭘 어지럽히기도 힘들다). 자이는 접힌 종이를 펴고 조용히 꼼꼼하게 읽더니 말했다.

"우리는 이 쪽지의 좌표를 따라가야 한다."

그리고 소리 내어 읽었다.

"그곳은 로리메어 연합의 중립적인 지구들 중 하나이다. 그리고 우리는 봉화 3개를 회수해야 하는데, 그것은 우리가 인비트윈으로부터 나가면 목표 장소의 입구 사방 1.6킬로미터 안에 있다."

나는 종이를 들고 들여다보았다. 목적지의 좌표에 관해 말해 두어야 할 것이 있다. 알티버스가 가운데는 두껍고 가장자리로 갈수록 가늘어지는 활이라고 생각하자. 우리가 가야할 지구는 활의 가장 두꺼운, 거의 중앙 부분에 있다. 활의 양쪽 끝 가까이에 위치한 지구에서는 마법이나 과학, 둘 중 하나가 그 세계를 지배한다. 그러나 활 가운데 쪽에 가까워질수록 그곳에서는 어느 것이 우세하다고 말하기 어려우며, 마법과 과학이 같이 사용된다. 활 바깥에 있는 수백만 개의 지구는 바이너리나 헥스, 어느 한 쪽의 통치하에 있다. 그러나 활의 가운데 쪽 가까이 위치한 지구일수록 그들의 영향력은 약해진다. 바이너리나 헥스가 주술사나 공학자를 앞에 내세우고 배후에서 조종하는 지구도 있다. 그리고 마법이나 과학, 둘 중 어느 하나가 문명의 기반을 이루지만, 아직 두 제국 중 어느 영역에도 동화되지 않은 지구가 있다. 내가 태어난 지구는 마법보다는 과학 쪽에 조금 더 기울어져 있는 지구들 중의 하나이다. 그리고 우리 팀이 가야 할 지구는 활의 중심 쪽에 좀더 가깝다. 문명 초기에는 과학 쪽으로 기우는 경향이 있었으나, 지금은 별 문제 없이 마법 쪽으로 기울며 균형을 이루고 있다.

자이가 나에게 종이 위의 좌표를 가리키며 말했다.

"우리를 목적지로 인도해다오, 워커."

나는 고개를 끄덕이며 머릿속에 좌표를 확실히 기억하고, 정신의 촉수를 세웠다. 이곳으로부터 빠져나갈 수 있는 출구 지점에 초점을 맞춰야 했다. 나는 옆으로 조금 떨어져 있는, 연두부가 굽이치는 것처럼 보이는 바닥에 원환형 입체 좌표를 맞췄다. 우리는 12면체 위에서, 부드러운 금빛으로 작열하는 사이프러스 나무의 굽은 몸을 향해 차례차례 뛰었다. 그리고 나는 팀원들을 연두부가 굽이치는 바닥으로 인도하려 했다. 그때 갑자기 무언가 내 머리를 스치며 위로 날아올랐다. 그것은 솟아오른 밑으로 형형색색의 줄무늬를 남겼다.

"머드러프다!"

자콘이 소리쳤다.

"숨어!"

그러나 다른 사람이 아닌 자콘 아니던가. 그녀는 자신이 내뱉은 숨으라는 말을 스스로 무시하고 늑대처럼 몸을 웅크렸다. 그리고 위협적으로 으르렁거리며, 주위를 샅샅이 살폈다.

조우와 자이, 그리고 조셉은 자콘의 말을 따라 몸을 숨기고 주변을 살폈다. 자이보그는 쭈그리고 앉아서 레이저 장치가 된 팔을 들어올렸다. 그리고 전자 눈을 통해 위협이 되고

있는 머드러프를 추적했다. 자이보그가 레이저 광선을 발사
하려 했다. 그때 내가 그 앞으로 뛰어들었다. 자이보그는 깜
짝 놀랐다.

"멈춰!"

내가 외쳤다.

"쏘지 마! 그는 내 친구야!"

팀원들은 경악하며 나를 바라보았다.

"그건 머드러프야!"

갑작스런 상황에 놀란 자이가 당황한 기색을 숨기며 내게
말했다.

"머드러프는 위험하다고!"

나는 자이보그와 대치해서 섰고, 자이보그는 휴를 맞추려
고 가로막고 있는 나를 피해 레이저를 쐈다. 휴는 불안해하
며 내 어깨 뒤에 떠 있었다.

"이건 내가 말했던 머드러프야."

나는 말했다.

"이건……."

나는 제이에게 생긴 일을 상기시키는 것이 현명한 일이 되
지 못함을 늦게나마 깨달으며 말을 멈췄다.

"이건…… 내 생명을 구했어."

나는 어색하게 얼버무렸다.

"나를 믿어…… 이건 우리들 누구도 해치지 않아."

동료들은 매우 의심스러워했다. 하지만 여기저기 숨어 있

던 장소에서 천천히 모습을 드러냈다. 휴는 조심스럽게 내 뒤에 숨어 있었다. 나는 휴에게 용기를 북돋아 주려고 달래면서 말했다.

"안녕 휴, 잘 지냈어? 다시 만나서 기뻐. 이리 와서 내 친구들을 만나 봐."

내 말이 통했는지 휴는 약간 용기를 내는 것 같았다. 그러나 여전히 내 발 사이에서 맴돌았다. 휴의 몸은 온통 보랏빛에 터키옥색이 감돌고 있었다. 매우 불안해하는 기색이었다.

"들어 봐."

나는 팀원들에게 말했다.

"우리는 거의 출구에 다 왔어. 휴는 인비트윈 밖으로 나가지 못해."

나는 제이와 내가 휴를 처음 인비트윈의 접경 지역에서 만났다는 사실을 이야기하지 않았다. 그곳은 인비트윈의 특성을 띠고 있었지만, 전반적으로는 보통의 세계에 더 가까웠다. 나는 휴가 인비트윈을 나가지 않기를(못하기를) 바랐다. 어쨌든 휴는 머드러프였고, 그것이 의미하는 것은 아마도 휴가 편안하게 알티버스의 세계로 나가지는 못하리라는 것이다. 그것은 신발주머니에 대왕문어를 쑤셔 넣는 일이 될 것이다. 나는 그렇게 생각하기로 했다.

"알았어."

자이가 못마땅해 하며 말했다. 자이와 동료들은 내 주위로 모여들었다. 그렇지만 아무도 휴 옆에 가까이 있으려 하지 않았다.

"어디로 나가야 하지?"

조셉이 물었다.

"저기를 통해서."

나는 격자무늬 속의 구멍을 가리켰다. 자이가 먼저 발을 그 구멍 속으로 넣으며 몸을 던졌다. 한 사람씩 그 뒤를 따랐다. 맨 마지막으로 내가 인비트원에 남겨졌다.

나는 휴를 향해 몸을 돌렸다. 방울 모양의 생물은 기대에 부푼 파랑과 초록 색깔로 고동치며 내 옆에서 떠다니고 있었다.

"미안, 작은 친구. 하지만 나는 알티버스에 볼 일이 있어. 기지로 돌아가는 길에 다시 만날 수 있겠지."

솔직히 말하자면 나는 의심스러워하고 있었다. 지도로 그릴 수도 없는 이 무한한 인비트원에서 뜻밖에 휴를 다시 만나게 된 것은 얼마나 이상한 일인가? 현실적으로는 가능성 제로였다…….

그것이 의미하는 것은 결국 휴가 나를 추적했다는 말이다.

나는 어떻게 된 일인지 이해가 갔으며, 가슴이 뭉클해졌다. 나는 결코 머드러프가 사람에게 감정을 갖고 따른다는 말을 인터월드에서 읽거나 배운 적이 없다. 사람을 좋아하게 된다는 말은 더더욱 그랬다. 그러나 우리가 머드러프에 관해 알고 있는 것은 다해야 모기 뒷다리만큼밖에 되지 않으니, 그렇게 놀랄 일도 아니었다.

　나는 이 작은 머드러프에게 애정을 느꼈다. 그가 여기서 우리를 기다리고 있으면 좋겠다는 생각이 들었다.

　"잘 있어, 휴."

　나는 말하며 구멍 속으로 몸을 던졌다. 출구를 따라 미끄러지면서 뒤에 남은 휴의 모습은 한 점으로 사라졌다……. 그런데 내가 출구 밖으로 떨어졌을 때, 내 뒤로 작고 농밀한 비눗방울 같은 것이 떨어져 순식간에 휴만한 크기로 부풀었다.

　나는 처음에는 그것을 눈치채지 못했다. 왜냐하면 아직 때때로 그렇듯, 워킹 중에 뱃속이 뒤집혀 그것을 진정시키는데 몇 분이나 걸렸기 때문이다. 이윽고 어지럼증에서 벗어나, 온 몸이 떨리기는 했으나 일어나서 주위를 둘러보았다.

　나는 휴를 발견하기 전에 먼저 팀원들의 표정을 볼 수 있었다.

　"저 머드러프는 인비트윈 밖으로 나올 수 없다고 했잖아?"

　조우가 비난하며 말했다.

　나는 어깨를 으쓱였고, 휴는 그곳을 자기 자리로 정한 듯 내 왼쪽 어깨 뒤에 숨었다.

　"뭐라고 말해야 하지? 어떻게 해야 애를 따라오지 못하게 할지 모르겠어. 누구 좋은 의견 있으면 거기 따를게."

　아무도 의견을 내지 않았다. 자이는 훈련 임무인 봉화를 찾는 데 신경을 집중하는 것이 더 나을 것 같다고 결정했다. 나는 행동을 조심하라고 휴에게 주의를 주려 했다. 그러나 주위를 둘러보자 말문이 막혔다.

인상적인 광경이었다. 공상과학소설 잡지의 표지에서나 볼 수 있을 것 같은 광경이 내려다보였다. 우리는 도시의 건물 옥상 위에 서 있었다. 이슬람 사원 건물처럼 우아해 보이는 높고 가느다란 빌딩이 마치 뉴욕에서처럼 빽빽하게 들어차 도시를 둘러싸고 있었다. 건물 사이는 이동식 계단과 반투명한 터널로 연결되었고, 반짝이는 눈물방울 두 개가 겹친 모양의 에어 카들이 이륙 플랫폼에서 공중으로 날아올라 오가고 있었다.

우리는 눈앞에 보이는 도시의 광경에 오랫동안 정신을 빼앗길 수 없었다. 이 세계는 특별히 위험해 보이지는 않았다. 그러나 물리기 전에는 윤이 나는 아름다운 색깔의 산호뱀도 얼마나 위험한 존재인지 알 수 없는 것이다. 아르데코풍의 바람개비가 달린, 빛나는 금속으로 만들어진 둥근 모양의 옥탑이 1미터쯤 앞에 서 있었다. 거기에는 승강기라고 쓰여 있었다. 고맙게도 이 지구에서는 우리가 알아볼 수 있는 형태의 문자를 썼다. 문은 잠겨 있었는데, 어떻게 열 수 있는지 안내문이 붙어 있지 않았다.

"내가 열어 볼게."

자이보그가 말했다. 자이보그는 자기 팔의 레이저 장치로 건물과 문이 맞닿는 지점을 겨눴다.

"내가 이걸 뚫어 버리는 걸 감상해."

"정말 그렇게 극단적으로 행동해야겠어?"

자이가 물었다.

"우리는 여기서는 손님이야. 제멋대로 남의 사유물을 파괴하는 것은 야만 행위일 뿐이라고."

자이가 눈을 감고 문을 만졌다. 그러자 문이 열렸다. 승강기에는 누를 수 있는 층 표시가 없었다. 하지만 안쪽 벽에 한 층씩 내려가게 당기는 금속 손잡이가 달려 있었다. 우리는 차례로 승강기에 타고, 한 층씩 내려가기 시작했다. 자이보그는 자신의 레이저 장치를 사용하지 못하게 한다고 투덜거렸다. 휴는 우리와 함께 탔다. 우리 머리 높이로 날아다녔는데, 그러다가 그만 자콘에게 너무 가까이 다가갔다. 자콘은 곧바로 늑대처럼 으르렁거렸고, 휴는 즉시 3~4미터나 그녀로부터 달아났다. 나는 저렇게 겁이 많고 방어력이 부족해서야 인비트원에서 어떻게 살아왔을까 하는 생각이 들었다.

엘리베이터가 내려가는 동안 자이가 골무 크기의 작은 장치 하나를 꺼내 손 위에 놓았다. 잠시 후 그것은 공중에 떠올랐다. 그리고 거기에 장치된 작은 발광소자가 반짝였다. 불빛은 일정한 간격으로 깜박이며 곧장 앞을 가리켰다.

"탐지기가 작동한다."

자이가 말했다.

"옥상으로부터 3층 밑에 뭔가가 공시적으로 존재한다고 가리키는데."

"자이, 말을 할 때 항상 그렇게 어렵게 이야기하지 않으면 어디가 덧나니?"

조우가 짜증난다는 표시로 날개를 퍼덕이며 자이에게 말했다.

"맞아."

자이보그가 말했다.

"내 머리에는 최신판 웹스터 사전 칩이 내장되어 있는데, 그 양이 12테라바이트(테라바이트는 기가바이트의 1,000배의 용량)야. 그런데 자이가 말할 때 사용하는 어떤 단어는 아직 '미게재'라고 검색돼."

자이가 살짝 웃었다.

"어휘가 쓰여야 할 자리에서 사용되지 못한다면 무슨 존재 가치가 있겠어?"

그때 문이 열렸다. 그리고 우리는 차례로 방으로 들어갔다. 그곳은 실험실이었다. 환하고 잘 정돈돼 있었으며, 프랑켄슈타인 박사도 부러워서 울고 갈 정도로 최신 장비가 가득차 있었다. 이 도시와 실험실의 모습으로 보자면, 이곳은 1950년대에 건설되기 시작하여 중간의 몇 십 년을 건너뛴 후 바로 21세기에 도달한 것처럼 생각되었다. 높은 천장에 설치된 조명 장치가 실험실 안의 모든 물품을 눈부시게 비췄다. 마그네틱 테이프가 감겨 있는 컴퓨터들이 실험실 벽 쪽으로 줄을 지어 서 있었으며, 때로 전압 때문에 우지직우지직 소리를 내는 축전기와 전극 단자들, 그리고 육중한 냉동 장치, 그리고 뭔지 알 수 없는 장비들이 가득했다.

실험실 안의 모든 장비는 작동되고 있었지만, 이상하게도 사람이 없었다. 자콘이 이 사실을 지적했다. 자이는 어깨를 으쓱했다.

"운이 좋았기 때문이기를 바랄 뿐이지."

자이는 탐지기의 빛이 깜박거리며 가리키는 곳을 바라보며 자신의 손가락으로 위를 가리켰다.

"위쪽이야."

실험실 전체 높이의 3분의 2 정도 되는 곳이었는데, 6미터쯤 되어 보였다. 그곳에는 여러 개의 선반이 있었다.

"내가 올라가 볼게."

조우가 말했다. 그녀가 날개를 펼치고, 우지직거리는 밴 더 그래프 정전 발전기(1929년 로버트 밴 더 그래프가 고안한 것으로 실험실에서 고압을 만들기 위한 실험장치)의 전류를 조심스럽게 피하며 위로 뛰어 올라갔다. 1미터 50센티미터 가량 되는 크기의 날개로 조우는 부드럽게 위로 솟구쳤다. 그 모습을 보고 있자니 그녀가 태어난 곳은 알티버스 안에서 가장 천국처럼 보일 것 같은 생각이 들었다.

조우는 위로 올라가기를 멈추고 허공을 배회하다 선반 위에서 어떤 물체를 발견했다. 휴는 조우의 비행 능력에 매혹당한 것처럼 보였다. 그러나 경계심이 휴의 호기심을 막아서, 휴는 조우와 거리를 두고 떨어져 단지 지켜보기만 했다. 조우는 깜박이고 있는 작은 물체를 집어 내렸다. 믿기 어렵게도 그것은 찾아내야 할 훈련 임무로 주어진 봉화였다. 깜박이는 그 불빛은 멀리서도 볼 수 있게 할 쓰임새에 딱 맞게 거의 완전한 보라색이었다. 그런데 봉화의 깜빡거리는 불빛을 보자 알 수 없는 불안감이 들었다. 나는 자신도 모르게 벽쪽 모니터 화면 뒤의 창문을 살폈다. 밖을 내다보기 위해서였다.

무엇인가 나를 불안하게 만들었다. 그러나 그것이 무엇인지 딱 집어낼 수가 없었다.

실험실은 옥상으로부터 3층 밑에 있다. 창밖으로 도시의 전경이 눈에 들어왔다. 나는 조우가 내 뒤에 내려앉는 날갯짓 소리를 들었다. 그리고 그녀가 봉화를 자이에게 넘겨줄 때, 내 뒤통수에 맴돌던 막연한 불안감이 강력하게 가슴을 휘젓기 시작했다.

"하나는 찾았고, 두 개 더 내리면 되네."

자콘이 으르렁거리는 소리로 말했다.

"훈련 임무라면 이것보다는 어려워야 하잖아."

조셉이 그렁그렁하는 목소리로 말했다. 그 목소리는 실망한 듯 들렸다.

나는 말하고 싶었다. 뭔가…… 뭔가…… 방심하면 안 돼……. 그러나 나는 왜 그렇게 말하고 싶은지 확신하지 못했다. 그리고 나는 날렵한 비행선 하나가 창가로 급강하하는 것을 보았고, 불안감의 정체를 깨달았다. 그러나 때는 이미 늦었다. 나는 팀원들에게로 돌아서며 급하게 외쳤다.

"함정이야!"

그러나 그 한마디가 다였고, 실험실 안의 모든 것은 순식간에 변해 버렸다. 봉화 불빛의 파동이 사방으로 사물을 뚫고 퍼져나가는 것이 마치 눈에 보이는 듯했다. 우리도 뚫고 지나갔다. 하지만 순간적으로 냉기를 느끼며 방향 감각을 상실했을 뿐, 다른 아무것도 느낄 수 없었다. 나뿐 아니라 다른 팀원들도 마찬가지인 듯했다.

그러나 모든 것은 변했다. 투명한 광선이 되어 실험실 안의 설치물과 과학 장비를 통과한 봉화 불빛은 모든 것을 원래대로 돌려놓았다. 휘황했던 실험실의 조명이 사라졌다. 테이프가 걸려 있는 컴퓨터들의 노란 불빛만이 깜박거렸다. 그러더니 순간 길게 열 지어 있던 모니터들이 수정 구슬로 변했다. 유리 증류관과 시험관은 진흙 그릇과 물약 병으로 변해 버렸다. 그리고 그 안에 들었던 시약과 용해제는 소금과 연금술에 쓰이는 첨가제들로 변했다. 유리 증류관과 시험관을 걸어 두었던 선반은 참나무 찬장이 되었다. 불빛의 파동이 확산되자 실험 부산물들이 널려 있던 실내는 금빛 벽돌이 둥글게 박힌 마루가 되었다. 마루에는 이상한 부호가 아로새겨져 있었다. 휴는 우리들과 함께 파동의 한가운데에 있었다. 파동은 더 거세졌고, 몇 초가 지나지 않아 미래의 첨단 실험실은 중세 마법사의 작업실로 바뀌어 버리고 말았다.

거기에서 그친 게 아니었다. 창밖을 내다보니 마치 핵폭탄이 터진 후 후폭풍이 불듯 도시 사방으로 파동이 퍼져가고 있었다. 아르데코풍의 바람개비와 첨탑이 진동하며 흔들리더니, 회반죽의 석벽으로 지어진 고딕 건물이 되었다. 공중에 걸렸던 이동식 계단과 터널은 사라졌고, 돌진하던 비행선은 등에 병사들을 태운 날개 달린 용으로 변했다.

공상과학소설에나 나올 법한 도시가 몇 분 만에 완전히 중세의 도시로 변해 버린 것이다. 도시의 한가운데에 성이 있고, 그 성에는 높은 탑들이 세워져 있었다. 그 성 안에 우리가 있었다. 내가 밖을 내다보던 창문마저도 철심으로 가장자리를 댄 빈 구멍으로 변했다. 모든 것이 변했다.

아니야. 나는 생각했다. *변한 것이 아니야.* 언제나 거기 있었던 것이지 갑자기 변한 것이 아니다. 이곳은 과학이 아니라 본래부터 항상 마법에 의해 통치되던 세계였던 것이다. 나의 본능은 조우가 날아올라 봉화를 가져올 때부터 위험을 느끼고 있었다. 조우의 날개는 너무 작아서 그녀의 몸을 공중에 들어올려 오래 지탱할 수가 없다. 조우가 태어난 지구는 과거 마법이 일상적으로 쓰이던 곳이었고, 그곳 사람들은 그런 풍토 아래에서 진화했다. 조우가 오래 날 수 있는 것은 단지 그렇게 초현실적인 힘이 통용될 때뿐이었다.

이곳에서처럼.

"옥상으로 다시 올라가자!"

나는 급히 외치고 승강기를 향했으나, 승강기가 있던 자리에는 좁은 계단통만이 보였다. 그마저 병사들이 점거한 채 우리를 향해 창, 칼, 석궁을 겨누고 있었다.

나는 자신을 바보, 멍청이, 천치라고 부르며 탓했다. 멀리서 비행선이 날아다니는 것 말고는 사람의 모습이라고는 그림자도 볼 수 없었는데, 도시 전체가 새로 지어진 것처럼 그렇게 깔끔해 보였는데 그런데도 의심하지 못했다니. 모든 것에 마법이 걸려 있었다. 단지 우리를 잡아들일 목적으로. 우리의 눈과 머리에 주문을 걸어 시각과 판단을 속인 것이다. 조우가 봉화(아마도 봉화로 위장된 부적)를 갖고 내려왔을 때 주문의 마력이 소멸됐고, 봉화는 우리가 완전히 포위망에 갇혔다고 헥스에 신호를 보냈을 것이다.

생각해 보면 이렇게 명료한데 아무 의심도 하지 못하다니!

휴는 걱정스럽게 나와 내 동료들 위를 맴돌고 있었다. 무장한 병사들이 양쪽으로 갈라섰다. 두 사람을 위해 길을 내주기 위해서였다. 그들은 결코 다시 보고 싶지 않았던 이들이었다. 온몸에 문신이 그려져 있는 스카라부스와 해파리 인간 네빌이었다. 둘은 언젠가 내가 크리스마스 선물로 받았던 캐릭터 인형 한 쌍처럼 서로 딱 붙어서 이야기를 나누며 걸어왔다. 계단을 내려온 둘은 계단통 입구 양편으로 섰다. 누구를 기다리는 것처럼 보였다. 누구를 기다리는지는 생각할 필요조차 없었다.

이윽고 비단옷 스치는 소리가 나고, 어둠 속에서 망토가 드러나기 시작했다. 그녀는 흔들리는 불빛 속으로 걸어나와 두건을 젖히고는 우리를 바라보았다. 고양이 같은 시선이 내게 머물더니, 커다란 입술에 미소가 번졌다.

"잘 만났다, 조이 하커."

마녀 인디고가 말했다.

"얼마나 놀랍고도 기쁜 일인가! 이번에는 네 친구들까지
데리고 왔구나."

"얼마나 놀랍고도 기쁜 일인가! 이번에는 네 친구들까지
데리고 왔구나."

12 포로가 된 동료들

"내 뒤로 서!"

자신도 하려고만 하면 얼마나 간결하게 말할 수 있는지 증명하며 자이가 외쳤다.

자이는 마루 위로 15센티미터 가량 떠올랐다. 그리고 양손을 올려 우리들 앞에 커다란 우산처럼 반투명 방패 막을 쳤다. 자이가 예전에 한번 말하기를, 자신의 염력은 마법이나 과학에 의존하는 것이 아니지만 마법의 세계에서 더 강해진다고 했다. 자이의 말에 따르면 염력은 영적인 힘이었다. 하지만 그게 뭐든간에, 나는 단지 자이의 염력이 마녀 인디고를 궁지에 빠뜨리기만을 바랐다.

석궁 화살이 우박처럼 쏟아지며 방패 막을 때렸다. 화살들은 방패 막에 부딪치자 속도가 느려졌다. 그리고 힘을 잃고 바닥으로 떨어졌다.

인디고가 주문 동작을 취하자 어느새 그 손바닥에 주홍빛 구슬들이 쥐어져 있었다. 마녀는 그 구슬을 입술 위에 올려

놓고 불었다. 자이의 방패 막을 향해 구슬들이 돌진했다. 그
것들이 방패 막을 때리며 폭발해 끈적끈적한 진홍빛 불꽃이
일어났다. 자이는 이를 악물었다. 그리고 땀방울이 흐르기
시작하더니, 점점 온몸을 떨기 시작했다. 방패 막을 지키기
위해 안간힘을 쓰는 중이었다.

"퍽!"

소리가 나더니 진홍빛 불꽃이 뒤덮인 속에서 방패막이 사
라졌다. 자이는 바닥에 쓰러졌다.

기합소리가 들렸다. 조셉이 늑대소녀 자콘을 마치 공처럼
들어올려 계단통을 향해 던졌다. 우리는 인터월드의 기지에
서 그렇게 하며 놀곤 했다. 하지만 지금은 실제 상황이었다.
자콘은 마치 체조선수처럼 날아가 우리를 둘러싸고 있던 병
사들 중 여러 명을 쓰러뜨렸다. 그리고 벌떡 일어나 해파리
인간 네빌을 향해 덤볐다. 병사들처럼 쓰러뜨리려는 것이다.
그러나 자콘은 네빌의 몸을 때리자마자 마치 해파리에게 쏘
인 것처럼 온몸이 마비되어 굳어 버렸다. 네빌은 자콘을 장
난감처럼 들어올리더니 거세게 한번 흔들고는 던져 버렸다.
자콘은 일어나지 못했다.

조셉이 소리를 지르며 해파리 인간 네빌에게 달려들었다.
마치 탱크가 돌진하는 듯했다. 그러나 해파리 인간은 조금도
당황하지 않았다. 조셉이 네빌의 거대한 배를 향해 깊숙이
주먹을 날렸다. 그런데 마치 과장된 슬로우 모션 동작에 맞
은 것처럼, 네빌은 전혀 충격을 받은 모습이 아니었다.

해파리 인간은 진흙탕이 부글거리는 소리로 크게 웃음을
터뜨렸다.

"애송이들을 보냈구나!"

네빌이 말하며 팔을 앞으로 뻗어 조셉의 얼굴을 강타했다.
조셉은 눈을 커다랗게 뜨고 숨을 들이쉬려고 애쓰다가 역시
쓰러지고 말았다.

조우는 날개를 치며 서까래 위로 올라가 화살이 미치지 않
는 구석에 숨었다.

인디고가 손가락을 까딱하자 스카라부스가 그 앞에 무릎
을 꿇었다. 마녀는 손가락 하나로 스카라부스의 몸에서 튀어
나온 문신 하나를 눌렀다. 그것은 용 문신이었다.

스카라부스가 사라졌다. 그리고 그가 있던 자리에는 쉿쉿
거리며 파이돈(그리스 신화에 나오는 커다란 뱀)처럼 거대한
용이 나타났다. 날개 달린 용의 네 발에는 끔찍한 갈고리발
톱이 솟아 있었다. 용은 서까래로 날아올라 맹렬한 속도로
조우를 향해 덤벼들었다. 조우는 겁에 질려 날개를 퍼덕이며
벽 쪽으로 피했다.

용은 천천히 조우 주변을 맴돌더니 벽에 붙어 있는 그녀를
꼬리로 강력하게 내리쳤다. 그러고는 의식을 잃은 조우를 물
고 바닥으로 내려왔다.

다시 바닥에 내려앉자 용의 몸은 흔들리며 요동쳤다. 그리
고 스카라부스로 변했다. 조우는 그 옆 바닥에 쓰러져 있었
다.

이제 사방은 조용했다.

나는 어떻게든 저항하고 싶었다. 그러나 내가 무엇을 할 수 있겠는가? 나는 다른 동료들 같은 어떤 특별한 능력이나 힘이 없었다. 그리고 몸에 무기가 장착되어 있는 자이보그를 제외하고는 나나 다른 동료들은 무기를 가져오지 않았다. 어쨌든 여기에 온 것은 원래 단순한 훈련의 일환이었을 뿐이니까.

"아주 물렁한 친구들을 두었구나."

마녀 인디고가 말했다.

"그들도 모두 워커라며? 너처럼 강한 능력을 갖고 있지는 못하겠지만, 푹 삶아서 병에 따르면 우리 배 한두 대는 움직일 수 있겠지. 안 그래?"

동료들이 쓰러진 것은 불과 몇십 초도 걸리지 않은 눈 깜짝할 새였다. 이제 다음 차례는 나와 자이보그였다. 어린 꼬마와 함께 이 난관을 뚫고 나가야 하는 것이다. 물론 나도 자이보그의 나이였을 때는 어린 꼬마였다는 것을 안다. 하지만 당장은 그런 소소한 걸 따질 때가 아니다. 휴는 볼링공만한 크기로 움츠리고는 공포에 질린 회색 빛깔을 띠고 있었다.

"나는 그렇게 생각 안 해."

자이보그가 인디고의 말에 대답하며 자신의 팔을 인디고를 향해 겨냥했다. 그리고 팔 끝에서 붉은 빛이 번쩍하는 듯했다. 하지만 실제로는 아무것도 발사되지 않았다. 나는 마법이 확고하게 우세를 점하고 있는 어떤 공간에서는 과학 기술이 통하지 않는다고 자이보그에게 지적해 주고 싶었다. 그러나 그런 지적을 하기에는 때가 적당하지 않은 것 같았다.

자이보그는 분명 그의 머릿속에 입력되어 있는 사전 프로그램에서 꺼냈을 낯선 단어들로 소리쳤다. 내 머릿속에는 그런 단어들이 확실히 없으니까.

그리고 마녀 인디고는 어느 사전에서도 찾을 수 없을 주문을 외우며, 주문에 따라 손을 움직였다. 자이보그는 아주 조용해졌다. 얼빠진 표정이었다.

"쓰러진 놈들을 지하 감옥으로 끌고 가라."

인디고가 병사들에게 말했다.

"따로따로 독방에 가두도록. 그리고 쇠사슬로 묶어 두고."

마녀는 이번에는 자이보그를 향해 말했다.

"너는 병사들을 따라서 감옥으로 걸어가거라. 병사들이 쇠사슬로 너를 묶을 때 최대한 협조하도록 해. 감옥에 잘 있으면 내가 방문하러 갈 거다."

자이보그는 주인을 바라보는 강아지처럼 보였다. 나는 창피했다. 제이가 나를 해적선으로부터 구출해 낼 때 나도 저렇게 보였을 게 틀림없었다.

그렇지만 가장 창피한 일은 따로 있었다. 그들은 나를 마지막까지 그냥 내버려 두었다. 나는 전혀 신경 쓸 만한 존재가 아니었던 것이다. 내 동료들은 처리해야 할 문젯거리였고 제압해야 할 적이었지만, 나는?

"나는 어떻게 할 거냐?"

내가 물었다.

"아, 꼬맹이 조이 하커."

인디고가 내가 있는 쪽으로 좀더 가까이 걸어왔다. 그녀에게서 풍기는 냄새를 맡을 수 있었다. 장미 향기와 그리고 무엇인가 썩는 냄새였다.

"잘 물어봤다. 나는 이 장소에서 꼭 한번 일류의 워커를 처리해 보고 싶었다. 그러나 너는 내가 그렇게 처리할 수 있는 존재 이상이다. 너는 헥스로 보내지게 될 것이다. 매우 신속하게. 중요한 공격이 곧 있으니까 네가 전투함 선단에 동력을 공급하게 될 것이다. 특별 호송선이 한 시간 안에 떠날 것이다. 그 안에는 네가 실릴 것이고. 물론 마취해야겠지. 스카라부스?"

문신 인간이 고개를 끄덕였다.

"준비가 다 됐습니다, 주인님."

"좋아."

인디고가 말했다. 그리고 나에게 주문을 걸기 시작했다.

그것은 틀림없이 나를 마취시키는 주문이었을 것이다. 그러나 확실하지는 않다. 왜냐하면 내게 주문이 와 닿기 전에 휴가 깐닥이며 중간에 그것을 막아섰기 때문이다. 휴에게 부딪친 주문은 금빛가루가 되어 허공으로 확 퍼지더니 사라져 버렸다.

휴는 인디고의 욕실에 걸려 있는 분홍색 수건 색깔로 변했다. 나는 그것이 일종의 머드러프식 농담인지 궁금했다.

인디고는 재미있어 하지 않았다. 마녀는 자신의 심복을 바라보았다.

"저게 뭐냐, 네빌?"

"한 번도 본 적이 없는 건데요."

해파리 인간이 대답했다. 네빌이 휴를 향해 초록색의 커다란 유골단지를 던졌다. 그러나 유골단지는 휴의 거죽에 닿더니 허공중에 굳어 버린 채 멈췄다. 그리고 잠시 후 완전히 사라졌다. 휴의 반투명한 비눗방울 같은 표피가 초록빛과 금빛과 분홍색으로 고동치더니, 순백색으로 변했다.

잠깐 동안 휴는 공중에서 점잖게 조금씩 깐닥거렸다. 그것은 마치 어떤 사람이 소파에 앉아서 다음에는 뭘 해야 할지 결정하려 하는 모습처럼 보였다.

그리고 휴는 순식간에 나를 향해 내리 덮쳤다.

잠시 나는 휴의 차갑고 미끄럽고 낯선, 그러나 혐오스럽지는 않은 거죽 아래 싸였다. 그리고 세상이 폭발했다.

나는 순식간에 서로 포개진 듯 이어지는 아주 많은 장면들을 보았다. 인디고와 선실이 보였다. 과학으로 위장한 마법세계가 보였다. 쓰러진 동료들이 보였다. 나는 위, 아래, 옆, 안쪽, 바깥쪽의 모든 각도에서 그 장면들을 볼 수 있었다. 그리고 마치 시간의 흐름 속에서 그것들을 보는 듯했다. 지금의 장면을 만들어낸 많은 장면들이 명멸하며 눈앞에서 교차했다.

그리고 나는 다른 세계로 미끄러져 떨어졌다. 장면마다 부

분으로 쪼개졌던 감각이 이제는 완전히 입체적으로 합쳐졌
다. 초점이 맞춰졌고, 정상적이었고, 완전하게 논리적이었
다. 그러고 나자 나는 내가 미끄러져 떨어진 세계가 인비트
원이라는 것을 어느 정도 알아차렸다. 그러나 그것은 다차원
적 존재인 머드러프의 방식으로 보이는 인비트원이었다.

나는 휴와 교감을 나누고 있었던 것이다. 내 마음속에 휴
의 느낌이 점점 커졌다. 그리고……. 나는 인비트원의 바닥
이라고 할 수 있는 곳으로 떨어졌다. 이번에 그것은 부드러
운 구리 막처럼 느껴졌는데, 표면장력으로 모든 것을 붙어
있게 하는 듯했다. 저마다 다른 모양과 크기의 소용돌이들이
무리지어 하늘로 뻗어나가고 있었다.

휴의 관점으로 보게 되니 인비트원은 더 이상 기괴하게 느
껴지지 않았다. 그것은 나에게는 아주 큰 구원이었다. 휴는
내 옆 공중에 걱정스럽게 떠 있었다. 혹은 버몬트 주만한 크
기의 휴가 나로부터 수천 킬로미터 떨어져서 따뜻하게 용기
를 북돋아주는 푸른빛으로 빛나고 있는 것일지도 몰랐다. 휴
가 몸 밖으로 꼬투리를 내밀어 동그라미를 만들어 보였다.
그것은 마치 사람이 손가락 두 개로 동그라미를 그려 오케이
표시를 하는 듯했다. 그리고 아쉬운 듯 꼬투리를 방울 모양
의 몸 안으로 거둬들였다.

"나를 그곳으로부터 탈출시켜 줘서 고마워."

나는 말했다.

"하지만 나는 동료들을 데리러 돌아가야 해. 그들은 내 팀

이야."

만약 색깔을 마음대로 바꾸는 방울이 어깨를 으쓱 할 수 있다면? 휴가 그렇게 하는 것처럼 보였다. 나는 동료들이 있는 세계로 가는 좌표에 정신을 집중했다……. 그런데 워킹이 되지 않았다. 마치 그 세계가 더 이상 존재하지 않는다는 듯이. 좌표가 그 의미를 상실했다는 듯이.

나는 한층 더 집중했다. 그래도 워킹은 되지 않았다.

"휴, 우리가 아까 있었던 곳이 어디로 갔지? 무슨 일이 생긴 거야?"

휴는 내게 흥미를 잃은 듯 보였다. 흐릿하게 유리 부딪치는 소리를 내며 왔다갔다 깐닥대더니, 사라져 버렸다.

"휴! 휴!"

불러 봤으나 소용없었다. 방울 머드러프는 가 버린 것이다.

나는 팀원들을 데리러 그곳으로 가려고 마지막으로 워킹을 시도해 봤다. 그러나 갈 수가 없었다.

결국 나는 무거운 마음으로 기지로 돌아가는 좌표를 떠올려 집중했다.

{IW}:= Ω/∞

나는 기지로 워킹했다. 지원을 받기 위해서, 나의 팀 동료들을 마녀 인디고의 손아귀로부터 구출하기 위해서.

기지는 봉화를 찾아 들고 의기양양 돌아오는 팀들로 북적였다. 켄타우로스 조호스가 등을 돌리고 한 소년과 함께 이야기를 나누며 내 옆을 지나쳤다.

나는 처음 마주친 장교에게로 달려가 상황을 보고했다. 그녀는 안색이 창백해지더니 누군가를 불러 의논했다.

그러고 나서 장교는 창고 밑의 방으로 나를 데려갔다. 그곳은 감옥과 가장 가까운 곳이었다. 그녀는 총을 꺼냈고, 플라스틱 의자를 가리키며 내게 앉으라고 말했다. 방안에 있는 물건이라고는 오직 그 의자뿐이었다. 장교는 문 옆에 서서 내게 총을 겨누고 말했다.

"워킹하려고 하기만 하면 머리를 날려 버리겠다."

전혀 농담으로 하는 말이 아니었다. 그러나 내 처지보다 더 나쁜 것은, 무한한 우주의 어느 곳에선가 나의 팀 동료들이 쇠사슬에 묶인 채 성의 지하 돌 감옥에 갇혀 고문당하고 절망하고 있을 것이라는 사실이었다.

13 잃어버린 기억

　그들이 내게 질문을 던졌다. 나는 최선을 다해 답변했다. 그들은 일면 나의 보고를 듣기도 했고, 일면 나를 심문하기도 했다.

　그들은 세 사람이었다. 두 명은 남자, 한 명은 여자. 그들은 모두 나와 같은 모습이었지만 나이가 더 들었다.

　그들은 같은 질문을 하고 또 했다.

　"동료들을 어디로 데리고 간 건가?"

　"너는 어떻게 탈출한 것인가?"

　그리고 다시, 또 다시 물었다.

　"동료들은 지금 어디 있는가?"

　그리고 나는 대답했다. 왜 목적지에 제대로 도착했다고 생각했는지. 어떻게 작은 머드러프 휴가 나를 그곳으로부터 탈출시켰는지. 그곳으로 돌아가 팀 동료들을 찾으려고 얼마나 애썼는지, 그러나 그곳으로 돌아갈 수 없었던 것까지.

　"너도 알겠지만 우리는 이미 독자적인 구조팀을 목적지에 파견했다. 그곳은 다른 수천 개의 지구처럼 과학이 발전해 있는 일반적인 지구이다. 그곳 사람들이 말하기를 네 팀은 결코 도착하지 않았다고 한다. 그들은 너를 전혀 본 적도 없다고 한다."

"아마도 우리는 그곳에 가지 않았습니다. 내가 좌표를 부여받고 도착한 곳은 원래 목적지처럼 느껴졌어요. 그건 과학 도시처럼 보였는데, 순식간에 변해 버렸습니다. 그리고 그들이 우리를 붙잡았어요. 하지만 결코 고의로 그렇게 된 것이 아닙니다. 내가 그렇게 한 게 아니에요, 맹세합니다!"

그들은 여러 시간 동안 내게 질문을 던졌고, 그러고 나서 내 뒤에서 문을 잠그고 떠났다.

나는 그들이 왜 문을 잠그는지 이해할 수가 없었다. 나는 워킹을 해서 이곳을 빠져나갈 수 있다. 인터월드에는 워킹 출구가 사방에 있으니까. 그러나 인터월드를 빠져나갈 수 있는 출구가 아무리 많더라도, 나는 아무데도 가고 싶지 않았다.

다음날 아침 문이 열리고, 나는 돔 안으로 쏟아지는 빛에 눈부셔하며 그들에 의해 인도되었다.

그들이 데려간 곳은 올드맨의 집무실이었다. 나는 전에 딱 한 번 이곳에 와 본 적이 있었다. 그의 방은 책상이 대부분의 공간을 차지하고 있었는데, 그 위에는 서류들이 산더미처럼 쌓여 있었다. 수정 구슬이나 컴퓨터는 볼 수 없었다. 그러나 보이지 않는다고 해서 없다는 것을 의미하지는 않았다.

올드맨은 오십 줄로 보였으나, 다른 차원을 오가며 그곳에서 보낸 시간은 뺀다고 해도 그보다는 훨씬 나이 먹었다. 그는 자신의 역할 그 이상을 해왔다. 재생 수술에도 불구하고 그에게는 많은 상처의 흔적이 남아 있었다. 올드맨의 왼쪽 눈은 의안이다. 눈동자 안에서 초록색과 보라색과 푸른색이 깜박거렸다. 인터월드에는 그 눈에 얽힌 온갖 전설이 내려온다. 올드맨의 의안은 레이저 광선을 발사할 수 있고, 마법 주문을 바꿔 버릴 수 있으며, 상대의 속마음을 읽을 수 있고, 벽을 뚫고 투시할 수 있다고. 아마 그 눈으로는 그 모든 것을 다 할 수 있을지도 모르고, 아니면 다 거짓일 수도 있다. 하지만 올드맨이 그 눈으로 바라볼 때면 누구든, 자신이 저지른 모든 잘못은 물론 없는 사실까지 만들어 고백하고 싶은 마음이 드는 것은 확실했다.

"잘 있었나, 조이."

올드맨이 말했다.

"나는 고의로 그런 게 아닙니다. 나는 길을 잃으려고 한 게 아니에요, 사령관님. 정말 아닙니다. 그리고 나는 그곳으로 돌아가 동료들을 데려오려고 했어요."

"그랬길 바란다."

올드맨은 조용히 말했다. 그는 잠시 말을 멈췄다.

"알다시피…… 이곳의 일부 사람들은 자네가 죽은 제이를 이어갈 워커로 훈련 받고 있는 사실에 의구심을 표하고 있다. 나는 그런 이들에게 자네가 어리고 미숙하고 충동적이기는 하지만 최고의 워커가 될 수 있는 가능성을 갖고 있다고 말했지. 그리고 죽은 제이도 자네가 자신의 빈자리를 대신할 것을 원했고."

"그러나 이제 자네는 여섯 사람의 빈자리를 만들어 버렸다……. 그래, 치러야 하는 대가가 너무 커. 자네는 동료들을 잘못된 장소로 데려갔고, 그들을 잃어버렸다. 이건 마치 자네가 자신의 목숨을 구하기 위해 그들을 버려두고 도망 온 것처럼 보이지 않는가?"

"그렇게 보일 수도 있다는 것을 압니다. 그러나 그것은 사실이 아닙니다. 사령관님, 나는 동료들을 찾아낼 수 있습니다. 제가 그렇게 하도록 해주십시오."

"안 돼."

올드맨이 고개를 가로저었다.

"유감이다. 우리는 이곳에서 하루 종일 의논했다. 자네는 졸업을 하지 못할 거야. 대신 이곳에서의 자네 기억을 삭제할 것이네. 다시 말해 자네가 고향을 떠나온 이후의 모든 일들을 기억에서 지워 버릴 것이다. 그리고 자네의 워킹 능력도 제거할 것이고."

"영원히요?"

만약 내 한 눈을 빼겠다고 말했어도 지금 하는 말보다 더 나쁘게 들리지는 않을 것이다.

"유감이지만 그렇다. 우리는 자네가 해를 입는 것을 원치 않아. 만약 자네가 워킹을 시작하면 자네는 헥스나 바이너리의 표적이 되어 버린다. 그들을 자네가 있는 곳으로 곧장 불러들이게 되는 거지. 또 혹시 인터월드로 돌아오려다가 그들을 이곳으로 불러들이게 될 수도 있고.”

“그래서 우리는 자네를 고향으로 돌려보내려고 한다. 자네는 고향을 떠난 후 이곳에서 많은 시간을 보냈지만, 그곳에서는 시간이 얼마 흘러가지 않았네. 시간 격차를 조정하지 않았으니까. 그게 자네에게 유리하게 작용할 것이다. 돌아가면 자네가 그곳을 떠난 지는 오래 되지 않았을 것이다.”

나는 상부의 결정으로부터 나를 방어할 수 있는 무슨 말을 생각해 내려고 했으나, 떠오르는 말이라고는 하나뿐이었다.

“하지만 나는 지시받은 좌표에 따라 팀원들을 데려갔어요. 확실합니다. 그리고 나는 그들을 고의로 버려두고 오지 않았어요.”

그러나 그 말은 나를 심문한 많은 사람들에게 어제부터 거듭 반복해서 되풀이해 온 말이었다. 그래서 대신 나는 물었다.

“언제 제 기억을 지울 겁니까?”

올드맨은 동정 어린 표정으로 말했다.

“이미 시행됐다.”

나는 초점이 맞지 않는 곤혹스런 눈길로 앞에 선 낯선 사람을 쳐다보았다.

“누구……?”

그렇게 말했던 것 같다.

"미안하네, 잘 가게."

낯선 사람이 대답했다. 그리고 눈앞이 캄캄해졌다.

"기억상실증은 재미있는 현상이지."

의사가 말했다. 그는 우리 집 주치의 위더스푼 박사였다. 위더스푼 박사는 엄마가 오징어를 낳을 때 받았고, 제니가 수두를 앓을 때 치료했으며, 작년에는 내 다리를 꿰맸다. 그 덕분에 나는 물줄기가 쏟아지는 폭포 위로 올라가 보겠다는 말은 꺼내지도 못했었다.

"내 말은 조이의 경우를 말하는 건데, 36시간 동안의 기억만을 잃었다고 하니까 말이야. 거짓말이 아니라면 신기한 일이지."

"거짓말이 아니에요."

나는 박사에게 말했다.

"네가 거짓말을 한다고 생각하지는 않아. 너를 찾느라고 정말로 온 도시가 뒤집혔었다. 아마 디마스 선생이라 할지라도 그런 엉터리 같은 일을 저질러 놓고 이번에는 계속 교사직을 유지할 수 없을걸. 애들을 도심에 내려놓고 혼자 힘으로 길을 찾아오라고 하다니…… 참."

박사님은 내 눈동자에 전등을 비추며 들여다보았다.

"뇌진탕 흔적은 찾을 수가 없는데. 파출소로 걸어 들어가기 전의 일은 아무것도 기억이 나지 않니?"

"마지막으로 기억나는 일은……."

나는 박사에게 말했다.

"로웨나와 함께 길을 잃었어요. 그 이후의 일은 꿈속에서 본 것처럼 몽롱해요."

박사는 자신의 메모장을 바라보며 도통 모르겠다는 듯 입맛을 다셨다. 침대 가의 전화기가 삐 소리를 냈다. 위더스푼 박사가 받아서 대답했다.

"예."

그가 말했다.

"조이는 괜찮아 보입니다…… 하커 부인, 조이는 십대 소년입니다. 그 나이 때는 쉽게 회복됩니다. 걱정 마세요. 네, 한 시간쯤 지나서 데리러 오세요."

박사는 전화기를 내려놓았다.

"네 엄마다."

박사가 내게 말하고, 내 상태에 대한 진료 기록표를 작성했다.

"자."

박사가 마지막으로 말했다.

"아마도 기억은 돌아올 거다. 그러나 어쩌면 네 인생의 36시간을 영원히 잃어버리게 될 수도 있어. 지금으로서는 뭐라고 말하기가 어렵다."

"돌아왔을 때 처음 보니 아주 안타까운 표정이던데."

박사가 덧붙였다.

"뭐 걱정거리라도 있는 거냐? 말하고 싶은 게 있어?"
"글쎄요, 뭔가 잃어버린 것 같은 생각이 계속 들어요."
나는 말했다.
"그런데 그게 뭔지를 모르겠어요."

어떤 사람들은 내가 거짓말을 한다고 생각했다. 학교에서 나는 내가 어떻게 시카고까지 히치하이킹을 하면서 갔는지에 관한 소문 하나를 들었다. 혼란스러웠다. 그 이야기로 미루어보자면 나는 어쩌면 정말 시카고까지 히치하이킹을 해서 갔을 수도 있었다. 아니면 더 멀리까지.

우리 지역 방송의 11시 뉴스에서는 내 사건에 관해 여러 사람과의 인터뷰를 내보냈다. 행클 시장, 경찰서장의 인터뷰는 물론이고, 내가 날아다니는 마법사에게 납치됐었다는 주장을 펼치는 나이든 어떤 아저씨와의 인터뷰까지.

어쨌든 디마스 선생님이 해고당하지는 않았다. 도심에 내려놓기 전 선생님이 우리에게 나눠 준 카드에 추적 장치가 부착되어 있었다는 사실이 밝혀진 것이다. 그래서 선생님은 우리가 어디에 가 있는지 내내 알고 있었다.

물론 나만 빼고. 선생님의 노트북 화면에 나의 위치를 알려주는 표시는 없었다(선생님이 우리 팀에 나눠준 카드는 테드가 갖고 있었다. 나와 로웨나는 테드와 헤어졌기 때문에 선생님은 우리의 위치를 추적할 수 없었다. 선생님은 나와 로웨나가 버스를 타거나 집에 전화를 걸어 차를 불렀으리라고는 생각하지 않았기 때문에 우리를 찾아 지프를 몰고 도심을 순찰했다). 위치 표시에도 잡히지 않고, 더구나 로웨나와도 헤어졌기 때문에 사람들은 내가 어디로 갔는지 찾을 길이 없었다.

테드 러셀은 내가 마법사에게 납치됐었다는 주장을 펼친 아저씨의 인터뷰를 매우 재미있다고 생각했다. 그래서 나를 볼 때마다 '마법 소년', '허공중의 대장' 또는는 '오비완 하커'라고 부르기 시작했다(오비완은 스타워즈에 나오는 등장인물이다-역주). 놀리는 테드를 무시해 버리기 위해 나는 안간힘을 써야 했다.

나는 유명해졌다. 그러나 그것은 곰이 우리 안에 갇혀 유명해지는 것과 같은 식이었다. 어떤 녀석들은 나의 새로운 친구가 되기를 바랐고, 또 어떤 놈들은 건너편 매점에서 나를 구경하거나 손가락으로 가리켰다.

학교로 복귀한 첫 주도 다 지나가고 있던 어느 날, 로웨나 덴버가 수학시간이 끝나고 내게로 다가왔다.

"그래, 그날 어디로 갔던 거야?"

로웨나가 물었다.

"날아다니는 마법사가 잡아간 거야? 아니면 정말 시카고까지 갔었던 거야? 아니면 다른 어떤 곳으로 간 거야?"

"모르겠어."

나는 로웨나에게 말했다.

"나한테는 말해도 되잖아. 어쨌든 나는 그날 길거리에서 바보같이 30분 동안이나 너를 기다린 사람이니까. 아무한테도 말하지 않을게.”

“모르겠다니까.”

나는 로웨나에게 말했다.

“나도 알고 싶어.”

로웨나는 화가 나서 눈빛이 반짝거렸다.

“좋아, 네가 그렇게 나온다면. 나는 우리가 친구라고 생각했어. 그런데 나를 믿지 못해 말하고 싶지 않다면 그렇게 해. 네가 어떻게 하든 나는 신경 쓰지 않으니까.”

그리고 발을 쾅쾅 울리며 가 버렸다. 그런데 내가 로웨나를 보며 든 생각은 이런 거였다. *나는 네가 아주 짧은 머리를 한 모습을 알고 있어, 아주 짧은.* 그리고 나는 왜 그런 생각이 드는지 의아했다.

내 이야기가 뉴스에 나온 지 이틀이 지난 날이었다. 그날 테드 러셀은 내게 너무 심하게 장난을 쳤다. 아마도 내가 사람들의 시선을 독점하는 상황에 열을 받았거나, 아니면 치통을 앓는 스컹크처럼 본성 자체가 비열한 놈이기 때문일 것이다. 아무튼 그 일 이후 최근까지 테드는 내게 어떤 불쾌한 짓도 하지 못했다.

그날 쉬는 시간이었다. 테드가 뒤로 살금살금 다가와 갑자기 놀라게 하면서 한 손으로 내 옆구리를 강타했다.

순식간에 일어난 일이었다, 그리고……

나는 약간 무릎을 휘청거리며 중심을 잃었지만, 한 발을 뒤로 내딛으며 다른 한 발은 앞으로 벌려 고양이 자세(그 자세 이름을 어떻게 아는지 나도 모르니 묻지 마라)를 취했다. 그리고 테드의 손아귀를 움켜쥐고 뒤로 꺾어 위로 끌어당기면서, 다른 한 손의 손날로 테드의 목을 쳤다. 테드는 나를 괴롭히려다가 단 몇 초 만에 내 발밑에 쓰러져 고통스럽게 몸부림쳤다. 나는 연속 동작의 마지막 동작을 제때에 딱 멈췄는데, 만약 멈추지 않으면 테드를 죽게 만들 것을 알았기 때문이다(다시 말하지만 내가 그걸 어떻게 아는지 묻지 마라).

잠시 후 일어난 테드는 마치 머리에 푸른 촉수가 돋아난 괴물을 바라보듯이 나를 쳐다보았다. 그리고 쏜살같이 교실 밖으로 달아났다. 잘된 일이었다. 왜냐하면 나는 자신에게 놀라서 완전히 굳어 있었기 때문이다. 내가 무슨 행동을 했는지, 그리고 어떻게 그렇게 할 수 있었는지 통 알 수가 없었다. 마치 근육이 저 혼자 다 알아서 하고, 나는 옆에서 구경만 한 것처럼 느껴졌다.

아무도 본 사람이 없어서 다행이었다.

돌아온 두 주 동안 사정은 이랬다.

"조이, 너는 좀더 자주 우주 괴물들한테 유괴당해야겠다."

어느 날 저녁 식사 시간에 아빠가 말했다.

"왜요?"

"네 역사상 처음으로 올 A잖아. 감동받았다."

"에이."

어쩐지 별로 자랑스럽지 않았다. 학교 공부는 이제 아주 쉬웠다. 마치 학교 공부가 어느 정도까지 어려울 수 있는지 이미 경험했고, 그리고 내가 그것을 해낼 수 있는 것을 스스로 알고 있는 것 같았다. 자신이 더 이상 자전거가 아니라 자동차인 것을 알고 있는데, 아직도 자전거 경주에 참여하고 있는 그런 기분이었다.

"그 '에이'라는 감탄사의 의미가 뭐냐?"

엄마가 즉시 꼬집었다.

"그냥요."

나는 브로콜리 줄기를 집는 척했다. 열심히 들었다 놓았다 하면 엄마 아빠는 내가 그것을 먹고 있지 않다는 것을 눈치채지 못했다(나는 브로콜리를 싫어하는데, 엄마 아빠는 몸에 좋다며 억지로 먹게 했다).

"단지 수학하고 영어하고 스페인어하고 그런 건데요 뭐. 4차원 이상의 기하학이나 그런 게 아니잖아요."

"뭐가 아니라고?"

나는 내가 뭐라고 말하고 있는 건지 당황했다.

"모르겠어요. 죄송해요."

나는 잃어버린 36시간에 관해서는 생각하지 않고 거의 잊고 살았다. 그러나 밤에 잠들 때, 그리고 때로 아침에 잠이 깰 때, 뒤통수에 근질근질하면서도 콕 쏘는 무언가가 느껴졌다. 그 기분은 마치 머릿속의 일부가 잘려나간 느낌이었다. 뜨고 있던 눈을 감고 영원히 다시 뜨지 못하는 것처럼.

어둠 속에 누워 있을 때면 그런 느낌이 나를 괴롭혔다. 그

것은 정말 나를 힘들게 했다. 나는 분명히 엄청나게 중요한
무엇인가를 잃어버린 것 같았다. 그것이 무엇인지는 모르겠
지만.

"조이?"
엄마가 말했다.
"조이라고 부르기에는 너무 컸구나. 이제 조금 지나서부터
는 조우(올드맨의 이름)라고 불러야겠다."
손에 소름이 돋고 떨리기 시작했다. 다시 뭔지 모르는 어
떤 느낌이 뒤통수를 콕 쐈다.
"예, 엄마?"
"잠시만 동생 좀 봐 줄 수 있겠니? 아빠하고 나는 원석 공
급업자를 방문할 거야. 핀란드에서 좋은 원석이 들어왔다는
데 연락을 안 해 주네. 내가 세공하면 딱 좋을 텐데."
엄마가 보석 수공 일을 한다고 내가 말했던가? 그것은 일
종의 중독성이 있는 취미였다. 그래서 엄마의 보석 수공 일
은 다른 식구들에게도 여파를 미쳤다.
"그럼요."
내가 말했다. 오징어는 착한 녀석이다. 18개월 된 놈치곤
정말 봐주기 쉽다. 끝없이 울지도 않고, 졸리지 않는 한 잉잉
대며 조르지도 않는다. 그리고 졸졸 내 뒤만 따라다니지도
않는다. 오징어는 내가 놀아주면 항상 즐거워한다.
나는 오징어의 방으로 올라갔다. 그런데 이상하게도 나는

이층으로 올라갈 때마다 이번에도 그 방이 여전히 제 자리에
있을지 걱정하는 자신을 발견하곤 한다.

　그건 버스를 타고 집으로 돌아올 때 부모님이 말하지도 않
고 다른 곳으로 이사가 버렸으면 어쩌나 걱정하는 것과 비슷
한, 편집적인 망상이었다. 하지만 아마 누구나 그런 상상을
해봤을 것이다. 나만 그런 것이 아닐 것이다.

　"어이, 오징어."

　나는 말했다.

　"너랑 같이 놀 거다. 뭐 하고 싶은 거 있어?"

　"방울."

　오징어가 말했다. 오징어의 발음은 '방을'에 더 가까웠다.

　"오징어, 지금은 12월 초야. 이런 날씨에는 아무도 비눗방
울을 불지 않아."

　"방을."

　오징어가 울려는 듯이 말했다. 막내의 진짜 이름은 케빈이
다. 오징어는 매우 실망하는 듯했다.

　"그럼 외투 입을 거야?"

　나는 물었다.

　"벙어리장갑도 끼고?"

　"응."

　오징어가 말했다. 그래서 나는 부엌으로 가서 식기 세척제
와 글리세린, 그리고 식용유를 섞어 비눗방울 용액을 만들었
다. 그리고 우리 둘은 외투를 걸치고 마당으로 나갔다.

오징어는 커다란 플라스틱 비눗방울 막대 두 개를 가지고 있다. 그런데 9월 이후로는 사용하지 않았다. 그래서 나는 마당 어디에 그것이 뒹굴고 있는지 찾아야 했고, 찾고 나니 흙이 많이 묻어 있어 닦아야 했다. 비눗방울을 불 준비는 다 끝났다. 갑자기 조용히 눈이 내리기 시작했다. 잿빛 하늘로부터 커다란 눈송이가 떨어졌다:

"히."

오징어가 말했다.

"방을. 호……."

나는 비눗방울 통에 막대를 담갔다가 공중에서 흔들었다. 플라스틱 막대에서 무지개 빛깔의 비눗방울들이 튀어나와 허공중에 떴다. 오징어가 신이 나 소리를 질렀다. 눈송이가 스치자 작은 비눗방울이 깐닥거렸다. 큰 방울 위에 떨어진 눈송이는 때로 그 위에 잠시 멈췄다가 옆으로 미끄러지며 땅으로 떨어졌다. 공중에 떠 있는 비눗방울들을 보며 문득 나는 무언가를 떠올렸다.

무엇인가를…….

그러나 미친 듯이 머리를 휘저어도 그것이 무엇인지 정확히 떠올릴 수가 없었다.

오징어가 신이 나 웃으면서 깐닥이는 방울을 가리켰다.

"후아!"

"네 말이 맞아."

나는 말했다.

"그건 휴처럼 보이네."

순간 나는 벼락을 맞은 듯 그 자리에서 멈췄다. 그렇다. 그들은 내 머리에서 모든 기억을 빼앗아갔다. 그러나 휴는 빼앗지 못했다. 비눗방울은 마치…… 머드러프처럼 보였다…….

그건 머드러프야…….

나는 손가락으로 물감을 문지른 듯 온갖 색이 녹아 흐르는 하늘 아래에서 들려왔던 그 목소리를 기억할 수 있었다…….

제이.

나는 그를 기억한다, 괴물의 공격을 받아 피를 흘리며 모래 위에 누워 있던…….

그리고 기억이 돌아왔다. 강렬하고 빠르게, 모든 기억이. 나는 막내동생과 함께 내리는 눈 속에, 비눗방울들이 날리는 눈 속에 서 있었다.
　나는 기억한다. 그 모든 것을.

제 3 부

‘마법’이란
우주가 무시해 버릴 수 없는 방식으로
말을 거는 것을 뜻한다.
어떤 세계는 그 말을 경청한다.
그곳은 마법이 지배하는 영역이다.
반면 어떤 세계는 그 말을 듣지 않고
오히려 자기의 말을 듣게 하려고 한다.
그곳은 과학이 지배하는 영역이다.

14 결단

　나는 다시 워킹할 수 있었다.

　'어떻게?'라고 내게 묻지 마라. 아마 인터월드에서 사용한 기억을 지우는 장치에 결함이 있었을 수도 있다. 아니면 휴의 존재가 그들이 예상할 수 없었던 변수가 되었을 수도 있다……. 나는 눈을 맞으며 떨면서, 막내동생이 행복하게 비눗방울을 쫓아다니는 모습을 보면서, 뒷마당에 서 있었다. 머릿속에서는 연속적으로 기억의 폭죽이 터지면서 인터월드에서 겪었던 일이 하나씩 하나씩 되살아났다.

　나는 모든 것을 기억했다. 밤낮으로 이어지며 사람을 녹초로 만들었던 공부와 훈련. 조이 하커의 복사판이면서도 제각기 특별했던 많은 동료들. 초신성이 폭발하듯 올드맨의 의안에서 갑자기 뿜어져 나오던 강렬한 빛. 갖가지 색깔로 미친 듯 굽이치던 인비트원…….

　그리고 훈련 임무가 잘못되어 마녀 인디고에게 다시 잡힐 뻔했다가, 휴에 의해 혼자만 구출됐던 일까지.

눈 내리는 마당에 서서, 용액에 막대를 담가 기계적으로 비눗방울을 불면서, 나는 날씨와는 상관없는 냉기 때문에 떨고 있었다. 이제 무엇을 해야 한단 말인가?

나는 팀원들을 잃어버리고 인터월드로 돌아갔을 때의 수치와 속수무책을 기억했다. 인터월드는 어떻게 됐을까? 마녀 인디고와 헥스의 마왕 독나이프에게 침공당하지는 않았을까? 인터월드로 돌아갈까? 나는 너무도 돌아가고 싶었다. 그리고 갈 수 있다는 것도 알았다. 다시 워킹을 할 수도 있고, 인비트윈을 통해 기지로 돌아갈 수도 있을 것이다. 제이가 가르쳐 준 기지로 돌아갈 수 있게 해주는 기호는 나의 머릿속에 여전히 남아 있을 테니까. 그래, 돌아갈 수 있을 것이다.

그러나 나는 정말 돌아가기를 원하는가?

만약 나의 고향인 이곳을 떠난다면 이번에는 결코 되돌아올 수 없다. 공간 이동의 출구를 여는 순간 그것은 헥스와 바이너리에 신호를 보내는 것이며, 이곳으로 그들을 불러들이는 결과를 낳을 것이다. 언젠가 각 워커에게는 추적당할 수 있는 그만의 고유한 정신적인 주파수가 있다고 들었다. 바이너리에서는 수천 대의 컴퓨터를 연결시켜 나의 위치를 찾고 있을 것이다. 마찬가지로 헥스도 일군의 마법사들이 24시간 내내 나를 찾고 있을 것이다. 만약 떠난다면 다시 돌아와서 내 가족과 친구들을 위험에 처하게 할 수는 없었다.

내가 다시는 워킹을 하지 않는다면, 바이너리나 헥스가 이곳을 침공할 확률은 수조 분의 일도 되지 않을 것이다. 그러면 다시는 알티버스에 관한 이야기를 듣게 될 일 없이 평범하게 성장해 결혼하고, 아이를 낳고, 늙어 죽게 될 것이다.

그러나 다시는 워킹을 못한다면…….

내가 전에 워킹은 중독성이 있는 다른 취미들과 마찬가지라고 했는지 모르겠다. 나는 워킹을 즐겼다. 인비트윈의 출구를 열기 위해 정신을 집중할 때, 한 세계에서 다른 세계로 건너뛸 때, 나는 그 느낌이 좋았으며 하고 싶은 일을 하고 있다고 느꼈다. 체스 달인은 돈이나 승리를 얻기 위해 체스를 두지 않는다. 그들은 체스를 사랑하기 때문에 체스를 둔다. 수학자들은 정원을 가꾸는 일에서 스릴을 느끼는 것이 아니다. 그들은 머릿속에서 집합론이나 정수를 다루며 행복한 백일몽을 꾼다. 체조선수가 공중제비를 돌고 싶어 하듯, 워킹 능력을 기억해낸 지금 나는 그것을 사용하고 싶어 온몸이 근질거렸다.

다시는 워킹하지 않고 살아간다는 것은 상상할 수 없었다.

하지만 또한 아빠 엄마와 제니, 오징어를 다시는 볼 수 없는 삶을 생각할 수도 없었다. 나는 인터월드에서 그것에 한 번 동의했었다. 그러나 그것은 제이의 죽음에 대한 죄의식 때문이었다. 그때 나는 자신이 어떤 인생을 선택하는 것인지 알지 못했다.

지금은 모든 것을 잘 알고 있다.

나는 다시 의기소침해졌다. 인터월드의 내 분신들은 이번에는 나를 쉽게 풀어주지 않을 것이다. 내가 다시 기지에 모습을 드러낸다면, 그들은 아마 나를 군사법정에 세울 게 확실하다. 아, 군사법정이라고 부르는지는 모르겠다. 하지만 일단의 총살 집행원들이 나를 향해 총을 겨눌지도 모른다. 그렇게 되면 내가 눈가리개를 요청하게 될지 어쩔지는 모르겠지만, 나는 그런 처지에 놓이고 싶은 마음은 추호도 없었다.

하지만 만약 계속 고향에 눌러 산다면, 내게 책임이 있는 곤경에 빠진 사람들을 버려 두고 왔다는 죄책감에 평생 괴로워할 것이다.

나는 저 빌어먹을 비눗방울들이 내 기억을 불러내지 않았기를 바랐다. 무지가 지고의 행복은 아닐 것이다. 그러나 최소한 과거의 쓰라린 회한을 불러일으키지는 않을 것이다.

떨어지던 눈이 차가운 비로 변했다. 나는 볼에 흐르는 것이 빗물이라고 믿고 싶었다. 하지만 그것은 따뜻했고 짭짤했다. 그래, 스스로에게 하는 거짓말은 이제 충분했다.

오징어 케빈은 비눗방울 하나를 뒤쫓고 있었다. 그것은 다른 방울보다 높이 솟아 차고 위까지 올라갔다. 그리고 옆에 선 참나무의 헐벗은 가지 사이로 날아갔다. 나는 그것이 소리 없이 터져서 사라질 것이라고 생각했다.

그러나 그렇지 않았다.

대신 방울은 공중에 잠시 떠 있더니, 천천히 나를 향해 날아왔다. 오징어가 그 밑에서 잡으려고 소리치며 따라왔지만 손이 닿지 않았다. 방울은 약하게 불어오는 바람을 거슬러서 날아와, 내 바로 앞에서 멈추고 맴돌았다.

"휴, 휴!"

나는 불렀다. 머드러프는 기쁨에 찬 오렌지색으로 환해졌다. 그리고 내 머리 위를 지나 집 지붕 위로 날아갔다. 나는 고개를 돌려 휴를 쫓았으나 이미 날아가 버린 뒤였다.

"방…을?"

케빈이 슬프게 물었다.

"방…을? 휴우?"

나는 끄덕였다.

"그래, 오징어."

나는 케빈을 내려다보았다. 오징어의 외투 소매로 콧물을 닦아 주고 나는 말했다.

"들어가자."

그날밤 나는 밤새 그 문제를 생각하다가 다른 사람과 의논해 보기로 결정했다. 엄마 아빠에게는 이야기할 수 없었다. 두 분은 좋은 부모이지만, 내가 수많은 지구에 있는 조이 중의 하나라는 사실을 상상할 수 없을 것이고, 다른 무수한 조이들은 신경 쓰지 않을 것이다. 누구에게 이야기할 수 있을 것인가? 확실히 반 친구들은 아니었다. 나의 생활지도 카운슬러는 지난 학기 자신의 사무실에서 울고 있는 모습이 목격된 후 휴직했는데, 아직 복직하지 않았다. 우리 선생님들은 대부분 자기 전공 과목에만 밝았다. 나는 인터월드의 기지에서 5개월 동안 단련을 거친 후였기에 이미 선생님들 이상의 지식과 그 사용 방법을 알고 있었다. 선생님들 중 내 이야기를 들어줄 수 있고, 들은 후에 하얀 가운을 입은 사람들을 부르지 않을 분은 오직 한 사람뿐이었다.

디마스 선생님은 의자에 기대앉아서 벽 위쪽의 방음 타일을 응시했다. 어안이 벙벙한 모습이었다. 그건 정말 디마스 선생님 탓이 아니었다. 어쨌든 내가 말한 것은 선생님이 전에 한 번도 들어본 적이 없는 이야기일 테니까.

몇 분이 지나서야 선생님은 나를 바라보았다.

"그럼 이야기를 시작해 보자."

디마스 선생님은 부드럽게 말했다.

"너는 네 이야기를 순수하게 가설로 생각해 달라고 요청했다. 그래, 내가 여전히 그렇게 생각하면 되는 거냐?"

"아, 예 선생님."

나는 선생님께 내 이야기가 아니라 상상 속의 내 친구가 당면한 이야기로 가정해 말하는 것이 선생님이 받아들이기에 더 수월할 것이라고 생각했었다.

"이 친구는 정말 스킬라와 카리브디스 사이에 서 있어요."
(스킬라와 카리브디스는 그리스 신화에 나오는 괴물로서, 진퇴양난의 곤경에 처해 있다는 뜻–역주)

선생님이 나를 날카로운 눈길로 쳐다봤다. 나는 인터월드의 기지에서 배운 표현을 쓰고 있다는 것을 깨달았다. 선생님은 이상함을 알아챘을 것이다.

"어쨌든 그 친구가 어떻게 해야 한다고 생각하세요?"

나는 서둘러 물었다. 디마스 선생님은 대답하기 전에 물 한 모금을 들이켰다. 그리고 마침내 입을 열었는데, 그것은 대답이 아니라 질문이었다.

"그러니까, 기지 지도자의 말에 따르면 중요한 결정이 있을 때만 우주 속에 다른 지구가 파생되어 나온다는 거지, 맞아?"

"네, 기본적으로는. 그런데 어느 게 중요한 결정이고 어느 것은 중요한 게 아닌지 정확하게 이야기하기란 정말 어려워요. 그들은 봄베이에 있는 나비가 날개 짓을 하면 텍사스에서 토네이도가 시작된다고 말해요. 만약 날개짓을 하기 전에 나비를 밟아 버린다면……."

선생님은 고개를 끄덕이더니, 나를 바라보며 말했다.

"내 말이 이상하게 들릴 거라는 걸 안다. 그러나 네게 나쁜 일은 아니니 시키는 대로 해라, 조우."

최근에는 대부분의 사람들이 나를 조우라고 부른다. 왜 그런지 모르겠다. 그 호칭에 익숙해지는 데 꽤 시간이 걸렸다.

"네, 디마스 선생님."

나는 대답했다.

"웃옷을 벗어라."

나는 눈을 깜박이다가 어깨를 으쓱했다. 나는 선생님이 무엇을 하려 하는지 몰랐다. 그러나 이런 식으로 말하는 게 슬프기는 하지만, 나는 정당한 싸움이건 기습을 펼치건 상관없이 선생님이 내 상대가 되지 않는다는 것을 알고 있었다.

웃옷을 벗고 속의 티셔츠를 헐렁하게 바지춤에서 뺐다. 디마스 선생님은 아무 설명 없이 잠시 내 몸을 보았다. 그리고 돌아서 보라는 동작을 취했다. 나는 선생님의 말에 따랐다.

"몸이 대단하군."

선생님은 관찰했다.

"네 또래의 근육이 아니야. 그 나이 때는 이렇게 근육이 발달하지 않거든. 생물학적으로 아직 근육이 발달하기보다는 키가 클 때니까."

나는 침묵을 지키며, 선생님이 내 질문에 마침내 종지부를 찍어주기를 기다렸다.

디마스 선생님은 그렇게 했다.

"네 친구가 어려운 입장에 처했다는 데 동의한다. 그건 누구라도 선택하기 어려운 결정이다. 가장 근본적으로 생각한다면 네 친구가 스스로 대답해야 할 질문은 '유한한 한 인간의 행복 혹은 인생이 무한한 세상의 운명보다 중요한가' 라는 것으로 요약할 수 있겠다."

"하지만 나는, 아니 내 친구는, 헥스나 바이너리가 세상을 지배하게 될 것이 확실한지 알 수 없잖아요?"

"그럴 가능성이 있다는 것을 알고 있잖아. 오해하지 마라. 나는 네 친구가 내려야 할 결정에 따를 고통을 가슴 아프게 생각한다. 어떤 사람들은 턱수염을 기르는 게 더 나아 보인다."

선생님은 내 표정에 나타난 의문을 읽고 있었다.

"그러니 그들은 면도를 한 자기 얼굴을 거울에 비춰 볼 필요가 없을 것이다."(조이의 운명은 보통 사람들과는 다르다는 뜻-역주)

나는 고개를 끄덕였다. 나는 선생님이 무슨 말을 하고 있는지 알았다. 그리고 그 말이 옳다는 것도. 선생님의 말은 내가 어떻게 해야 할지 명쾌하게 결정해 줬다. 쉽지는 않지만, 결코 쉽지는 않지만……. 나는 자리에서 일어섰다.

"디마스 선생님, 선생님은 정말 악몽 같은 분이에요."

"고맙다. 학교위원회 위원들은 항상 의견이 일치하지는 않지만, '잭 디마스'가 '악몽' 같은 선생이라는 데는 의견이 일치하지. 자주."

나는 미소를 짓고 교실을 나가기 위해 돌아섰다.

선생님이 물었다.

"내일 아침 수업 시간에 널 볼 수 있을까?"

나는 망설이다, 고개를 가로저었다.

"그래, 행운을 빈다, 조이. 네 모든 분신들에게도 행운이 있기를."

나는 뭔가 멋진 말을 던지고 싶었다. 그러나 적당한 말을 생각해 낼 수가 없어 악수를 나누고는 가능한 빨리 교실을 나왔다.

나는 침대 가장자리에 앉아 내 오래 된 플라스틱 우주복과 광선총 세트를 오징어에게 넘겨줬다. 개머리판에 붙은 센서가 제대로 작동하면 그 광선총은 적외선을 발사한다.

오징어는 흥분했다. 막내는 항상 이것들을 갖고 싶어했다.

"조…이 형! 고마…어!"

오징어는 아직 그것들을 다루기에는 너무 어리지만, 어쨌든 자라면서 익숙해질 것이다. 나는 자신에게 말했다. 이런 식으로 내 결심을 확실히 하는 거라고.

제니에게는 내가 모아놓은 시디와 디브이디를 통째로 다 가지라고 말했다. 제니와 나는 영화를 보는 취향이 매우 비슷하다. 기본적으로 *데쓰 스타*(스타워즈 시리즈의 하나)같이 우리 둘 다 좋아하는 영화는 제니도 흔쾌히 받았다. 음악은 좀 문제가 있었다. 하지만 제니가 좋아하지 않는 시디는 팔거나 혹은 앞으로 들으면서 점차로 익숙해질 것이다.

물론 제니는 오빠의 이 갑작스런 호의에 매우 의아해했다. 나는 제니에게 먼 친척을 방문해야 하고, 언제 돌아올지 모르겠다고 둘러댔다. '혹시 돌아온다면'이라는 말은 덧붙이지 않았다. 아마 그 말을 덧붙이는 게 정직했을지도 모른다. 그러나 어린 여동생에게 영원한 작별인사를 하는 게 쉬운 일이겠는가…….

엄마 아빠에게는 더 힘들었다. 나는 두 분에게 영원히 집을 떠난다고 직접적으로 말할 수가 없었다. 그렇지만 내가

승낙을 받고 떠나고 싶은 것을 엄마 아빠가 알아주기 바랐다
(그러나 엄마 아빠가 정말 흔쾌히 승낙하기를 100퍼센트 기대했
던 것은 아니다).

나는 뒤죽박죽 모든 이야기를 하면서, '군대와 비슷한 어
떤 것'에 합류한다고 말했다. 아빠는 그런 게 어디 있냐고
화를 내면서, 그런 일이 생기지 못하도록 요청 전화를 몇 통
넣어야겠다고 말했다. 엄마는 거의 울면서 자신이 엄마로서
무엇을 잘못했냐고 물었다.

나는 부모님의 반응에 흔들리지 않으려고 마음을 더 단단
히 먹어야 했다. 그러나 결국 부모님의 마음을 달래기 위해
서, 언제 떠나겠다는 확실한 시간을 말씀드리지 못했다. 그
날밤으로 성급하게 떠나지 않겠다는 약속만 하고, 아침에 다
시 의논하는 것으로 그 자리는 결말이 났다.

하지만 나는 아침까지 기다릴 수가 없었다. 할아버지가 말
씀하시곤 했듯, 해야 하는 일은 하고 싶은 마음으로 가득 차
있을 때 신속하게 해치워야 했다. 나는 식구들이 모두 잠들
시간이 한참 지난 후인 새벽 2시까지 깨어 있었다. 그리고
일어나 옷을 입고 아래층으로 향했다.

엄마가 기다리고 있었다.

실내 가운을 입은 엄마는 차가운 벽난로 앞 팔걸이의자에
앉아 있었다. 엄마의 모습에 처음 나는 무서웠다. 혹시 무의
식적으로 워킹을 해서 다른 지구에 와 있는 것이 아닌가 하
는 기분이 들었는데, 왜냐하면 엄마가 담배를 피우고 있었기

때문이다. 엄마는 거의 5년 전에 담배를 끊었다.

거실의 불빛 아래서 나는 차 헤드라이트의 불빛에 놀란 토끼처럼 얼어붙었다. 엄마가 나를 바라보았다. 그 눈빛은 화를 내고 있지는 않았다. 단지 일종의 체념의 빛만이 보일 뿐이었다. 물론 그것이 화내는 것보다 열 배는 더 나빴다.

마침내 엄마는 미소를 지어 보였다. 그러나 눈은 웃고 있지 않았다. 엄마는 말했다.

"어떤 엄마가 아들 마음을 모르겠니? 네가 떠나려는 것을 내가 모를 것이라고 생각했어? 너에게 작별 인사도 못하고 잠들 수 있을 것 같아?"

참말, 거짓말, 그리고 거짓말과 참말이 섞인 천 가지나 되는 대답이 머릿속에서 맴돌았다. 결국 나는 말했다.

"엄마…… 설명하려면 너무 오래 걸려요. 그리고 엄마는 하나도 믿을 수……."

"이해하려고 노력하마."

엄마가 말했다.

"내게 말해 봐. 모든 것을. 그러나 진실만을."

그래서 나는 사실대로 말했다. 기억해 낼 수 있는 모든 것을 처음부터 끝까지 엄마에게 이야기했다. 그리고 엄마는 기침을 하며, 어딘지 편치 않아 보이는 모습으로 조용히 내 이야기를 들었다(그것이 엄마가 오랫동안 피우지 않던 담배를 피워서 그랬던 것인지, 아니면 내가 말하는 내용 때문에 그랬는지 모르겠다).

결국 나는 이야기를 끝냈다. 엄마는 잠시 조용히 앉아 있었다.

"커피?"

이윽고 엄마가 말했다.

"나는 아직 커피 마시면 안 되는데."

나는 엄마에게 말했다.

"엄마도 알잖아요."

"이제 곧 마시게 될 거다."

엄마가 말했다.

"나는 한 잔 마실게."

엄마가 일어나 여과기 앞으로 갔다. 그리고 커피 한 잔을 따랐다.

"너는 그게 더 좋지 않다는 것을 알아야 해."

엄마는 갑자기 급하게, 마치 무언가에 관해 토론하는 중에 엄마가 공세를 취할 차례인 것처럼 말했다.

"네가 미쳤다고 걱정이 되거나, 말도 안 되는 거짓말을 한다고 생각해서 화내는 게 아니야. 왜냐하면 너는 거짓말을 하고 있는 게 아니니까. 엄마는 너를 오랫동안 알아왔다, 조이. 네가 거짓말을 할 때 어떤 행동을 하는지 나는 알아. 너는 거짓말을 하고 있는 게 아니야."

엄마는 커피 한 모금을 들이켰다.

"그리고 미친 것도 아니야. 나는 미친 사람들을 알아. 너는 그런 사람들하고는 달라."

엄마가 담뱃갑에서 담배 한 개비를 꺼냈다. 그러나 불을 붙이는 대신, 말을 하면서 그것을 조각내기 시작했다. 담배 종이를 벗기고 조금씩 담뱃가루를 훑어 냈다. 그리고 재떨이에 그것들을 차곡차곡 쌓았다. 마지막으로 필터까지.

"그러니까 내 어린 아들이 전쟁터로 나가는구나. 확실히 내가 역사상 이런 일을 당하는 최초의 엄마는 아니지. 그리고 네 말에 따르면, 조이를 전쟁터로 보내는 최초의 엄마조차 아니고(다른 지구의 분신들의 엄마가 이미 겪었으니까-역주). 거짓말보다 미친 것보다 더 좋지 않은 것은, 문 밖으로 걸어나가는 순간부터 너는 내게 죽은 자식이라는 거야. 왜냐하면 다시는 돌아오지 않을 테니까. 네가 만약 동료들을 구하려 하다가, 아니면 적과 싸우다가, 아니면 네가 말한 인비트윈에서 죽는다고 해도…… 나는 결코 그 사실을 알 수가 없어."

"스파르타의 엄마들은 이렇게 말하곤 했다. '방패와 함께 돌아와라, 아니면 방패 위에 시체로 누워서 돌아오라.' 하지만 너는 네 길을 떠나면 방패와 함께 돌아오지도 않을 것이고, 방패 위에 누워서 돌아오지도 않겠지. 나는 결코 다시는 너를 보지 못할 거야. 아무도 내게 훈장이나, '친애하는 하키 부인, 우리는 조이가 사망했다는 소식을 전하게 되어 매우 비통한 ……' 이라는 통지서를 보내 주지 않을 테니까."

나는 엄마가 울 거라고 생각했다. 하지만 엄마는 깊은 숨을 들이쉬고 단지 잠시 침묵을 지킬 뿐이었다.

"엄마, 저를 보내 주실 거지요?"

나는 물었다. 엄마는 어깨를 으쓱했다.

"나는 내 아이들이 옳고 그른 것을 구별할 수 있게 되기를 원하며 지금까지 살아왔다. 어떤 결정을 할 때, 특히 중요한 결정을 할 때, 옳은 일을 선택할 수 있는 아이들이 되기를 바랐지. 나는 너를 믿는다, 조이. 그리고 너는 옳은 일을 하려고 하잖아. 내가 너를 어떻게 막을 수 있겠니?"

"어디를 가든 무슨 일이 생기든 이것만은 알아둬라, 조이. 엄마는 너를 사랑한다, 항상 너를 사랑한다. 그리고 나는…… 네가 옳은 일을 하고 있다고 믿는다. 단지 너무…… 마음이 아플 뿐이야. 그게 전부다."

그리고 엄마는 나를 포옹했다. 내 얼굴은 눈물로 흠뻑 젖었다. 그것이 엄마의 눈물이었는지 내 눈물이었는지는 모르겠다.

"조이, 정말 우리 다시는 볼 수 없는 거니?"

엄마가 내게 물었다.

나는 고개를 끄덕였다.

"이거."

엄마가 말했다.

"너를 위해 만들었다. 작별 선물이야. 너에게 뭘 줘야 할지 몰라서."

엄마는 작은 돌이 박힌 목걸이를 주머니에서 꺼냈다. 검은 돌이었는데, 빛을 받으면 찌르레기의 날개처럼 푸른빛과 초

록빛으로 반짝였다. 엄마는 서둘러 그것을 내 목에 걸어 줬
다.

"고마워요."

나는 말했다.

"사랑해요."

그리고 말을 이었다.

"엄마가 그리울 거예요."

"잠들 수가 없었다."

엄마가 말했다.

"그래서 널 위해 그걸 만들었어."

그리고 엄마는 계속했다.

"나도 네가 보고 싶을 거다. 돌아오너라, 우주를 구하는 일
이 끝나면."

나는 고개를 끄덕였다.

"아빠에게 말씀하실 거예요?"

나는 물었다.

"아빠에게 사랑한다고 전해 주세요. 그리고 최고의 아빠였
다고 말해 주세요."

엄마는 끄덕였다.

"그렇게 전하마. 네가 괜찮다면 아빠를 깨워도 되는
데……."

나는 고개를 가로저었다.

"이제 가야 해요."

나는 엄마에게 말했다.

"나는 이곳에서 기다리고 있을 거다."

엄마가 말했다.

"잠시 동안만. 혹시 네가 돌아올 경우를 위해서."

"나는 돌아오지 않아요."

나는 엄마에게 말했다.

"그래도 나는 기다릴 거야."

엄마가 말했다.

나는 집 밖의 어둠 속으로 걸어나왔다.

밖은 영하의 날씨였다. 나는 상념에 빠진 채 워킹이 가능한 출구를 찾기 시작했다.

몹시 추워 나는 출구가 가까운 데 있기를 바랐다. 이런 날씨에 멀리까지 걷고 싶지 않았다. 원하는 아무 장소에서나 인비트원의 출구를 열 수는 없다. 그렇게 할 수 있다면 매우 편하겠지만, 워킹은 그런 식으로 시작할 수 없었다. 시공변환이 가능한 어떤 지점을 찾아야 한다. 그런데 그 지점은 고정되어 있지 않고 유동적이다. 그건 택시를 잡는 것과 같다. 운이 좋으면 바로 집 앞에서 잡을 수도 있지만, 보통은 좀더 걸어야 하고, 어쩌면 택시 정류장이 있는 가까운 호텔이나 레스토랑까지 걸어야 하는 것처럼. 워킹이 가능한 입구를 찾기 쉬운 지점들이 있다. 하지만 불행하게도 그런 장소들은 레스토랑이나 호텔처럼 항상 일정한 위치에 있는 것이 아니었다.

이상하게 들릴지 모르겠지만, 나는 엄마와 나눈 대화를 떠올리지 않으려고 애썼다. 계속 그 이야기를 생각하기에는 너무 마음이 아팠다. 엄마와의 대화를 곱씹어 생각하면 마음이 약해졌다. 그래서 나는 워킹이 가능한 출구를 찾는 데만 마음을 집중하기로 했다.

근처에 출구가 있으면 머릿속에 희미한 콕 쏨이 느껴지는데, 그런 느낌이 없었다. 그래서 나는 입김을 내뿜으며 빈 거리를 종종걸음으로 걸어 내려갔다. 갑자기 오징어를 위해 불었던 비눗방울이 이런 영하의 날씨에도 날아다닐 수 있을지 궁금한 생각이 들었다.

잠시 후 나는 내가 왜 그런 생각을 했는지 알았다.

휴가 어둠 속에서 내려와 내 앞에 멈췄다. 색깔이 급박하게 변하며 고동치고 있었다. 초록, 오렌지, 노랑, 진주. 어쩌면 휴의 색깔 변화는 내가 생각하는 것 이상으로 복잡한 의미를 갖는 것 같았다. 단순히 감정 상태만을 보여주는 것이 아니라, 실제적으로 하나의 언어였다. 내 앞의 휴는 지금 나에게 무언가를 말하려고 애썼다.

그렇게 나의 주위를 끄는 데 성공하자, 휴는 앞으로 약간 날아가더니 멈췄다. 마치 내가 따라오리라는 것을 확신하는 듯. 나는 그 뒤를 따라갔다. 아마 휴는 집 밖에서 내가 나오기를 기다리고 있었던 듯했다. 휴와 나는 우리 집으로부터 여섯 블록 떨어진 작은 공원에서 멈췄다. 잔디가 깔린 그 공원 뒤에는 건물 한 채가 서 있을 뿐이었다.

휴가 무엇을 바라는지 알 수 있었다. 나는 근처에 있을 것이 확실한 워킹 출구를 찾기 시작했다. 오래 걸리지 않아 나는 출구를 찾았다.

휴는 공중에 뜬 채로 참을성 있게 내가 출구를 찾기를 기다렸다.

"고마워, 친구."

나는 휴에게 말했다. 그리고 열쇠를 자물쇠에 맞추듯 나의 마음을 그 출구에 맞춰 문을 열었다.

나는 어깨를 추스르고, 마지막으로 주변을 한번 둘러보고, 깊은 숨을 들이쉬었다.

그리고 워킹을 시작했다.

15 동료들의 행방을 찾아서

인비트윈 속으로 들어섰을 때, 휴는 어디에도 보이지 않았다. 솔직히 말해서 그것이 내게 일종의 안도감을 주었다.

오해하지 마시길. 나는 그 작은 녀석에게 매우 고마운 마음을 느낀다. 그러나 휴를 만나지 않았더라면……. 그래, 그러면 내 삶은 아주 단순했을 것이다. 우선 제이는 아직 살아 있을 것이고, 나는 여전히 집에서 가족들과 행복하게 지내고 있을 것이다. 그리고 이러는 게 정말 우주를 구하는 것인지 어떤 것인지는 모르겠지만, 이 황당한 장소인 인비트윈에서 헤매고 있지는 않을 것이다.

나는 신선한 박하향이 나는 바위 위에 서 있었다. 아주 빠르게 콘트라베이스를 독주하는 것 같은 인비트윈의 광기어린 소음에 맞춰, 바위는 몸부림치고 있었다. 나는 서핑을 하는 것처럼 그 위에 올라타서, 이제 어디로 가야 하는지 생각 중이었다.

나는 모든 것을 기억한다고 말했다. 그러나 그것은 사실이 아니다. 나는 거의 모든 것을 기억했다. 그러나 아무리 머리를 쥐어짜도, 인터월드의 기지로 돌아갈 수 있는 제이가 가르쳐 준 열쇠는 찾을 수 없었다(어렴풋이는 생각났다…… 그러나 그것은 때운 충치 구멍처럼, 확실히 S로 시작하기는 하지만 그 뒤는 생각나지 않는 누군가의 이름처럼, 도무지 기억이 나지 않았다. 인터월드로 돌아가는 기호는 머릿속에서 사라졌다. 아마도 나의 모든 기억 중에 기지로 돌아가게 해주는 그 기호가 가장 중요하게 지켜져야 할 비밀이었기에, 인터월드에서 확실하게 지운 모양이었다).

그때 머리 한구석에서 가스가 부글대는 것 같은 목소리가 말하던 내용이 기억났다.

'우리는 로리메어 세계에 대한 공격을 시작할 준비가 되어 있다. 우리가 침입해 들어 갈 환영(幻影) 통로는 적들이 피할 수 없는 것이고, 반격도 불가능하다. 환영 통로가 완성되면 로리메어의 적들은 우리의 지배 아래서 그림자 영역을 열게 될 것이다. 그리고 하커를 우리 손 안에 넣었으니 이제 우리는 함대를 보내는 데 필요한 모든 동력을 확보했다. 로리메어의 최고사령관은 이미 우리 편이다…….'

스카라부스의 입을 통해 헥스의 마왕 독나이프의 말을 처음 들었을 때는 그 의미를 하나도 이해하지 못했다. 그때 들었던 독나이프의 말은, 이해할 수 없는 너무나 많은 일에 이해할 수 없는 일이 하나 더 더해진 것일 뿐이었다. 그러나 지금은 다르다. 이제 모든 것을 알게 된 가운데 그 말을 기억하니, 그 무시무시한 의미를 완전히 이해할 수 있었다.

그림자 영역은 우리 팀 여섯 명이 훈련 임무로 봉화 3개를 찾으러 들어갔다가 잡혔던 지역이다. 우리는 로리메어 세계들 중의 하나로 간다고 생각했지만 사실은 그림자 영역으로 들어가 인디고에게 사로잡혔던 것이다. 나는 기지에서 받았던 많은 수업들 중 하나에서 그림자 영역이라는 개념이 이론적으로 가능하다고 배웠다. 그것은 '소뿔 세계'라는 이름으로도 불리는데, 구불구불 흐르는 강줄기가 막혀서 만들어진 소뿔 모양의 호수에서 따온 이름이다. 물길의 변화에 따라 일시적으로 흐르던 강줄기가 고립되고, 그 안에 갇힌 물줄기가 우각호(소뿔 모양의 호수)가 되는 것을 생각해 보라. 우각호는 어느 곳에서나 생겨날 수 있고, 몇 초에서 몇 년 동안, 심지어는 몇 세기 동안 호수로 존재한다. 내 말의 요점은 이렇다. 그림자 영역은 알티버스의 다른 영역으로부터 고립되어 있기 때문에 추적하거나 접근하는 것이 불가능하다. 그것은 블랙홀 안쪽에 이론적으로 존재하는 우주이다.

만약 독나이프의 마법사들이 그림자 영역 중의 하나에 도달하는 길을 열었다면, 자신들이 원하는 대로 보이도록 그 외양에 마법을 걸었을 것이다. 그리고 우리를 그곳으로 끌어들여서는 헥스의 세계들 중 하나에 빠뜨렸을 것이다. 이것이 정확히 그들이 한 짓이다. 우리에게는 그것을 간파할 방법이 없었다. 기계의 힘으로도, 워킹으로도. 완벽한 함정이었다.

그러나 그림자 영역은 일단 열린 후에는 더 이상 접근이 불가능하지는 않다. 나는 그곳으로 어떻게 돌아갈 수 있는지 아직 좌표를 기억한다.

인터월드로는 돌아갈 수 없다. 나는 그 열쇠인 기호를 기억하지 못한다. 그래, 좋다.

그 기호를 삭제했다고 해서 동료들을 찾기 위한 나의 시도를 막지는 못한다.

나는 우리를 함정으로 데려갔던 좌표에 정신을 집중했다. 그리고 살짝 마음으로 문을 밀었다.

쓴 초콜릿 향기 같은 낮은 소리를 내며 커다란 달걀 같은 문이 내 앞에 열렸다.

나는 그 문 안으로 들어가지 않았다. 단지 바라보며 기다렸다. 잠시 후 문이 다시 닫히더니, 아무것도 보이지 않을 때까지 움츠러들었다. 그리고 문의 모습이 사라졌다. 그렇지만 문이 사라진 그 자리에는 어두운 그림자가 남아 뇌우 속의 깃발처럼 고동치고 있었다.

그것이 함정으로 들어가는 문이었다. 그것이 우리 팀을 가두고 있는 그림자 차원으로 이끄는 통로였다.

그것이 이제 내가 들어가야 할 문이었다.

나는 그림자 문으로 워킹을 시작하려 했다. 그런데 들어가기 전에, 갑자기 공중에 무언가가 나타나 깐닥이며 내 앞을 막았다. 커다란 고양이 크기의 방울이 길을 막았던 것이다.

"휴."

내가 말했다. 휴의 표면은 경고하듯 암녹색과 형광 분홍색으로 반짝이고 있었다.

"휴, 나는 저 문으로 들어가야 해."

휴의 표면이 들쑥날쑥 찌그러지더니 마녀 인디고를 닮은 형상을 만들어 보였다. 그리고 다시 본래의 방울 모양으로 돌아왔다.

"그때 내가 그리로 돌아갈 수 없었던 것은 네가 나를 막았기 때문이구나, 그렇지?"

휴의 표면이 긍정을 나타내는 주홍색으로 변했다.

"휴, 나는 무슨 일이 있어도 그곳으로 가야 해. 물론 내 동료들은 이미 오래 전에 죽었을지도 몰라. 아니면 겨우 5분 전에 쇠사슬에 묶였을지도 모르지. 너도 알다시피 한 세계에서 다른 세계로 건너뛸 때는 시간이 기묘하게 작동하니까, 특히 그림자 차원에서는. 어찌 되었건, 그들은 내 동료들이야. 그리고 나는 그리로 가 동료들을 구해야 해. 그들을 데려오거나, 최소한 구하기 위해 싸우다가 죽어야 해."

휴는 생각에 잠긴 것처럼 몸을 수축시켰다. 그리고 훌쩍 위로 날아올라 길을 열었다. 휴는 약간 슬퍼 보였다.

"그렇지만, 휴, 네가 원한다면 나랑 같이 가. 친구가 옆에 있는 건 좋은 거니까."

휴의 몸은 여러 가지 밝은 빛깔로 고동쳤는데, 인비트윈이 아닌 곳에서는 볼 수가 없는 색이었다. 휴는 나를 향해 내려와 내 왼쪽 어깨 위에 떴다.

우리는 함께 그림자 영역의 문으로 들어갔다.

그 속에 들어가자 따뜻한 날 강물에 들어간 것처럼 온 몸이 싸늘했다. 얼마나 지났을까. 이윽고 희미하게 그림자 세계가 모습을 드러냈다.

휴가 볼록렌즈 모양으로 몸을 변형시켜 내 얼굴 앞에 떴다. 나는 휴의 투명한 몸을 통해 그 세계를 가까이 바라보았다. 그리고…….

……잿빛 하늘을 보았다. 내가 서 있는 곳은 어딘지 슬퍼 보이는 성의 탑 위였다. 나는 그 위에서 성 밑을 바라보고 있었다. 성은 더 이상 사용되지 않는 빈 무대같이 느껴졌다. 주변 어디에서도 사람 그림자는 보이지 않았다.

"좋아."

나는 휴에게 말했다.

"지하 감옥을 찾아보자."

16 사로잡힌 휴

　혹시라도 당신의 친구가 성 어느 구석인가에 비참하게 갇혀 있어 찾아나서야 하는 일이 생긴다면, 감옥을 찾는 방법은 다음과 같다.

　우선 감시망을 피하면서 비상계단을 찾는다. 그리고 더 이상 밑으로 내려갈 수 없을 때까지 계속 내려가라. 복도가 좁아지고, 습기와 곰팡이 냄새가 나고, 아무것도 보이지 않는 어두운 곳까지 갔다면 성공이다. 그런 장소에 도착하면 분명 주위 어느 구석엔가 감옥이 있을 것이다.

　성 안에는 거의 인적이 없었다. 단지 복도 한 끝에서 발소리가 들려 한 번 피했을 뿐이다. 그때 지나간 사람들은 짐꾼들로 보였는데, 하얀 작업복을 입고서는 쇠사슬과 램프를 나르고 있었다. 그들은 이 어두운 장소에 익숙해 보였다.

　이십 분 정도 지나서 나는 별 문제 없이 감옥을 찾았다.

　그런데 이상했다. 감옥이 비어 있었다. 감옥의 방은 모두 아홉 개였는데 석벽에 창문도 나 있지 않았고, 육중한 철문의 쪽문에는 빗장이 걸려 있었다. 그런데 모두 텅 비어 있었다. 들리는 소리라고는 찍찍대며 부스럭거리는 쥐 소리와 이끼 낀 돌에서 떨어지는 물방울 소리뿐이었다. 나는 주위를 살피다 기회를 봐서 동료들의 이름을 불렀다.

"자이! 조우! 조셉!"

그러나 응답이 없었다.

나는 감옥의 돌바닥에 앉았다. 나도 모르게 눈물이 흘렀다. 휴가 내려와 내 주위를 돌다가, 애교를 부리듯 밝은 빛을 내며 깐닥거렸다.

나는 말했다.

"너무 늦었어, 휴. 친구들 모두 죽었나 봐. 헥스의 하수인들이 말하는 것처럼 모두 삶아졌겠지. 아니면 내가 돌아오기를 기다리다가 늙어 죽었을 수도 있고. 그건……."

나는 '내 실수'라고 말하려고 했다. 그러나 나는 내가 정말 실수를 저질렀던 것인지 알 수가 없었다, 정말로.

휴는 깐닥거리며 내 관심을 끌려고 애썼다. 그러더니 얼굴 바로 앞에 떠서 작은 꼬투리를 내밀었다.

"휴."

나는 말했다.

"너는 많은 도움을 주었어. 그러나 이제 끝인 것 같아."

초조해하는 진홍색 빛이 작은 머드러프 거죽을 물들였다.

"왜?"

나는 말했다.

“나는 동료들을 모두 잃었다니까! 응, 왜 그러는 거야? 동료들이 어디에 있는지 가르쳐 주기라도 하려는 거니?”

휴의 표면이 깜박이더니 하늘 위와 아래 양쪽으로 별무리가 소용돌이치는 밤하늘의 모습이 그 거죽에 나타났다. 그곳은 내가 아는 장소였다. 제이와 마녀 인디고는 그것을 노우웨어엣올이라고 불렀다. 바이너리 쪽에서는 그것을 스태틱이라고 불렀다. 그곳은 인비트윈의 가장자리 영역으로서, 헥스와 바이너리의 기지로 가기 위해서는 그곳을 지나야 했다. 배로 거기를 지나는 데는 오랜 여정이 소요된다.

“그래, 내 동료들이 거기 있다고 치자.”

나는 말했다.

“그렇지만 내게는 그곳으로 갈 수 있는 방법이 없어.”

그렇지만 제이는 그곳에 갔었다. 맞다, 그랬다. 그래서 나를 라크리마이 문디 호에서 구출하지 않았던가?

그렇다면 나도 할 수 있다.

하지만 나는 어떻게 갈 수 있는지 그 방법을 모른다. 내가 아는 것은 단지 인비트윈을 경유하는 워킹 방법뿐이다. 그런데 노우웨어엣올로 가기 위해서는 완전히 다른 다중 차원적인 좌표에 관한 지식이 필요하다. 그곳과 비슷한 다중적인 차원에 익숙한 존재의 도움이 필요한…….

나는 휴를 올려다보았다.

“휴?”

작은 머드러프는 천천히 나로부터 물러나면서 복도 끝까

지 후진했다. 그리고 창가 선반에서 꽃병이 떨어지는 것보다 더 빠르게 나를 향해 달려들었다. 나는 휴가 무엇을 하려는 것인지 알고 있었다. 하지만 그렇다고 해도 순식간에 눈앞으로 돌진해 오는데 움찔하지 않을 수가 없었다. 그리고……

쾅!

……주변 세계는 사라지고 별들만이 빛나고 있었다.

휴는 어디에도 보이지 않았다. 추락하는 느낌은 여전히 무서웠다. 그러나 낯설지는 않았다. 나는 여기에 와 본 적이 있었다. 물론 그때와 같지는 않다. 그때 이곳 노우웨어엣올에서 떨어질 때는 옆에 제이가 있었고, 우리는 라크리마이 문디 호로부터 멀어지는 중이었다.

날카로운 바람이 얼굴을 때려 나도 모르게 눈물이 흘렀다. 별들(노우웨어엣올의 하늘에 있는 것들도 별이라고 부르는지는 모르겠지만)이 멀어지며 희미해졌다. 나는 아무것도 없는 허공이 끔찍했다. 그리고 어디서부터 떨어졌는지, 언제까지 떨어질지도 모르는 것이 무서웠다. 나는 몸서리쳤다.

하지만 나는 무언가를 향해 떨어지고 있었다.

표면에 검고 끈끈한 타르 액이 칠해진 도넛이나 자전거 튜브를 상상해 보라. 그런 것 5개를, 아이들에게 보여주는 풍선 공예처럼 꼬고 돌리고 엮어라. 그리고 그것을 유조선만한 크기로 부풀려라. 마지막으로, 그 크고 검은 빌어먹을 물건 위에 숱한 탑을 세우고, 총구 벽을 설치하고 포탄과 투석기를 올려놓고…….

상상이 가는가? 내가 추락하며 보고 있는 물체가 그런 것이다.

누구라도 그런 물체 위에 떨어지고 싶지는 않을 것이다. 그러나 내게는 다른 선택의 여지가 없었다.

나는 좀더 자세히 보기 위해 밑으로부터 불어오는 바람을 피하며 곁눈질을 했다. 라크리마이 문디 호와 같은 모습의 범선 수십 척이 그 괴물 같은 물체 주위를 호위하고 있었다. 배들은 라크리마이 문디 호보다 조금 작았지만 움직임은 더 빨랐다. 그것들은 마치 고래를 호위하는 오리떼처럼 보였다.

내 아래로 보이는 그 물체는 마왕 독나이프가 타고 있을 공격 함대의 본선이었다. 다른 것일 가능성은 없었다. 헥스의 함선들이 저렇게 몰려가는 걸 보니 아마도 로리메어 세계를 공격하기 위해 출동 중인 것 같았다.

어쨌든 드디어 동료들이 갇혀 있는 곳을 찾은 것이다. 아직 삶아지지 않았다면. 그렇지만 우선 해결해야 할 문제는, 1분 안에 내가 그 거대한 본선에 부딪칠 거라는 거였다. 나는 속수무책 아무 방법도 찾을 수가 없었다. 노우웨어엣올은 무중력 우주 공간이 아니다. 이곳에는 공기가 있고 일종의 중력도 있다. 대책 없이 그 위로 떨어진다면 마치 마천루에서 떨어진 멜론처럼 산산조각날 것이 확실했다. 또 부딪치지 않고 피한다 해도, 인비트윈으로 가는 출구를 열지 못하는 한 나는 영원히 밑으로 떨어져야 할 것이다. 인비트윈으로 가는 출구를 찾는다는 보장은 없었다. 지난번에 떨어질 때에는 마지막에야 겨우 워킹할 수 있었는데, 그때는 제이가 옆에서 알려줬던 덕택이었다.

제이가 뭐라고 했더라? 나는 스스로에게 물었다.

나는 네가 결코 묻지 않을 줄 알았다. 내 머리 한구석에서 목소리 하나가 말했다. 그 목소리는 내 목소리였으며, 또한 제이의 목소리이기도 했다. 하지만 나보다 십 년은 더 나이든 매우 현명하게 들리는 목소리였다. 그것은 제이나 제이의 영혼, 혹은 그 밖의 다른 어떤 사람이 내게 준 선물이 아니었다. 내 목소리를 찾아낸 것은 나였다.

너는 지금 마법이 지배하는 영역에 있다. 목소리가 계속됐
다. 이곳에서 뉴턴물리학은 견고한 법칙이 아니고, 암시가
더 중요하다. 중요한 것은 의지의 힘이다.

그것은 응용 마법, 또는 '마법 101'이라 부르는 강의에서
배운 내용이었다.

"'마법'이란 우주가 무시해 버릴 수 없는 방식으로 말을
거는 것을 뜻한다."

강사는 그렇게 말했다.

"알티버스 안의 어떤 세계는 그 말을 경청한다. 그곳은 마
법이 지배하는 영역이다. 반면 어떤 세계는 그 말을 듣지 않
고 오히려 자기의 말을 듣게 하려고 한다. 그곳은 과학이 지
배하는 영역이다. 이 내용을 이해하라, 그러면 모든 게 좀 더
쉬워질 것이다."

물론 '쉬워진다'는 것은 스티븐 호킹(영국의 물리학자)과
마법사 메를린(미국의 만화책)을 동시에 코피 나게 외워야 하
는 보충 수업이 상대적으로 쉬워질 거라는 이야기였다. 그럼
에도 불구하고 강사의 가르침은 요긴했다. 지금 내가 있는
곳은 원초적으로 마법이 지배하는 장소이다. 그러니 이곳은
기계적인 법칙보다는 집합적 의식의 통치에 의해 작동한다.
의지. 그렇다. 그것이 열쇠였다. 너에게는 의지가 있다. 목소
리가 머릿속 한편에서 말했다. 그걸 발휘해.

도넛처럼 생긴 거대한 본선은 가까워짐에 따라 점점 거대

해졌다. 그 위압적인 배는 전혀 푹신푹신해 보이지 않았고, 피해가기도 힘들어 보였다. 좋아, 그렇다면……. 나는 결심했다. 나는 그것을 피해가지 않을 것이다. 그렇다고 그 위에 떨어지지도 않을 것이다. 나는 배 위에 부드럽게 오를 것이다. 민들레 홀씨가 바람에 날려 잔디밭에 떨어지듯, 깃털이 베개에 떨어지듯, 아주 천천히, 아주 부드럽게. 전혀 아무 일도 없는 듯 우아하게.

내가 해야 할 모든 것은 알티버스의 한 부분인 이 세계에서 내 운명이 끝나지 않으리라는 것을 확신하는 것이다.

그것은 내 자신에게 그 사실을 확신시키는 것을 의미했다.

나는 떨어지지 않는다. 나는 스스로에게 말했다. 나는 배 위로 착륙한다, 편하고 가볍게. 부드럽게 천천히.

머리 한구석에서 공포에 질려 비명을 지르는 작고 사소한 목소리는 그럭저럭 무시할 수 있었다.

나는 떨어지는 것이 아니다. 나는 착륙하고 있다…….

얼굴로 치받던 바람이 약해지는 것 같았다. 그리고 모든 풍경이 백팔십도 회전했다. 몸이 뒤집힌 나는 토하고 싶은 것을 참았다…….

나는 민들레 홀씨가 잔디밭에 떨어지는 것보다는 세차게, 갑판에 올라섰다. 사실은 숨이 막힐 정도로 거세게 떨어졌다. 그러나 부러진 데는 없었다. 나는 머릿속에서 들려온 목소리에 감사하며 갑판 바닥에 누워 숨을 골랐다.

이윽고 일어나 앉아서 주위를 둘러봤다. 휴는 어디에도 보이지 않았다. 노우웨어엣올로 나를 이동시킨 후부터는 계속 보이지 않고 있다. *좋아, 내 힘으로 한다.* 그리고 나는 갑판에서 일어섰다.

이제 어떻게 하지?

그 답은 오래 생각할 필요가 없었다. 불쑥 누군가의 손이 내 목을 졸랐다. 그리고 다른 많은 손들이 내 발을 잡아당겼다. 그들은 내 팔을 비틀고 포탑으로 끌고 갔다. 좁은 계단을 한참 내려가서 배 안쪽 깊숙한 곳의 큰 선실로 데려갔다. 그곳은 조타실 같기도 했고 심문실 같기도 했으며 큰 강당 같기도 했다.

선실 안에서는 심한 악취가 났다. 그것은 무언가 썩는 냄새였다.

인디고와 해파리 인간 네빌이 한 번도 본 적이 없는 생물체들과 함께 거기 있었다. 그 생물체들 중 일부는 인간의 모습과 비슷했지만, 나머지는 완전히 달랐다.

그리고 상상할 수도 없는 한 존재가 눈에 띄었는데, 나는 보는 순간 그게 누구인지 알 수 있었다. 그는 내가 본 생물체 중 가장 컸다. 그렇게 크면서도 몸매는 균형이 잡혀 있어, 마치 방안에 있는 다른 모든 존재들은 어린아이처럼 보였다. 그는 제사장처럼 검은색과 진홍색의 예복을 입고 있었다. 그의 몸은, 그러니까 볼 수 있는 부분은 사람의 몸이었다. 마치 미켈란젤로의 다비드 상처럼 근육이 발달해 있었다. 몸매는 완벽했다.

그러나 그 얼굴은…….

당신은 영화 속에서 늑대로 변하는 중인 늑대인간을 보았을 것이다. 그렇다면 하이에나로 반쯤 변한 사람을 상상해 보라. 그것이 그의 모습이었다. 한번 보면 잠들 때 어둠 속에 그 얼굴이 스멀스멀 기어나와, 당신은 비명을 지르며 깨어날 것이다.

얼굴의 반은 주둥이가 차지하고, 날카로운 이빨은 썩은 고기를 먹기에 적당하도록 탐욕스럽게 솟았다. 눈은 돼지 눈처럼 붉은빛으로 빛났는데, 마치 족제비의 눈꼬리처럼 옆으로 길게 찢어졌다. 납작한 코와 편평한 턱에는 소름끼치는 뒤틀린 미소가 항상 걸려 있었다.

그의 모습은 죽은 자를 심판하는 이집트의 신 아누비스(사람의 몸에 자칼의 머리를 하고 있다)를 떠올리게 했다. 아마도 그것이 좀더 나은 비유일 것이다. 왜냐하면 그가 지금 내게 하려는 짓이 그것이기 때문이다.

그의 외모가 악몽의 전부는 아니었다. 정말 두려운 것은 그 끔찍한 돌연변이 얼굴 뒤에 숨겨져 있는 생각이었다. 이 괴물이 품고 있는 사악한 계획은 그에게는 달콤한 오락이다.

마왕 독나이프는 나를 보자 날카로운 이빨을 드러내고 웃으며 부글부글 가래가 끓는 목소리로 말했다.

"지난 달 우리가 쳐 놓은 덫에 네가 잡히지 않아 실망했었다. 그런데 이렇게 돌아와 주니 얼마나 고마운가."

그는 하이에나 같은 머리를 뒤로 돌렸다.

"네 말이 맞았다, 인디고. 10년에 한 명 나올까 말까한 강력한 워커로구나. 나는 냄새로 그걸 알 수 있지. 우리 말레픽(Malefic: 사악한) 호를 위한 좋은 연료가 되겠어."

독나이프는 다시 내게로 고개를 돌렸다. 야수처럼 노려보는 그 섬뜩한 눈길에 나는 거의 비명을 지를 뻔했다.

"너는 운이 좋구나."

그가 내게 말했다.

"함대의 다른 배에는 너를 완전히 뼈와 살로 분리해서 정수를 추출해낼 장비가 갖춰져 있지 않다. 오직 이 배에서만 너를 정제할 수 있지. 한 세계에서 다른 세계로 워킹해 주는 네 그 동력은 우리가 노우웨어엣올을 뛰어넘을 수 있게 해 주는 동력이 될 거다. 다른 배가 아닌 오직 말레픽 호만을 위하여."

"추출실로 데려가라."

마왕 독나이프가 말했다. 몇 명의 부하들이 내게로 다가와 독나이프가 시키는 대로 했다. 그들은 나를 붙잡고 독나이프 앞으로부터 끌고 가려 했다. 그때 내 머리 위에 여러 빛깔로 고동치며 반짝이는 물체가 나타났다. 무지갯빛으로 빛나는 그것을 보고 나는 큰 안도감을 느꼈다. 휴가 나를 향해 깐닥이고 있었다. 동료들과 내가 마녀 인디고에게 잡혔을 때 그

랬던 것처럼, 나는 휴가 나를 이곳으로부터 탈출시켜 주기를
바랐다.

마녀 인디고가 말했다.

"저 머드러프입니다, 마왕님."

휴의 출현을 예견하고 있었다는 듯이 인디고가 독나이프
에게 보고했다.

"그렇군."

독나이프가 걸걸한 가래 끓는 목소리로 말했다.

"기다리고 있었다."

독나이프는 한 손을 들어올렸다. 그러자 그 손 안에 프리
즘 같은 작은 유리 피라미드가 나타났다. 독나이프는 그것을
마룻바닥에 내려놓고 몇 걸음 물러섰다. 그리고 한 단어로
된 주문을 중얼거렸다.

"스먹클레쏘럽…갑스로치"

독나이프가 알 수 없는 주문을 외치자, 작은 피라미드가
빛을 뿜어냈다. 검은 빛이었다. 광고 포스터의 색깔을 돋보
이게 하기 위해 비추는 보랏빛 조명 같은 것이 아니었다. 흑
요석처럼, 섬광 전구가 네가티브에서 터진 것처럼 정말 검은
빛이었다. 그 검은 빛이 휴를 감쌌다. 휴는 하얀색으로 변했
고, 몸을 움츠리더니 급속하게 여러 색깔로 고동쳤다.

만약 휴가 소리를 낼 수 있다면 확실히 비명을 질렀을 것
이다.

"안 돼!"

나는 소리쳤다. 그러나 소용없었다. 검은 빛은 3차원 공간의 모든 방향에서 머드러프를 죄어들어가며 압축시켰다. 그리고 내 망막에 하얀 잔상만을 남기고 몇 초 만에 작은 프리즘 속으로 사라졌다.

독나이프는 프리즘을 집어 들었다. 내가 선 곳에서도 그 안에 갇힌 휴가 붉은빛과 진홍빛으로 맹렬하게 고동치며 발광하는 것이 보였다.

"부하들이 말하기를 너를 따라다니는 머드러프가 있다고 하더군, 조이."

그가 말했다.

"그래서 머드러프를 잡기 위해 포획통을 갖고 왔지. 우리는 아주 오래 전 인비트윈과 같은 환경의 농장을 만들어 머드러프를 사육하려고 할 때 이것을 사용했었지. 머드러프는 꽤 성가신 존재야. 이 작은 포획통은 그리 오래 버티지는 못할 거다. 기껏해야 만 년이나 이만 년? 하지만 내 생각에 우리 중에 그때까지 살아 있을 사람은 없을 것 같은데?"

독나이프는 프리즘을 안쪽 주머니에 넣었다.

"나는 종종 원했다."

독나이프가 말하며 나를 쳐다봤다. 그가 날 쳐다볼 때면 그는 내가 저질렀던 모든 나쁜 짓을 다 알고 있는 것처럼 느껴졌다. 웃기는 것은, 내가 저지른 나쁜 짓들을 알아채는 것이 문제가 아니라 내가 했던 모든 일들을 하찮고 멍청한 짓으로 여길까 봐 걱정되는 것이었다.

"나는 종종 원했다."

그가 다시 말했다.

"우리가 머드러프를 이용할 수 있기를. 만약 우리가 머드러프의 에너지를 이용할 수 있다면, 다시 말해 그들의 워킹 에너지를 이용할 수 있다면, 우리는 쉽게 전 우주를 지배할 수 있을 거야. 하지만 아쉽게도 우리는 실패했다. 우리가 머드러프를 사육하려고 시도했던 행성에는, 지금은 단지 우주 먼지만이 쌓여 있을 뿐이다. 야구공보다 큰 머드러프는 하나도 남아나지를 않았지. 그래서 우리는 너와 같은 워커들로부터 생명의 정수를 취할 수밖에 없는 거다."

그리고 독나이프는 마치 오랜 친구에게 지저분한 농담이라도 했다는 듯 나를 향해 윙크했다. 나는 살아오며 독나이프만큼 뭔가를 혐오해 본 적이 없다.

"네 생명이 지금 상태로 유지되건 아니면 30~40분 안에 추출되어 병 속에 담기건, 네 정수(영혼)가 네 동료들의 정수와 함께 우리 함대의 동력으로 쓰이게 된다는 것을 알아 두면 마음이 편해질 거다. 우리는 그 동력을 사용해 우리만이 누릴 자격이 있는 무한한 영광을 얻게 될 것이다. 어때, 사실을 듣고 나니 행복하니?"

나는 아무 말도 하지 않았다.

친근한 척 뒤틀린 미소를 짓는 입가에 누런 송곳니가 드러났다.

"내가 제안을 하나 하지."

독나이프가 말했다.

"당장 무릎을 꿇고 내 발에 키스해라. 그리고 내게 영원히 충성을 다할 것을 맹세해라. 그러면 네 생명을 연장해 주마. 사실 우리에게는 침공을 위한 충분한 연료가 있다. 어떻게 할 거냐? 내 발에 키스할 거냐?"

그리고 독나이프는 내 앞에 자신의 큰 발을 들어올렸다. 그것은 검은 털로 덮였는데, 갈고리 발톱이 솟아 있었다. 이제 나는 곧 죽을 것이라고 생각했다. 왜냐하면 독나이프의 발에 키스하지 않을 테니까. 나는 똑바로 독나이프를 쳐다보며 소리쳤다.

"당신은 어떻든 나를 죽일 거잖아요, 그렇지 않나요? 당신은 나를 죽이기 전에 먼저 모욕하고 싶은 거예요."

독나이프가 웃음을 터뜨렸다. 그러자 선실 안은 썩은 고기 냄새가 진동했다. 썩은 냄새를 풍기는 범인은 바로 독나이프 그였다. 그는 내가 마치 세상에서 제일 웃긴 농담을 했다는 듯 배를 움켜쥐고 웃었다.

"물론!"

독나이프는 웃음을 멈추지 않고 말했다.

"네가 무슨 선택을 하건 당연히 죽일 거다!"

그리고 그는 웃음을 멈추고 숨을 들이쉬었다.

"좋아! 이제 너를 죽여주겠다. 내 제안을 거절해서 나는 아주 즐겁다."

그리고 독나이프는 내 어깨를 잡고 부하들에게 말했다.

"추출실로 데려가라. 이놈하고 이전에 잡아 놓은 다른 놈들을 삶아서 정제할 시간이다. 고통을 줄여 줄 필요는 없다."

독나이프는 나를 쳐다보며 다시 한 번 윙크하더니 계속 말했다.

"정제 과정에서 워커들에게 고통이 가해질수록 추출된 연료의 활성도가 높아진다. 아마 고통이 워커들에게 집중도를 높여주는 모양이다. 자, 잘 가라, 귀여운 놈."

독나이프의 부하들이 뒤에서 팔을 비틀고 나를 선실로부터 끌고 나왔다. 나는 독나이프로부터 멀어지는 것에 안도하여, 잠시 동안은 추출실로 끌려가고 있다는 두려움도 잊었다.

책에서 나는 '운명은 죽음보다 비참하다'는 문장을 읽으면서 이상하게 생각하곤 했다. 죽음이야말로 맨 마지막으로 맞게 되는 가장 나쁜 일이라고 생각했던 것이다. 나는 항상 그렇게 생각했었다.

그러나 통째로 삶아져 죽임을 당하고 영혼을 추출당한다고 생각하니, 더구나 병 속에 담겨져 소멸될 때까지 헥스 함대의 공간 이동 연료로 사용될 것이라고 생각하니……

죽음이 더 나아 보였다. 정말 그랬다.

17 지옥의 추출실

아래로 한 층씩 내려갈수록 복도는 좁아지고 어두웠다. 그리고 동시에 거대한 가마솥이 데워지듯이 점점 더 더워졌다. 지옥이 점점 더 가까워지는 것 같았다. 말레픽 호로 올라서는 순간부터 어둡고 음침했지만, 배 아래로 내려갈수록 더욱 심했다.

우리는 한층 더 좁은 계단으로 내려갔다. '추출실'은 배의 가장 낮은 선실 층에 있었다. 그나마 다행이었다. 생각할 시간을 좀더 가질 수 있기 때문이다. 나를 끌고 가는 독나이프의 부하는 앞에 두 명, 뒤에 두 명 총 네 명이었다. 그리고 아마도 일부러 그렇게 만든 듯, 복도와 계단은 일종의 미로였다. 나 같은 길치가 혼자 이곳을 빠져나간다는 건 불가능했다. 속절없이 길을 잃을 게 뻔했다.

내 마음은 점점 궁지에 몰렸지만 정신을 차려야 했다.

독나이프는 '다른 놈들'과 나를 같이 죽이라고 명령했다. 그것이 의미하는 바는 단지 한 가지였다. 동료들은 아직 살아 있는 것이다.

그리고 동료들이 아직 살아 있다면 희박하나마 기회는 남아 있다.

그렇지만 단지 희미한 희망일 뿐이다. 함선에 병사와 마법사와 괴물이 얼마나 많은지 알고 있는 지금, 잡혀 있는 몸인 다섯 명의 내 분신과 함께 이곳을 탈출한다는 것은……. 솔직히 말하자면, 독나이프와 인디고 둘만이 이 배에 타고 있다고 해도 우리가 탈출한다는 것은 거의 기대할 수 없을 것이다. 거기다가 휴의 도움도 기대할 수 없으니 우리에게 희망은…… 거의 없었다.

생각할수록 상황은 더욱 절망적이었다. 그렇지만, 동료들이 아직 살아 있다는 생각만으로도 나의 영혼은 고무되었다.

말레픽 호의 선실 바닥은 확실히 지옥이라 부를 만했다. 내려서자 공기 중에 레몬향과 유황 냄새가 진동했다. 앞에서 나를 끌고 온 병사가 육중한 청동 빗장을 가로질러 놓은 나무문을 열었다. 그리고 거칠게 문 안으로 나를 밀어넣었다. 냄새는 더 지독해졌다.

내가 보았던 다른 선실의 10분의 9가 그랬던 것처럼 추출실에도 창문이 없었다. 벽에는 끔찍하고 날카롭고 거대한 여러 가지 도구와 장비가 걸려 있었다. 아마 그것들은 우리를 솥에 넣고 '삶을 때' 쓰는 도구들일 것이다. 뒤편에는 마치 거인들이나 식인종이 사용하는 솥 같은, 청동으로 단조된 직경 3미터 크기의 가마솥이 화로 위에 걸려 있었다. 가느다란 세 개의 금속 다리가 화로 위에 솥을 높다랗게 받치고 있었다. 솥 안에는 일종의 액체가 끓고 있었는데, 냄새로 보아 확실히 물은 아니었다. 레몬 액과 암모니아 냄새가 났는데 납이 녹은 것처럼 유동액 상태였다. 솥에는 핏자국도 묻어 있었다. 배에 걸려 있는 마법은 아마도 피에서 많은 힘을 끌어오는 것 같았다. 솥 아래에서 타고 있는 불꽃의 연료는 여러 가지 소금과 화학 분말이었다. 서로 다른 재료들이 연료로 던져질 때마다 불꽃은 초록색, 빨간색, 푸른색으로 다르게 타올랐다. 구름처럼 피어오르는 연기가 내 눈을 찔렀고, 폐가 타들어가듯이 아팠다. 두꺼비처럼 보이기도 하고 난쟁이 같기도 한 생물이 불꽃에 화학 분말을 연료로 던져 주고 있었다. 그는 매우 조심스럽게 일정한 시간 간격에 맞춰 딱 한 줌의 분말을 불꽃에 던져 넣었다.

　가마솥 옆에 붙어 추출을 준비하고 있는 생물들은 사람 같지가 않았다. 그 모습을 자세히 보기가 어려웠는데, 왜냐하면 추출실 안의 불빛이라고는 가마솥 아래 타오르는 불꽃이 전부였기 때문이다. 그러나 더듬이나 촉수가 나 있는 것은 분명했다. 그들이 알티버스 바깥의 다른 세계로부터 온 생물체인지, 아니면 화학연기나 선실 안의 타들어가는 공기에 전혀 개의치 않고 자신들이 해야 할 일을 거침없이 해치우도록 독나이프가 마법을 걸어 놓은 사람인지는 알 수 없었다. 하기는 이 상황에서야 아무렴 어떻겠는가. 그들과는 달리 나를 호송해 온 병사들은 연기와 실내 공기를 견디기 힘들어했다.

호송병 중 둘은 아예 안으로 들어오지도 않고 문 밖에서 양쪽을 지키고 있었고, 다른 병사 둘은 안으로 나를 데리고 들어왔지만, 손수건으로 코와 입을 틀어막고 연신 눈물을 흘리고 있었다.

손을 앞으로 모은 사마귀처럼 괴상한 생물체 하나가 우리 앞으로 다가왔다. 그러니까 사마귀가 그만큼 자랄 수 있고, 거기에 인간의 눈을 갖다 붙인다면 말이다. 그는 못마땅한 듯 호송병에게 소리쳤다.

"여기는 출입금지인 것 몰라?"

이어 사마귀 괴물은 호송병들에게 주의를 줬다.

"숨 쉬지 마라. 곧 추출 작업이 시작된다. 나가. 어서 여기서 나가 치-치-치! 이곳은 너희 같은 녀석들이 있을 곳이 못 돼."

잠시 연기가 잦아졌다. 그러자 가마솥 저쪽으로 누워 있는 사람들이 보였다. 나는 심장이 뛰었다. 그들은 냄비에 들어가기 전의 토끼처럼 손과 발이 묶여 바닥에 쓰러져 있었다. 동료들이었다.

나는 급하게 동료들이 모두 거기 있는지 확인했다. 자이, 자콘, 자이보그, 조우, 그리고 조셉. 동료들은 의식이 있었지만 수척했으며 희망을 잃은 것처럼 보였다. 나는 동료들이 얼마나 오래 이곳에 있었는지 전혀 알 수가 없었다. 하루? 몇 주? 몇 달? 그러나 얼마 동안 갇혀 있었건 이곳의 생활이 쉽지 않았던 건 확실했다. 모두 살이 빠졌다. 나이 어린 자이보그조차 홀쭉하게.

　동료들은 나를 보고도 놀라지 않았다. 내가 잡혔다는 소식을 이미 들었거나, 어쩌면 단지 태연하게 보이기를 바라는지도 몰랐다. 나는 제이를 죽음으로 몰고 갔다. 그리고 동료들을 구하지도 못하고 이렇게 다시 허망하게 포로가 됨으로써 마지막까지 일을 망친 게 명백했다. 동료들은 그저 나를 바라보았다. 그들의 얼굴에 보이는 체념의 빛이 뼈에 사무쳤다.

　더 견딜 수 없는 것은 동료들의 체념을 어찌할 수 없다는 것을 내가 알고 있다는 것이다. 이 장소는 최후의 몇 분을 남기고 극적으로 탈출할 수 있는 그런 장소가 아니었다. 이곳은 죽음 그 자체였다. 고통스럽게 나는 점점 회한에 빠졌다.

　호송병 하나가 뒤로 꺾은 내 팔을 놓고 앞으로 걸어가며 말했다.

　"솥에 삶을 놈을 인수해라. 독나이프님의 명령이다."

　가마솥 밑에서 새로운 불꽃이 터지며 레몬향이 분출했다. 그러자 다른 호송병이 흐르는 눈물을 닦기 위해 나를 붙들고 있던 손을 떼었다.

　순간 나는 튀어올라 행동에 돌입했다.

　물론 '튀어올랐다'는 것은 수사일 뿐이다. 그게 '굴러서 발로 찼다'라는 말보다 멋지게 들리니까. 나는 그렇게 했다. 앞으로 굴러서 가마솥을 받치고 있는 삼각의 받침대 하나를 온 힘을 다해 힘껏 발로 찼다.

무슨 작전을 세우고 그런 것은 아니었다. 나는 단지 다급했고 시간을 늦추기 위해 뭐라도 해야 했다.

그런데 일은 자동차 추돌 사고처럼 연속적으로 천천히 진행되었다…….

내 발에 차인 삼각대의 다리가 제자리에서 벗어나 기울어졌다.

손을 놓았던 호송병은 기침을 하면서 뭐라고 소리치며 나를 향해 달려들었다.

가마솥이 기울어졌다.

불꽃 속에 여러 가지 화학 첨가제를 매우 조심스럽게 던져 넣던 두꺼비 생물체가 온갖 첨가제가 가득 담겨 있는 접시를 놓쳤다. 접시가 불꽃 속으로 떨어지자 불길이 확 밖으로 솟아올라 나를 잡으려던 병사를 덮쳤다. 두꺼비 괴물은 욕설을 퍼부으며 몸을 굴려 사마귀 생물체 곁으로 피했다.

나도 가마솥에서 멀리 떨어진 곳으로 몸을 굴렸다. 불꽃 속에 쏟아진 화학 첨가제들은 마치 불꽃놀이를 하듯 연속적으로 불꽃을 분출시켰다.

그리고 장엄하게, 조금씩, 천천히 가마솥이 옆으로 기울어졌다.

가마솥으로부터 온 몸에 쏟아지는 용액을 막기라도 하려는 듯 솥 옆의 병사가 두 팔을 들어올렸다. 그러나 가마솥의 용액은 그 병사를 덮쳤다. 가마솥으로부터 쏟아져 나온 용액은 추출실 안에 쏟아져 흘렀다. 가까이 있던 정체를 알 수 없는 괴상한 생물체들 몇이 용액에 잠겨 녹아 들어갔다. 용액에 닿은 것들은 참을 수 없는 고통으로 비명소리를 질러댔다. 용액에 닿기만 하면 무엇이건 불이 붙어 뼈까지 타들어갔던 것이다.

나는 숨이 막혔다. 거의 숨을 쉴 수가 없었다. 내 옆으로 세상이 떠다니는 것 같았다. 따가운 연기 때문에 눈물이 뺨을 타고 흘러내렸다. 그러나 그렇게 계속 울고 있을 수는 없었다.

나는 바닥에서 뼈 다듬는 칼을 주어 팀 동료들을 묶고 있는 줄을 끊기 시작했다. 조우부터 시작했다. 그녀의 날개를 묶고 있는 줄을 끊고 입마개를 절단했다.

"고마워."

조우가 말했다.

"날개를 쳐."

나는 헐떡거리며 말했다.

"숨 쉴 공기, 환기시켜야 돼."

나는 자콘에게로 몸을 돌렸다.

조우는 고개를 끄덕였다. 그리고 날개를 뻗더니 퍼덕이기 시작했다. 그렇게 조우는 날개를 퍼덕이며 숨 막히는 연기를 우리 주위로부터 몰아냈다. 그러자 화로를 통해 신선한 공기가 유입되었다. 불꽃에 산소를 공급하기 위해 그렇게 설계되었던 것이다. 나는 급하게 신선한 공기를 들이마셨다. 그리고 눈가를 닦아내고 칼로 줄 끊기를 계속했다. 자콘은 동료들 중 가장 기운이 남아 있던 모양으로, 묶인 줄 속에서 꿈틀 대며 움직였다. 그리고 내가 마지막 줄을 끊기 전에 스스로 벗겨내고 튀어올랐다.

자콘은 이빨을 드러내고 으르렁거리며 나를 향해 달려들 었다.

나는 몸을 숙여 피했다.

내 머리 위로 날아오른 늑대소녀가 사마귀 괴물을 덮쳤다. 그놈은 고기 자르는 큰 칼을 들고 내 뒤로 살금살금 다가오 던 중이었다.

자콘이 그놈을 향해 분노의 일격을 가하자 머리가 떨어졌 다. 주인을 잃은 몸체는 방향을 잃고, 화가 나서 비틀거리며 고기 칼을 아무렇게나 휘둘러 댔다.

나는 다음으로 조셉을 묶고 있는 줄을 잘랐다. 그 줄은 마 치 킹콩을 묶은 줄처럼 굵었다. 나는 조셉의 팔을 풀어주고 칼을 건네며 발에 묶인 줄은 알아서 풀라고 손짓했다. 조셉 은 두 손을 비비더니 얼굴을 찌푸렸다. 그리고 나보다 두 배 는 빠른 속도로 발에 묶인 줄을 잘라냈다.

나는 눈을 들어 사방을 둘러봤다. 자콘은 마치 늑대가 제 새끼를 보호하듯 머리카락을 위로 곤추세우고 이빨을 드러 낸 채 우리를 방어하고 있었다. 조우는 날개를 치며 계속 환 기를 시키고 있었다. 동시에 벽에 걸려 있던 창을 집어 들고 자신을 향해 달려드는 괴상한 생명체들을 찌르고 있었다. 덤 벼드는 놈들이 많지는 않았다. 대부분은 구석에 떼지어 몰려, 우리와 그들 사이로 불꽃을 튕기면서 흐르는 가마솥 용액을 피하고 있었다.

나는 자이를 풀어 주었다.

그는 몸이 편치 않은 듯 선실 바닥을 굴렀다.

"바늘로 온몸을 찌르는 것 같은 이상 감각이 느껴져. 아무튼 나는 마음 깊이 순수하게 너에게 감사해."

"무슨 소리."

나는 계속 자이보그의 입마개를 풀었다.

"늘 하던 대로 나를 제일 나중에 풀어 주는군."

자이보그가 말했다.

"내가 제일 어리기 때문이지. 너는 그렇게 하는 게 옳다고 생각하겠지. 음음 음 음……."

자이보그는 말을 잇지 못했는데, 왜냐하면 내가 입마개로 다시 자이보그의 입을 틀어막았기 때문이다.

"정말로 네가 해야 할 말은 '고맙다' 야."

나는 말했다.

"만약 그렇게 말하지 않으면, 나는 너를 풀어 주는 걸 미필적 고의로 잊어버리고 여길 떠날 거야."

자이보그의 눈이 동그래지며 커졌다. 나는 다시 입마개를 풀었다.

"고마워."

자이보그가 작은 소리로 말했다.

"돌아와서, 우리를 구해 줘서. 고마워."

"별 말씀을."

나는 자이보그에게 말했다.

"당연히 해야 하는 일이지."

그리고 자이보그의 손과 발을 풀어 주었다. 연기가 엷어지기 시작했다. 그리고 불꽃도 더 이상 베수비오화산(이탈리아 나폴리 만에 면한 활화산)처럼 타오르지는 않았다. 동료들과 나는 한자리로 모였다. 내 생각에 추출실에는 강력한 방화 주문이 걸려 있는 듯했다. 그 강렬한 불꽃도 벽과 천정, 바닥을 침범하지 못했다. 그러나 추출실은 서서히 무너지고 있었다.

"우리는 되도록 신속하게 이곳을 빠져나가야만 해."

자이가 말했다.

"우리의 탈출을 알리는 경보가 온 배에 울려퍼지고 있을 거야."

"배 전체를 상대로 싸운다는 것은 거의 불가능한데."

조우가 말했다.

"하지만 가마솥에서 죽는 것보다는 싸우다 죽는 게 낫겠지."

"우리는 싸우다 죽지도 않고 가마솥 안에서 죽지도 않아."

내가 조우에게 말했다.

"그런 일은 생기지 않아. 그런데 나갈 수 있는 입구가 불꽃 강 건너편에 있는 게 문제인데……."

"사실……."

자이보그가 약간 잘난 체하는 기색으로 말했다.

"이쪽 벽 뒤에 문이 감춰져 있어. 그놈들이 우리를 이리로 끌고 왔을 때 벌레같이 생긴 놈 하나가 그곳으로부터 나오는 걸 봤지."

"좋았어."

내가 말했다.

"하지만 어떻게 열지? 그 입구는 주문이나 뭐 그 비슷한 걸로 방어되고 있을 텐데, 그렇지 않을까?"

불꽃 건너편에서는 헥스의 병사들이 여전히 우리를 감시하고 있었고, 여러 종류의 벌레 같은 생물체들이 떼를 지어 우리를 가리키며 떠들고 있었다. 더 이상 토론하며 우왕좌왕할 새가 없었다. 어떻게든 움직여야 했다.

조셉이 어깨를 으쓱했다. 그리고 손에다 침을 뱉더니 벽에 손을 짚고 밀었다. 조셉의 목 근육이 부풀어 올랐다. 한번 툴툴거리며 용을 쓰자 벽이 뒤로 움직였다. 그러자 입구의 윤곽이 보였는데, 화로가 놓여 있는 쪽이었다. 조셉은 싱긋 웃으며 그 육중한 발로 입구가 보이는 곳을 걷어찼다.

벽에 한 사람 들어갈 만한 크기의 구멍이 뚫렸다.

"주문은 한 가지의 방법일 뿐이지."

조셉이 말했다.

"그리고 완력이라는 또 하나의 방법이 있고. 가자."

무기가 없는 우리는 추출실 벽에 걸린 무기 앞으로 달려갔다. 나는 잠시 생각하다가 작은 가죽 주머니를 집어서 그 안에 벽에 매달린 화학 첨가제들을 집어넣었다.

"그걸 뭐하려고?"

자이보그가 물었다.

"나도 몰라."

내가 말했다.

"하지만 이건 그놈들이 불속에 던져 넣던 것들이거든. 일종의 화약이지. 내 생각에 가져가서 나쁠 건 없어."

자이보그는 얼굴을 찡그렸다.

"내 생각에는 화약이 아니야. 그건 마법에 쓰이는 이상한 물건들이야. 도롱뇽 눈깔이나 뭐 그런 거. 그러니 여기 두고 가는 게 낫겠어."

자이보그의 시비에 나는 가죽 주머니를 내 주머니에 쑤셔 넣는 것으로 대답했다. 그리고 우리는 구멍으로 들어가 통풍구보다 크지 않은 통로를 따라 내려갔다.

자이보그가 앞장을 서고 자콘이 맨 뒤에서 뒤따랐다. 나머지는 그 가운데서 머뭇머뭇 앞사람을 따라 어둠 속을 걸었다.

"결정적인 순간에 때 맞춰 왔어."

조우가 내게 말했다. 나는 둥글게 말은 그녀의 날개가 벽에 스치는 소리를 들었다.

"할 수 있는 한 빨리 온 게 그래. 너희들에게 무슨 일이 있었어?"

"그놈들은 우리를 감옥에 가뒀어."

자콘이 말했다.

"심문조차 안 하더군. 우리를 가마솥에 집어넣을 예정이었으니까."

자콘이 주저하며 말했다. 나는 어둠 속에서도 자콘이 떨고 있는 것을 느낄 수 있었다.

"독나이프를 만났는데, 우리가 고통스럽게 죽어가게 할 거라고 말하더군."

나를 향해 섬뜩한 미소를 던지던 독나이프의 괴물 같은 얼굴이 떠올랐다.

"독나이프는 내게도 같은 말을 했어."

나는 동료들에게 말했다.

"그렇게 죽이는 게 연료의 효율성을 최대화시키는 거라면서."

나는 어둠 속이라 아무도 내 얼굴 표정을 보지 못하는 것에 감사했다.

"우리는 네가 우리를 구하기 위해 돌아오리라고 생각했어."

조우가 말했다.

"아니면 인터월드로 돌아가 수색대나 구조대를 파견시킬 거라고 생각했지. 그런데 시간이 흘러가도 너는 돌아오지 않았고, 우리는 점점 희망을 잃었어. 그때 놈들이 우리를 헥스로 데려가 말레픽 호에 태웠지. 우리는 죽은 목숨이라고 모두 생각하고 있었어."

나는 간략하게 무슨 일이 있었는지 설명했다. 헥스가 그림자 영역을 열어 놓아 우리가 궤도를 이탈하게 된 사실, 내가 기지에서 제명되고 기억을 삭제당한 사실, 그리고 휴 덕분에 기억을 되찾은 사실 등등. 말을 끝낼 즈음 자이보그가 멀리 불빛이 보인다고 말했다.

자이보그를 제외한 우리는 10분을 더 걸어가서야 불빛을 볼 수 있었다. 자이보그의 전자 눈은 평범한 우리 눈보다 몇십 배 더 잘 볼 수 있었다. 한참을 걸은 후 우리는 결국 터널을 빠져나와서 빛이 비치는 곳으로 들어섰다. 눈앞에 펼쳐진 광경을 보며 우리는 겁에 질렸다.

우리가 서 있는 곳은 엔진실이 내려다보이는 바로 위 선실의 발코니였다. 나는 아직 말레픽 호가 어떻게 날 수 있는지 확실히 모르지만, 엔진은 거대했다. 다른 배와 마찬가지로 말레픽 호의 엔진실도 배의 가장 밑부분에 자리잡고 있을 터였다. 거기서는 거대한 피스톤과 밸브와 그린빌의 원형 무대만큼 큰 기어가 쉬지 않고 돌아가고 있었다. 엄청난 크기의 개폐판에서 증기를 뿜어내는 소리와 전선이 지지직거리는 소리가 귀를 먹먹하게 했다.

자이가 살짝 내 팔을 건드리며 한쪽 구석을 가리켰다. 그곳으로 눈을 돌린 나는 무엇이 엔진에 동력을 공급하고 있는지 보았다. 두꺼운 유리로 만들어진 약탕기, 혹은 사이다 병처럼 생긴 일련의 거대한 유리병들이 서 있었다. 각각의 유리병은 반딧불처럼 빛을 뿜고 있었는데, 물론 반딧불이는 아니었다. 빛은 기계가 진동하는 박자에 맞춰 뿜어지고 있었다. 거대한 유리병들에서 내뿜는 빛깔은 제각각이었다. 반딧불같이 반짝이는 초록색, 노란색, 그리고 오렌지색, 눈부신 보라색……. 각각의 유리병 위쪽에서 관이 뻗어져 나와 천정에 달린 파이프에 연결되었고, 파이프는 엔진 중앙으로 향하고 있었다.

“저것들은 우리의 형제들이야.”

자이가 속삭였다.

“그리고 자매들이고.”

자콘이 덧붙였다.

나는 바깥쪽의 차가운 유리병 하나에 손을 대 보았다. 그러자 거대한 유리병은 마치 나를 알아챈 듯 밝은 오렌지색을 발했다. 이 플라스크들 안에 담겨 있는 것이 배를 움직이는 연료였다. 나와 같은 워커들의 정수가 추출되어서 유리병 안에 넣어져 연료로 쓰이고 있는 것이다.

유리병은 조금씩 떨리고 있었다. 그 가냘픈 진동은, 괴물에게 생포된 공포 영화의 희생자가 의식이 돌아왔을 때 “나를 죽여 줘!”라고 외치는 장면을 떠올리게 했다.

“우리가 저렇게 될 뻔했어.”

자콘이 으르렁거렸다.

“여전히 그렇게 될 수 있지.”

조셉이 말을 받았다.

“정말 싫다.”

조우가 말했다.

"독나이프에게 희생된 저들을 위해서 우리가 무언가 해줄 수 있으면 좋을 텐데."

"할 수 있는 일이 있어."

자이가 말했다. 그의 입술은 분노로 떨리고 있었다. 자이는 항상 점잖다. 그러나 지금 나는 폭풍 전의 고요함 같은 그의 분노를 심상찮은 주변 공기로 느낄 수 있었다.

그는 눈썹을 찌푸리고 우리로부터 멀리 떨어져 있는 한 유리병을 응시했다. 유리가 떨리는 듯 느껴졌다. 자이는 눈을 감고 좀더 정신을 집중했다. 그러자 유리병이 퍽 불꽃을 튕기며 폭발했다. 유리병이 깨진 자리에서 빛(워커의 정수)이 움직이고 있었다. 마치 자유에 익숙하지 않다는 듯 움직임을 두려워하며.

다른 동료들을 쳐다보았다. 그러자 모두 고개를 끄덕였다.

나는 추출실의 벽에서 가져온 도끼 모양의 무기를 들고 있었다. 그것은 한쪽에는 도끼날이, 다른 한쪽에는 망치가 붙어 있었다. 아버지가 말씀하시곤 하던 대로, 사용하기에 딱 좋았다.

나는 밑으로 뛰어내려 앞으로 성큼성큼 걸어나갔다. 그리고 고함을 지르며 도끼를 휘둘렀다. 사나운 고함소리와 유리병을 때려부수는 소리가 엔진실 안에 울려퍼졌다. 유리병 5개가 우리들의 일격에 박살났다. 그 안에 갇혀 있던 빛들이 너울거리며 밝게 빛났다. 그리고 잔상을 남기고 그 자리를 떠났다.

우리들은 열광적으로 유리병을 때려부쉈다. 엔진실 실내는 섬광과 가스로 가득 찼다. 나는 흘긋 우리 뒤쪽을 바라보았다. 엔진실은 대혼란에 빠져 있었다. 거대한 피스톤은 연속적인 펌프질의 박자를 잃고 더듬거리다 멈췄다. 밸브와 폭발하는 파이프에서는 증기가 한층 거세게 분출되고 있었다. 기계를 지키던 온갖 기이한 괴물과 생명체들은 혼란에 빠져 뜨거운 양철판 위의 쥐떼들처럼 우왕좌왕했다.

거대한 엔진은 완전히 서 버렸다.

그렇지만 나는 개의치 않았다. 나는 단지 유리병에 갇힌 나의 분신들을 자유롭게 해주는 데만 열중했다. 유리병을 박살낼 때마다 머리가 맑아지고 강해지고 좀더 완전해지는 기분이었다. 생명력이 넘쳐나는 느낌이었다.

조셉은 유리병을 박살내면서 소리내어 노래를 부르고 있었다. 그의 목소리는 높은 테너 음역이었다. 노래는 늙은 여인과 몇 마리의 훈제 청어에 관한 내용이었다. 그 특이한 가사를 듣다 보니 조셉이 태어난 지구가 어떤 곳인지 정말 궁금했다.

나는 다른 몇 가지 사실도 알아챘다.

자유를 얻고 유리병 밖으로 빠져나온 빛들은 소멸되지 않았다. 그것들은 공중에 머물러 있었다. 자신들이 띠고 있는 반딧불 색깔을 더욱 밝게 빛내며 우리들 머리 위쪽으로 떠돌았다. 그렇게 하는 것이 우리가 한 일에 대해 감사하는 것인지 정확히 알 수는 없었지만, 우리는 그렇게 느꼈다.

자콘이 마지막 유리병을 때려부쉈다. 최후까지 빛을 가두고 있던 유리병은 퍽 소리를 내며 힘없이 깨졌다. 그 안에 갇혀 있던 영혼은 자유로워져, 다른 빛들이 머무르는 공중으로 올라갔다.

그 빛들은 전기를 띠고 있었다. 이 말은 문자 그대로의 뜻이다. 공기 중에 마치 전류가 흐르는 것처럼 느껴졌다. 온몸의 모든 털이 곤두섰다. 나는 잘못 몸이 닿아 동료들을 재로 만들어 버릴까 봐 겁이 났다. 빛들은 여전히 우리들 위에 모여 있었다.

물론 그것들이 우리들 위에 모여 있다는 것은 아마 우리의 상상에 불과할지도 모르겠다. 하지만 만약 그렇다면 우리는 동시에 같은 상상을 하는 걸 거다. 어쨌든 나는 그렇게 상상하는 게 좋았다. 왜냐하면 실제로 그 빛들은 우리였기 때문이다. 아니, 최소한 한때 우리였었다. 독나이프에게 살해되어 공간 이동의 연료로 사용되기 전에는.

그 빛들의 생각이 우리에게 흘러 전달되었다. 그들은 복수를 원하고 있었다. 그들은 증오로 파괴 본능을 일깨우고 있었다. 그리고 우리가 유리병을 때려부수는 것을 지켜보면서, 빛을 내뿜으며 우리에게 전적으로 감사하고 있었다.

빛들이 한층 더 강렬하고 밝게 빛나기 시작했다. 너무 밝아 자콘과 자이보그를 빼고는 우리들 모두 눈을 돌려야 했다. 그리고 빛들은 이동했다. 나는 그들이 움직일 때 낸 휘파람 소리를 들었다.

기계를 지키던 괴물들이 엔진 아래쪽 여기저기 공포에 질려 숨어 있었다. 그들은 말 그대로 지옥을 느낄 새도 없었다. 빛이 그들을 휩쓸자 괴물들의 몸은 엑스레이에 투시되는 것처럼 투명하게 보이며 타올랐고, 사라졌다.

괴물들을 쓸어 버린 빛의 소용돌이는 엔진으로 향했다.

내 모든 힘을 그것을 움직이는 데 바쳐야 했다면 나 역시 엔진을 증오할 수밖에 없을 것이다.

엔진에 불꽃이 튕기더니 빛 무더기가 사라졌다. 마치 엔진을 이룬 강철과 청동과 증기가 그것을 흡수해 버린 것 같았다.

"빛들이 뭘 하는 거지?"

자이보그가 물었다.

"조용히 해."

자콘이 말했다.

"이 상황을 마저 못 보고 떠난다는 것은 나도 싫어."

나는 말했다.

"하지만 독나이프와 마녀 인디고는 아마 우리가 탈출한 뒤 곧바로 더 많은 놈들을 추적대로 보냈을 거야. 사실 아직까지 그놈들이 보이지 않는다는 게……."

"조용히 해."

조우가 말했다.

"빛들이 엔진을 날려 버리려는 것 같아."

그리고 정말 엔진은 타올랐다. 그것은 광선쇼나 불꽃쇼, 아무튼 상상할 수 있는 그 어떤 광경보다도 아름다웠다. 빛들은 말레픽 호의 엔진을 불꽃으로 타오르게 하며, 거기 걸려 있던 마법마저 태워 버렸다. 엔진은 태초 이전의 비명소리 같은 외마디 절규를 남기고 녹아 버렸다.

"저거야말로 완전 소각이야."

자이가 짧은 숨을 내쉬고, 만면에 커다란 미소를 지었다.

"멋져."

조셉이 끄덕였다.

"아름다워."

그리고 엔진의 잔해가 내려앉는 가운데 나는 머리에 콕 쏘는 느낌을 받았다. 엔진이 있던 자리 아래에 이전에 본 어떤 것보다도 큰 인비트윈으로 가는 입구가 있었다.

"저 아래에 입구가 있다."

나는 말했다.

"시공 연속체 구조가 엔진 아래에 깔려 찌그러져 있었던 모양이야. 이제 엔진이 사라졌으니 우리가 그곳을 통해 나갈 수 있어."

자콘이 목구멍 뒤편으로 으르렁거리며 말했다.

"그러면 빨리 가는 게 좋겠다. 우리가 왔던 통로를 뒤따라서 대부대가 따라오는 냄새를 맡을 수 있어."

"우리 친구들이 다른 싸움을 시작하려는 것 같은데."

자이가 말했다.

자이가 말하는 대로였다. 빛 무더기들은 한층 강한 빛을 발하며 엔진이 있던 자리로부터 솟아올라 천정의 틈을 통해 위층으로 사라졌다.

"나는 자이보그를 데리고 워킹 입구까지 내려갈 수 있어."

조우가 말했다.

"자이는 염력으로 아마 자기 자신과 조이, 그리고 자콘까지 이동시킬 수 있을 거고. 그런데 조셉은 그렇게 데려가기에는 너무 큰데."

조셉은 어깨를 으쓱했다.

"괜찮아."

조셉이 말했다.

"나는 뛰어내리면 돼."

우리 모두는 조셉이라면 그렇게 해도 다치지 않을 거라는 걸 알았다. 내 걱정은 단지 조셉이 배 바닥을 뚫고 나가 노우웨어엣올로 떨어지지 않을까 하는 거였다.

지체할 시간이 없었다. 우리가 추출실로부터 탈출한 통로에서 저벅거리는 군화 소리가 들려오기 시작했다. 그리고 워킹 입구는 오랫동안 그 자리에 있지 않을 것이다. 그것은 불안정했다. 우리는 빨리 움직여야 했다.

그러나 한 가지 문제가 남았다.

"친구들."

나는 말했다.

"독나이프가 휴를 잡고 있어. 나는 휴 없이는 갈 수가 없어. 휴는 내 목숨을 몇 차례나 구해 줬어. 그리고 우리 모두의 목숨도. 미안해. 너희들이 원한다면 워킹 입구까지 데려다 줄게. 하지만 나는 휴를 찾기 위해 여기 있을 거야."

그때 통로를 통해 첫 병사가 나왔다.

18 스카라부스와의 대결

우리 위 천정에서 큰소리가 났다. 그리고 커다란 파이프 덩어리가 무너져 내렸다. 다행히 우리 가까이로 떨어지지는 않았다. 자유로워진 영혼의 빛들이 배의 여기저기에서 무슨 일을 벌이고 있는지 궁금했다. 하지만 나는 당면한 사태로 주의를 돌렸다.

통로를 통해 나온 첫 번째 병사는 아이가 장난감 인형을 집어들 듯 조셉이 들어올려 밑이 꺼진 바닥 아래로 던져 버렸다. 병사는 떨어지며 외마디 비명을 질렀다.

"그러니까……."

자이가 내게 말했다.

"너는 네 머드러프를 구하기 위해 우리를 기지로 데려다 주는 것도 그만두고 여기서 헛되이 죽겠다는 거니?"

자이는 복도를 통해 나온 끔찍히 추하게 생긴 생물체 하나를 한 손으로 끌어당겨 들어올리고는, 염력을 사용해 여러 시체들이 널려 있는 아래쪽으로 날려 버렸다.

“그래.”
나는 말했다.
“그래야 할 것 같아.”
자이는 한숨을 쉬며 조우를 쳐다보았다.
“나는 조이의 말에 동의해.”
그녀가 말했다.
“나도.”
조셉이 말했다.
“나는… 어이, 너무 늦잖아!”
그러면서 조셉은 병사 하나를 들어 통로 쪽으로 던졌다.
뒤따르던 병사들이 볼링공 넘어가듯 쓰러졌다.
“제발…”
자이보그가 말했다.
“뭐라고?”
“‘제발’이라고 말하면 네 머드러프 찾는 걸 도와주지.”
“제발.”
나는 말하며 도끼를 휘둘렀다. 병사 하나가 비명을 지르며
쓰러졌다. 그 다음 우리는 기다렸으나 통로를 통해서는 더
이상 독나이프의 부하들이 나오지 않았다. 아마도 거기로 나
오는 것은 포기한 모양이었다.
“서두르는 게 좋겠어.”
자콘이 말했다.
“이 배 말레픽 호는 오래 버티지 못할 거야. 그리고 독나

이프는 배가 침몰하기 전에 이곳을 떠날 거고. 나는 그와 같은 부류들을 좀 알지."

나는 말했다.

"아무도 아직 진짜 문제가 무엇인지 모르고 있어."

자이가 미소를 띠었다.

"진짜 문제가 무얼까?"

"우리가 이야기하고 있는 사이에 워킹 입구가 위로 옮겨갔어. 우리는 배의 맨 밑바닥에 있어. 어서 빨리 갑판으로 올라가야 해. 가장 빨리 올라갈 수 있는 길은 우리가 끌려 내려왔던 복도를 따라 올라가는 걸 거야."

"너무 늦은 것 같은데."

조우가 말했다. 그녀가 아래쪽을 가리켰다.

"저기를 봐."

엔진실에는 청동으로 만든 거대한 문이 달려 있었는데, 사악한 마녀의 투덜거림처럼 끽끽 줄이 감기는 소리를 내며 천천히 올라가고 있었다. 문이 다 올라가자 헥스 병사들의 소부대가 방패 진을 치며 들어와 대오를 형성했다. 그렇지만 우리를 공격하지는 않았다. 병사들은 우리를 마주보며 자신들의 육신과 무기로 진을 이뤄 견고하게 대치하고 있었다.

팽팽한 긴장이 감도는 가운데 아무도 움직이지 않았다. 잠시 후 헥스 병사들이 양편으로 갈라섰다. 한 사람이 거기 서 있었다. 그가 누더기 같은 맨살을 드러내며 악몽처럼 걸어나왔다.

"안녕, 스카라부스."

나의 피부에는 스카라부스처럼 닭살이 돋고 있었지만, 자신 있게 들리도록 애쓰며 외쳤다.

"항해는 즐거워? 나중에 갑판에서 원반밀어치기나 하자고."

"나는 처음부터 주인님과 네빌이 너를 과소평가한다고 생각했다, 꼬마야."

스카라부스가 나를 향해 대답했다.

"내 생각이 틀렸다고 증명되면 차라리 행복할 텐데."

스카라부스는 그의 왼쪽 알통에 새겨진 작은 청룡도 문신을 눌렀다. 그러자 갑자기 스카라부스의 오른손에는 기름을 먹여 사악하게 번뜩이는 청룡도가 쥐어져 있었다.

"네가 말레픽 호를 망쳤다."

스카라부스가 말했다.

"로리메어 세계를 정복하는 것은 무위로 돌아갔다. 독나이프 마왕님이 몸소 너를 단죄할 것이다. 너와 네 동료들 모두 차라리 가마솥에 집어 넣어달라고 애원하게 될 거다."

됐어, 나는 생각했다. 독나이프는 아직 배 안에 있었다.

자이가 내 어깨를 툭 쳤다. 나는 길을 내줬다. 자이가 스카라부스를 쳐다보며 목소리를 높이지 않고, 그러나 넓은 실내에 다 들릴 만큼 또렷하게 말했다.

"내기를 제안한다. 여기 있는 너희들 모두에게."

"네놈들이 그런 걸 제안할 입장에 서 있는 것 같지는 않은

데.”

스카라부스가 허공을 가르며 청룡도를 휘둘렀다.

“일단 들어 봐.”

자이가 말했다.

“우리들 중 하나가 대표로 너와 싸우겠다. 만약 우리의 대표가 이기면 병사들을 동행하지 말고 너 혼자 우리를 독나이프 앞으로 데려가라. 만약 우리의 대표가 진다면, 병사들과 함께 우리를 네 포로로 잡아 독나이프에게로 데려가라.”

스카라부스는 물끄러미 자이를 쳐다보더니 갑자기 웃음을 터뜨렸다. 이유는 명백했다. 스카라부스의 입장에서 보면 지건 이기건 우리는 독나이프의 손아귀에 들어가게 되는 것이다. 나 역시 자이가 제안한 내기의 진의를 알 수 없었다.

“너희들의 대표를 내보내라.”

스카라부스가 외쳤다.

자이가 고개를 가로저었다.

“우리의 대표가 이길 경우 너와 네 병사들이 우리를 해치지 않겠다는 맹세가 필요하다.”

병사들이 스카라부스를 쳐다보았다. 스카라부스가 고개를 끄덕였다.

“그렇게 맹세하마!”

스카라부스가 외쳤다.

“나도!”

“나도!”

병사들이 차례로 외쳤다. 그들은 이 상황을 아주 즐기는 듯이 보였다.

"내가 나갈게."

내가 먼저 자이에게 말했다. 자이에게는 분명 어떤 계획이 있을 것이다. 하기야 휴를 구하려면 어떻게든 독나이프를 만나야 하는 것도 사실이었다.

"네가 나간다고?"

자콘이 우습다는 듯 말했다.

"내가 나가게 해줘. 스카라부스의 목을 물어뜯어 놓을게."

"내가 나가는 게 어때?"

조셉이 말했다.

"누가 제일 크지? 누가 제일 세지? 자 친구들, 계산 끝났잖아?"

"이건 힘의 문제가 아니야."

자이보그가 말했다.

"검술의 문제라고. 누구 청룡도를 상대해 본 사람 있어?"

아무도 대답하지 않았다.

"보라고."

자이보그가 계속 말했다.

"나는 올림픽 선수급 펜싱 선수였어. 게다가 역사적인 검술 시합은 다 재연해서 연습해 봤다고. 날이 넓은 청룡도로 하는 것이건, 펜싱 칼로 하는 것이건."

"여기는 마법이 지배하는 장소야."

자이가 말했다.

"아주 강력하게. 너는 이미 한 수 접고 들어가는 거야. 거기다 우리들 중 가장 작잖아. 자이보그, 이 세계에서는 네 능력이 통하지 않아."

"이건 나노 회로나 증폭장치의 문제가 아니야."

자이보그가 말했다.

"이건 검술의 문제라고. 내가 할 수 있다니까."

동료들 모두 나를 바라봤고, 나는 자이를 바라봤다. 자이가 고개를 끄덕였다.

자이보그가 잘난 체하는 표정으로 말했다.

"조우, 나를 저기까지 날아서 데려다 줄 수 있어?"

조우가 고개를 끄덕였다.

"그리고 저들에게 칼 좀 하나 달라고 그래."

나는 어깨를 으쓱하고는 병사들에게 외쳤다.

"이봐, 우리 대표에게 줄 다른 칼이 있어?"

병사 하나가 칼을 들고 몇 걸음 앞으로 나와 바닥에 놓고 도로 들어갔다. 병사들 사이에 쿡쿡거리는 웃음소리가 커지고 있었다.

"고마워."

나는 말했다.

"쇼를 즐기되, 관람료는 잊지 말도록."

조우는 자이보그를 안고 날아가 바닥에 내려놓았다. 자이보그는 거의 자기만큼 긴 칼을 집어 들고, 스카라부스를 향해 약간 고개를 숙여 시합 전 인사를 했다.

병사들의 웃음소리가 점점 더 커졌다. 만약 사람이 웃다가 죽을 수도 있다면, 우리는 시합을 시작하기도 전에 벌써 이겼을 것이다. 스카라부스가 우리를 바라보았다.

"뭐야?"

그가 말했다.

"제일 꼬맹이를 내보내면 내가 봐줄 줄 알고?"

스카라부스는 만면에 미소를 띠었다.

"내게 관용은 없어!"

그리고 칼을 들고 돌진했다. 스카라부스의 솜씨는 훌륭했다. 아주 아주 훌륭했다. 문제는 누가 봐도 명백하게, 심지어 스카라부스 자신이나 병사들이 보아도, 자이보그의 솜씨가 더 훌륭했다. 칼이 마주친 첫 합부터 자이보그가 더 빨랐다. 자이보그는 스카라부스의 청룡도가 어느 방향을 겨눌지 정확하게 미리 알았다. 자이보그의 칼은 항상 스카라부스의 칼이 들어오는 방향에 가 있었다.

내가 제일 기억나는 것은 칼이 부딪힐 때마다 났던 소리였다. 쨍쨍거리는 금속음이 아직도 귀에 쟁쟁하다.

시작한 지 얼마 되지 않아서 스카라부스는 검술로 자이보그를 제압하기를 포기한 듯했다. 대신 힘의 우위를 이용해 이기려고 했다. 스카라부스가 힘으로 밀어붙이자 자이보그는 피하고 막는 데 급급했다.

그렇게 피하다가 발이 미끄러져 자이보그가 넘어졌다. 스카라부스는 승리의 함성을 지르며 달려들어 온 힘을 다해 내리쳤다. 하지만 자이보그는 눈 깜짝할 새 옆으로 굴러 피하면서, 칼을 올려 스카라부스를 찔렀다.

자이보그의 칼이 스카라부스의 몸을 관통했다.

스카라부스가 지르던 승리의 고함소리는 자이보그의 칼에 잘려 버렸다. 그는 비명조차 지르지 못했다. 아무 소리도 내지 못했다. 단지 몸을 꿰뚫은 칼날을 붙잡고 경악의 눈으로 자이보그를 바라볼 뿐이었다.

그리고 바닥에 쓰러졌다. 그러자 스카라부스의 몸에 걸려 있던 마법이 풀려 버렸다.

문신으로 뒤덮인 스카라부스의 피부가 들끓기 시작했다. 마치 온갖 문신들이 그의 피부에 감금되어 있다가 그의 죽음으로 풀려나는 것 같았다. 괴물들, 악마들, 뭐라고 이름붙일 수도 없는 괴이한 물체들이 그의 피부로부터 날아올랐다. 제 크기와 모습을 찾은 괴물들은 스카라부스 곁을 떠나고 있었다.

그런데 얼마 날아가지 못해 괴물들은 갑자기 허공중에 멈춰서 굳어 버렸다.

그리고 마치 영화 필름을 거꾸로 돌리듯이 도로 스카라부스의 피부 속으로 소용돌이치며 들어가 버렸다. 제 모습을 찾은 것도 잠깐, 다시 잉크로 그린 문신으로 돌아간 것이다. 스카라부스는 쓰러진 지 몇 초 만에 팔꿈치로 바닥을 짚으며 일어났다. 붉은 피를 약간 토해내고는 문신이 얼룩덜룩한 손으로 그것을 닦아냈다.

"내게 생명 하나를 대가로 치르게 하다니."

스카라부스가 자이보그에게 말했다.

"생명 하나를 대가로! 이런 작은 괴물 같은 놈이."

내 옆에 선 자이가 조용히 물었다.

"우리를 독나이프에게 데려다 줄 건가?"

"나는 이미 맹세를 했다. 그것을 지키지 않는 것은 마법의 힘이 용납하지 않아."

스카라부스가 대답했다.

두 명의 병사가 스카라부스를 부축했고 자이, 조셉, 자콘, 그리고 나는 자이보그에게로 달려갔다.

"잘했어."

나는 자이보그에게 말했다. 진심이었다.

자이보그는 별일 아니라는 듯 어깨를 으쓱했지만, 그 눈빛은 자부심이 가득했다.

지체할 시간이 없었다. 우리는 최대한 빨리 배 위를 향해 좁은 나무 계단을 달려 오르기 시작했다. 지나는 곳마다 배 안은 혼돈 그 자체였다. 병사들도, 괴물들도 무너지는 배에 어찌할 바를 모르며 비명을 지르고 있었다.

스카라부스가 욕설을 퍼부으며 우리에게 천천히 갈 것을 요구했다. 그는 얼마간 우리 뒤에서 뒤따르고 있었다. 우리는 무시하고 더 빨리 달렸다. 말레픽 호는 이제 얼마 버티지 못할 것이다.

“말레픽 호보다는 차라리 타이타닉에 타고 있는 게 낫겠
어.”

나는 헐떡거리며 조우에게 말했다. 계단이 너무 많았다.

“타이타닉?”

“내가 태어난 지구의 큰 배야. 빙산하고 부딪쳤어. 가라앉
았지. 1912년인가에.”

“그렇구나.”

조우가 말했다.

“내가 태어난 지구의 킹 존 재난 사고하고 비슷하네.”

“뭐건 간에, 이러다가는 죽겠다.”

나는 말했다. 우리 옆에서 배의 거대한 한 부분이 깨져나
가 노우웨어엣올의 어둠 속으로 떨어졌다.

우리는 쉼 없이 계단을 달려 복도를 지나고 다시 계단을
달렸다. 그리고 어느 순간 그곳, 독나이프를 마지막으로 보
았던, 강당처럼 큰 선실 바깥에 와 있었다.

나는 멈췄다.

동료들도 멈췄다.

“왜?”

조셉이 물었다.

“뭐가 잘못됐어?”

“독나이프가 이 안에 있어.”

나는 말했다.

“그걸 어떻게 아느냐고는 묻지 마.”

자이가 끄덕이며 말했다.

"설명하지 않아도 돼."

조셉이 문을 걸어챘고 우리는 모두 안으로 들어갔다.

19 엄마의 목걸이

선실 안은 어두웠다. 안을 밝히는 유일한 빛은 한구석에서 흘러나오는 반딧불 같은 초록색 불빛뿐이었다. 우리는 아무도 안으로 더 들어가려 하지 않았고, 어둠에 눈을 익히며 문 옆에 서서 기다렸다.

어둠 속에서 가스가 부글거리는 듯한 목소리가 들렸다.

"네놈들이구나."

독나이프였다.

"배가 망가져서 고소하겠군, 그렇지?"

우리는 선실 안으로 들어갔다. 초록색 빛에 비친 시커먼 독나이프의 모습이 윤곽을 드러냈다.

"아니."

조우가 비꼬았다.

"고소하기는. 우리는 착한 아이들인데."

툴툴거리는 소리가 들렸다. 초록색 불빛이 조금 더 밝아졌다.

그때서야 나는 그 불빛이 뭔지 알 수 있었다. 그것은 유리병에서 해방된 워커들의 정수였다. 빛들은 허공에 마치 거대한 벌떼처럼 함께 모여 있었다. 독나이프는 그 빛들을 마주하고, 빛 무더기 가운데 깊숙이 손을 찔러 넣고 있었다. 보아하니 그 자세로 독나이프는 빛 무더기들에 잡혀 있었다. 팔을 빼려고 온힘을 다하고 있지만, 헛수고였다. 독나이프는 헐떡거리며 우리가 가까이 다가가도 뒤돌아서지조차 못했다.

"네놈들이 내게 커다란 골칫거리를 안겨 주는군."

독나이프가 숨차 하면서 말했다.

"이 풀려난 유령 놈들이 내 배를 몽땅 부쉈어. 로리메어를 공격하는 것을 무산시켜 버린 것은 물론."

"그럼 프로스트의 밤은?"

나는 물었다. 그가 고개를 돌려 나를 보았다. 빛 무더기가 더 밝게 고동쳤다. 작은 불빛 하나가 빛 무더기에서 빠져나와 독나이프의 얼굴로 날아가 뺨을 할퀴었다. 불의의 일격을 받은 독나이프는 거의 쓰러질 뻔했다가, 다시 바로 서서는 으르렁거렸다.

"아니다. 프로스트의 밤은 계획대로 진행될 것이다. 혹시 내게 무슨 일이 생기더라도."

우리 아래쪽에서 무언가 부서지는 것 같은 흔들림과 충격이 전해졌다. 충격은 점점 더 잦게 전해졌다.

"왜 여기 있지?"

나는 물었다.

"지금쯤이면 구명정에 타고 있어야 하는 것 아닌가?"

독나이프는 화난 황소같이, 아니 성난 호랑이같이 으르렁거리는 목소리로 말했다.

"이게 안 보이니, 꼬마야? 이 성가신 유령 놈들이 나를 붙잡고 있잖아."

그는 괴로운 듯 끙끙거리며 팔을 빼려 헛되이 애쓰고 있었다. 초록색 불빛이 좀더 밝게 타올랐다. 이제 불빛은 마치 초록색 기름이 천천히 흐르는 것처럼 독나이프의 팔 아래로까지 번지고 있었다. 이해가 됐다. 만약 내가 독나이프 때문에 수 년 동안 병 속에 갇혀 있었다면, 그래서 견딜 수 없는 고통 속에서 버텨야 했다면 복수를 향한 집념이 그나마 고통을 잊는 데 도움이 되었을 것이다. 나라도 나를 죽인 독나이프를 해치우고 싶었을 것이고, 노우웨어엣올로 추락하는 배 속에서 놈이 탈출하지 못하게 붙잡아 두려 할 것이다.

조셉이 내 어깨를 쳤다.

"조이? 네가 해야 할 일이 있잖아. 어떻게 할지는 모르겠지만 아무튼 서둘러."

나는 끄덕였다. 숨을 깊이 들이쉬고는 독나이프 앞으로 나섰다. 나는 섬뜩한 독나이프의 눈을 마주보았다. 내 온몸의 세포는 어서 도망가라고 말했지만, 나는 그 눈들을 들여다보며 말했다.

"내 머드러프를 돌려 줘."

독나이프의 하이에나 같은 얼굴에 뒤틀린 즐거운 표정이

잠깐 나타났다. 아마도 자신의 수중에 내가 원하는 것이 있다는 것을 알아차리고 머리를 굴리고 있을 것이다.

"아아, 그러니까 네놈은 내가 죽는 걸 보려고 돌아온 게 아니군. 그러니까 그 작은 놈을 원한다고?"

"그래."

빛 무더기가 번쩍 밝은 빛을 발했고, 독나이프는 움찔했다.

"그러면 나를 여기서 풀어 줘. 그렇게 해주면 네 친구를 돌려주도록 하지. 하지만 반드시 나를 풀어줘야 해. 내가 원하면 바로 당장 프리즘을 없애 버릴 수도 있어. 어쨌든 내 손 안에 있으니까."

"너를 어떻게 믿지?"

자콘이 말했다.

"당연히 믿지 못하겠지. 그리고 믿고 싶지도 않을……."

독나이프는 말을 다 맺지 못하고 멈췄다. 그리고 끙 기합을 넣으며 고통을 참더니, 신음소리를 냈다. 독나이프의 고통스러운 모습을 바라보는 것은 생각했던 것만큼 기분이 좋은 것은 아니었다. 물론 그가 안됐다는 생각이 든 것은 전혀 아니지만.

"네 머드러프를 돌려받고 싶다면 나를 살려 줘."

독나이프가 말했다.

"더 이상 고통을 참을 수가 없어. 나는 웬만한 고통에는 익숙하지만 이건……."

나는 망설였다.

"내가 살려줄 수 있는 건지 모르겠다. 프리즘을 돌려받으면?"

"그러면……."

독나이프는 헐떡거리며 말했다.

"머드러프가 갇혀 있는 프리즘을 돌려받게 되면, 그것을 열기 위해서 내가 필요하다."

배가 갑작스럽게 요동쳤다. 그리고 주변 모든 것이 45도 기울어졌다. 나는 미끄러져 넘어져 벽으로 내동댕이쳐졌다. 그리고 독나이프와 부딪치기 직전에 간신히 피했다. 독나이프는 내가 부딪쳤던 같은 지점에 더 세게 부딪쳤다. 그리고 신음소리를 내며 일어섰다.

주저하며 나는 내 손을 빛 무리 속으로 밀어 넣었다.

증오.

증오가 내 마음을 채웠다.

복수를 향한 욕구.

몇 백의 영혼이 모여 이룬 빛 무리는 여전히 고통으로 괴로워하며 몸부림치고 있었다. 그들에게는 온통 증오뿐이었다. 말레픽 호를 향한 증오, 헥스를 향한 증오, 독나이프를 향한 증오, 인디고를 향한 증오. 오직 증오만이 그들의 고통을 견딜 수 있는 수단이었다.

그것은 끔찍했다. 내 마음속에서는 수백 명의 나의 화신이 온통 비명을 지르고 있었다.

나는 그 고통을 끝내야 했다.

"끝났어."

나는 자신이 뭐라고 이야기하는지도 모르면서 그들에게
말했다.

"이제는 아무도 너희들을 해치지 않을 거야. 너희는 자유
야. 이 끔찍한 곳을 떠나서 멀리 가."

나는 좋은 기억들을 떠올려 그들에게 마음으로 전달하려
고 애썼다. 신록의 여름 날. 뇌우. 불을 피운 따뜻한 겨울밤.
잠시 후 나는 누구의 마음이라도 적시게 하는 가족의 추억을
떠올리며 정신을 집중했다. 아빠의 파이프 담배 냄새. 오징
어의 미소. 떠나기 전 엄마가 걸어 준 목걸이.

그 목걸이에 박힌 돌…….

나는 손을 집어넣어 목걸이를 셔츠 바깥으로 꺼냈다. 내
손에 들린 목걸이는 워커들의 영혼이 내뿜는 빛을 반사하며
반짝였다. 그런데 이상한 현상이 나타났다. 목걸이의 돌은
빛을 반사하기만 하는 것이 아니었다. 돌은 스스로 반짝이며
빛과 공명하고 있었다. 그리고 공중의 빛들도 색깔과 파동이
변하기 시작했다. 만약 그것이 빛이 아니라 소리였다면, 두
멜로디가 천천히 하나의 멜로디로 합쳐지는 소리를 들었을
것이다.

빛들은 나를 믿는 것 같았다. 어쨌든 나는 그 사실을 느꼈
다. 그러나 완전히는 아니었다.

"빛들에게 저항하지 마."

내가 독나이프에게 말했다.

"뭐라고?"

"싸우려 하는 한 그들은 너를 죽음에 이르게 할 거야. 하지만 그들에게 저항하지 않으면 놓아 줄 거야."

"네 말을……."

그가 으르렁거렸다.

"……어떻게 믿지?"

"그들의 증오가 막 끝났어. 이제 그들과 싸우지 마."

독나이프는 그렇게 했다. 온 몸에 힘을 뺐다. 나는 긴장이 사라지는 것을 느꼈다. *됐어?* 나는 밖으로 소리내어 말하고 있는 것이 아니라는 사실도 거의 깨닫지 못한 채 머릿속으로 말했다. *이제 그를 놓아 줘.*

빛들이 점점 더 환하게 빛나, 선실 안은 광휘 때문에 아무것도 보이지 않게 되었다. 나는 너무 눈이 부셔 질끈 눈을 감았다. 하지만 빛은 내 머리와 가슴을 채우고 있었다. *나는 잘 있어* 라는 소리를 들은 것 같다. 하지만 그저 상상일지도 모르겠다. 어쨌든 그러고 나서 빛은 사라졌다. 그리고 엄마가 준 돌도 원 상태로 돌아갔다.

선실 안은 온통 어두웠다.

"받아라."

독나이프의 목소리였다. 뭔가 날카롭고 차가운 것이 내 손에 건네졌다.

"고마워."

나는 별 생각 없이 받았다.

갑자기 옆 벽의 횃대에서 불빛이 쏟아졌다. 누가 불을 붙인 모양이었다. 독나이프가 내 옆에 서 있었다. 그의 숨결이 페스트균처럼 느껴졌다. 독나이프는 이빨을 드러내고 눈에서 증오의 빛을 뿜어내고 있었다. 하지만 옆에 너무 가까이 붙어 있어서, 마치 고목나무에 붙은 벌레가 나무 전체를 볼 수 없듯이, 자세히 볼 수가 없었다.

"고마워할 필요 없다, 꼬마야."

독나이프가 속삭였다.

"다음에 만날 때는 네 머리를 으깨 주마. 네 창자를 치실로 사용할 거다. 너는 나에게 엄청난 대가를 치러야 할 거다. 그러니 고맙다는 말은 하지 마라."

독나이프는 무슨 소리를 듣고 있는 듯 한쪽으로 머리를 기울였다. 그러더니 미친 늑대처럼 울부짖기 시작했다.

"내 부하들이 오고 있다."

독나이프가 말했다.

"프리즘에서 휴를 꺼내 줘."

나는 독나이프에게 말했다.

"그러지 않으면 워커들의 영혼을 다시 부를 거야."

독나이프의 날카로운 이빨이 불빛에 번쩍였다.

"거짓말하지 마. 너는 부를 능력이 없어."

독나이프의 말이 맞았다. 나는 어떻게 그들을 부를 수 있는지 모른다. 그러나 독나이프도 내가 하지 못하리라고 확신

하지는 못할 것이다. 나는 손에 목걸이를 쥐었다.

"그럼 어떻게 되나 해 볼까."

나는 말했다. 독나이프가 붉은 눈으로 나를 노려보았다. 그러나 그는 이미 기가 꺾여 있었다. 프리즘이 우주선 선체처럼 차갑게 느껴지기 시작했다.

"내가 여기 있는 동안은 프리즘이 열리지 않는다."

독나이프가 으르렁거렸다. 그리고 한손으로 나를 붙잡아 위로 들어올렸다.

"그럼 안됐지만 알아서 잘 탈출하시게나, 워커."

독나이프는 마치 올림픽 창던지기 선수가 성냥개비를 던지듯 가볍게 나를 집어던졌다. 나는 선실을 가로질러 멀리 있는 벽을 향해 날아갔다. 부딪친다면 아마 뼈가 부러질 것이다. 그러나 다행히 그런 일은 생기지 않았다. 조우가 날아올라 나를 잡은 것이다. 그리고 천천히 날개를 움직여 내려왔다. 우리는 가뿐하게 바닥에 내려섰고, 나머지 동료들이 우리를 둘러쌌다. 바닥에 내려서자마자 다시 선실에 갑작스런 충격이 가해졌다. 자콘이 붙잡지 않았다면 나는 다시 날려갈 뻔했다. 박은 못들이 튕겨져 나가며 벽이 뒤틀리고 있었다.

독나이프가 다시 울부짖었다. 그러자 벽이 부서지며 파편들이 튀었다. 선체 밖으로 무엇인가 떠 있는 것이 보였다. 그것은 현대의 구명보트로 업그레이드시킨 요술 양탄자였다. 인디고, 스카라부스, 네빌, 그리고 헥스의 많은 대장들이 그 위에 타고 있었다.

독나이프는 으르렁거리며 구명보트 위로 껑충 올라탔다. 너무 거세게 뛰어내려 구명보트 가에 있던 괴물 몇이 비명을 지르며 노우에어엣올로 떨어졌다.

무슨 일이 있었냐는 듯 구명보트는 그냥 날아가 버렸다. 남겨진 말레픽 호는 산산이 부서지고 있었다.

"워킹 입구가 어디야?"

자이가 외쳤다. 나는 다시 정신을 집중해 입구를 찾았다. 배 아래쪽 엔진실 밑에 있던 입구는 우리 오른쪽 몇백 미터 가량 떨어진 곳으로 이동해 있었다.

"저쪽에 있어!"

나는 입구가 있는 쪽을 가리키며 소리쳤다.

천정이 무너져 내리기 시작했다. 우리는 달렸다.

"밖으로!"

조셉이 고함을 질렀다.

"갑판으로 올라가! 그것만이 살길이야!"

"좀 작게 말하고 뛰는데 힘쓰는 게 더 나을 텐데."

자콘이 말했다.

내 손 안의 프리즘이 더욱 차가워졌다. 그러더니 젖은 것처럼 느껴졌다. 그것은 친숙하면서도 낯선 느낌이었다. 그러나 나는 멈춰 서서 손 안을 들여다 볼 여유가 없었다. 나는 동료들을 따라잡으려 애쓰며 달렸다.

프리즘이 내 손 안에서 액체가 되어 흘러내렸다. 그것은 얼음이었다. 나는 그것을 깨닫고 충격에 빠졌다. 손 안에 있는 것은 녹고 있는 얼음일 뿐이었다. 나는 독나이프가 속임수를 쓴 것이 아니기만을 바랄 뿐이었다.

우리 아래쪽의 선체가 무너졌다. 자이보그, 자콘, 자이, 그리고 조우는 무너진 곳을 뛰어넘어 계단 가까이로 가 섰다. 조셉과 나는 넘어가지 못했다. 무너진 곳에는 길이 3~4미터가량의 구멍이 생겼는데, 불길이 치솟고 있었다. 불길이 점점 내가 있는 쪽으로 번져왔다.

"우리는 절대 살아서 이곳을 빠져나가지 못할 거야."

누군가 속삭이는 소리가 들렸다. 어쩌면 그 말을 한 것은 나 스스로였는지도 모르겠다. 내가 딛고 있는 널빤지도 무너지기 시작했다. 나는 뒤로 물러서며 뭔가 안전하게 밟을 수 있는 것을 찾았다. 없었다.

밑으로는 불길 말고는 아무것도 없었다. 나는 거의 떨어지기 일보직전이었다. 그러나 불길 속으로 떨어지기 전에 위에서 누군가 나를 벨트로 낚아챘다. 내가 섰던 곳은 불길에 휩싸였다.

"조이."

조우가 말했다.

"몸에 힘 빼, 잘못하면 떨어뜨리겠다."

나는 그렇게 했다. 조우는 날개를 치며 위로 솟아 불구덩이를 뛰어넘었다. 그리고 불길이 닿지 않는 갑판에 나를 내려놓았다. 조우는 돌아서서 다시 조셉을 구하러 갔다. 조셉은 불길 옆으로 튀어나온 막대에 대롱대롱 매달려 있었다.

"괜찮아?"

자콘이 물었다. 나는 끄덕였다. 그리고 나는 프리즘을 쥐고 있던 손바닥을 폈다. 아무것도 없었다.

"독나이프가 나를 속였어."

나는 말했다.

"나쁜 놈."

자콘이 웃음을 띠었다.

"그런 것 같지 않은데."

자콘이 내 위를 가리켰다. 나는 올려다보았다. 휴가 내 위 공중에 떠 있었다. 아무 색깔도 띠지 않은 창백한 회색이었다.

"휴! 돌아왔구나! 괜찮니?"

엷은 홍조가 휴의 거죽에 퍼져나갔다.

"내 생각에는 그녀가 다친 것 같아."

자콘이 말했다.

나는 자콘이 '그녀' 라고 말한 게 이상했다. 그러나 그런 미묘한 문제에 신경 쓸 겨를이 없었다.

"이쪽이 가장 빠른 길이야."

나는 윗벽을 가리키며 말했다. 자이보그가 다가가 광선 장치가 된 팔을 벽에 겨눴다. 연기가 너무 짙어 자이보그가 무엇을 하는지 볼 수가 없었다. 숨도 쉬기 힘들었다.

"서둘러!"

나는 콜록대며 말했다. 그리고 감은 눈 위로 스쳐가는 보라색 섬광을 느꼈고, 지지직거리며 타들어가는 소리를 들었다. 갑자기 얼굴에 신선한 공기가 느껴졌다. 누군가 나를 위로 밀어올렸다. 그리고 나는 앞으로 넘어지며 말레픽 호의 갑판으로 올라왔다.

"저기가 워킹 입구군."

조셉이 말했다.

"봐."

입구는 말레픽 호로부터 거의 백 미터 가량이나 떨어져 있었는데, 노우웨어엣올의 기이한 풍경 속에서 홀로 반짝이고 있었다.

"저기를 어떻게 가지?"

자이가 말했다.

"조우, 노우웨어엣올의 하늘을 순항할 수 있겠어?"

"저기까지 날아갈 수 있냐고?"

그녀는 주저했다.

"모르겠어. 아마 힘들 것 같은데."

"그건 미친 짓이야."

자콘이 으르렁거렸다.

"우리는 입구를 빤히 바라다보며 이 바보 같은 배 위에서 죽어갈 거야."

나는 다시 '하늘'에 난 그 '구멍'을 바라보았다. 구멍은 우리로부터 점점 멀어지고 있었다. 그러나 그게 아니었다.

멀어지는 것이 아니라 시시각각 축소되고 있었다.

나는 휴를 바라보았다.

"휴! 우리를 이곳으로부터 탈출시켜 줄 수 있겠니?"

휴는 슬픈 회색으로 고동쳤다. 확실히 프리즘에 갇힌 동안 다친 모양이었다.

"그래. 그러면 우리를 저 입구까지 데려다 줄 수는 있겠니?"

다시 휴의 표면은 우울한 회색으로 고동쳤다. 불가능했다. 휴는 그것조차 할 수 없었다.

"알았어, 그러면 우리들 중 하나를 저 입구까지 데려다 줄 수는 있겠니?"

휴는 잠시 가만히 있더니 표면에 긍정의 푸른빛을 띠었다.

"훌륭해."

자이보그가 말했다.

"그래서 너는 살겠군. 그리고 우리는 죽을 거고. 훌륭해. 정말 훌륭해. 네가 워킹을 망설일 때부터 알아봤어."

"너는 아는지 모르겠지만······."

나는 자이보그에게 말했다.

"검술 시합 후부터 네가 좋아지려고 했거든. 아무튼 우리는 모두 이곳을 빠져나갈 거야. 그리고 휴가 데려다 주기를 바라는 사람은 조셉이야."

"나?"

조셉이 눈썹을 찌푸리며 물었다.

“그래.”

나는 그에게 말했다. 배 밑에서 또 한 번의 폭발음이 들려왔다. 선체는 완전히 산산조각 나고 있었다.

“서두르자.”

나는 둘러싸고 있는 동료들에게 이야기했다.

“우리에게는 저기 있는 줄이 필요해. 아! 그리고 저기 부러진 돛이 있네. 저것도 필요해.”

자콘이 줄을 잡았다. 줄의 길이는 침대 길이의 두 배쯤 됐고 엄지손가락 굵기였으며, 그물 모양으로 얽어져 있었다. 자이는 약간 염력을 써서 조각난 배의 파편들더미 아래로부터 부러진 돛대를 들어올렸다. 조우가 공중에서 날개를 치며 돛대 한쪽을 끌어당겼고, 조셉과 나는 내가 지정한 장소로 그것을 밀어올렸다.

나는 돛대 주위를 꼭대기부터 아래까지 줄로 감았다. 디자인 대회에 나가서 상을 받지는 못하겠지만 그럭저럭 쓸 만했다. 아니, 쓸 만하기를 바랐다.

“자.”

내가 말했다.

“노우웨어엣올의 중력이 너무 강하지 않기를 바라자고. 호쿤, 이 돛대를 얼마나 멀리 던질 수 있어?”

“왜?”

“왜냐하면…….”

나는 조셉에게 말했다.

"네가 우리를 입구까지 던져주기를 바라니까."

동료들은 모두 나를 이상한 눈초리로 바라봤다. 그것은 마지막 희망을 걸었던 스스로가 미쳤던게 아닌가 하는 시선이었다.

"돌았어?"

자콘이 말했다.

"그런 생각을 하다니."

"아니야."

나는 자콘에게, 그리고 다른 동료들 모두에게 말했다.

"이건 가능해. 우리가 줄을 붙잡고, 조셉은 돛대를 입구를 향해 던지는 거야. 입구는 작아지고 있기는 하지만 아직 우리 모두가 들어갈 만큼은 커. 우리가 입구에 닿으면 나는 문을 열고, 휴가 조셉을 데려오는 거야."

동료들은 서로의 얼굴을 바라보았다.

"그렇게 말하니까 매우 수월한 것처럼 들리네."

조우가 말했다.

"벌레가 네 뇌를 파먹는 소리 같은데."

자콘이 말했다.

"완전 고장 났나 봐."

자이보그가 자콘에게 동의하며 말했다.

"조이의 신경계가 이상하게 작동하고 있어."

"조셉."

자이가 말했다.

“저렇게 멀리까지 우리를 던질 수 있겠어?”

조셉은 돛대의 길이를 가늠했다. 그것은 거의 전신주만 했다. 물론 두께는 그것보다 가늘었지만. 그는 끙끙대며 생각하더니 고개를 끄덕였다.

“그래, 아마 가능할 것 같아.”

조셉이 말했다.

자이가 눈을 감았다. 그는 마치 명상에 잠긴 것처럼 여러 번 심호흡을 했다. 그리고 말했다.

“좋아, 조이의 말대로 하자.”

“휴.”

나는 말했다.

“너는 여기 갑판 위에 있어. 그리고 우리가 저기 입구에 도착하면 조셉을 데려와. 그렇게 할 수 있겠지?”

휴의 표면이 초록색으로 빛났다.

“휴가 네 말을 이해했는지 어떻게 알아?”

조우가 물었다.

“그러면 다른 좋은 방법이 있어?”

내가 조우에게 물었다. 조우는 고개를 가로저었다.

우리는 배 끝으로 돛대를 밀고 갔다. 그리고 끝을 약간 세워 입구를 향하게 했다. 입구는 우리로부터 백 미터 가량 떨어져, 암흑 속에서 홀로 성운처럼 빛나고 있었다.

“자, 가자.”

나는 조우에게 말했다. 우리는 조셉만 빼고는 모두 돛대

위로 기어 올라가 돛대에 감은 줄을 꽉 잡았다.

"조셉, 던져."

조셉은 눈을 감았다. 그리고 한번 으르렁거리더니 던졌다.

우리는 천천히 말레픽 호로부터 워킹 입구를 향해 나아갔다. 노우웨어엣올을 날아가고 있는 것이다.

"정말 가네!"

자콘이 외쳤다.

아이작 뉴턴은 운동의 법칙을 최초로 설명한 사람이다(내 고향 지구에서는). 그것은 아주 기본적인 법칙이다. 제1법칙은 관성의 법칙인데, 움직이는 물체는(말하자면, 예를 들어 차원을 넘나드는 다섯 명의 젊은 특공대원들이 매달린 긴 돛대) 그대로 둘 경우에는 변화 없이 운동 상태를 유지한다. 제2법칙은 운동 상태의 변화를 설명하는 데, 무엇인가가(예를 들어 조셉처럼) 대상에 힘을 가하면 운동의 방향이 변하거나 가속도가 생긴다.

제1법칙에 따르자면, 우리는 급속히 축소되고 있는 입구에 닿을 때까지 계속 나아가야 한다. 사실 노우웨어엣올에는 공기건 에테르건 뭐건 우리가 숨쉴 수 있는 무엇인가가 있다. 그러나 그런 단순한 대기 저항만으로는 입구에 닿기 전에 우리를 멈추게 할 수 없다. 그렇다면 이렇게 서 버린 건 내 예측이 처음부터 틀렸다는 걸 말해 주는 것일까, 그럴까?

문제는, 전에 말했듯이 알티버스에는 과학 법칙이 많은 조건 중 단지 한 가지 요소로만 받아들여지는 장소도 있다는 것이다. 어떤 장소에서는 마법의 힘이 과학 법칙보다 강력하게 작용한다. 노우웨어엣올이 바로 그런 장소 중의 하나였다.

그리고 헥스의 구성원들은 그 사실을 알고 있다.

우리는 아직 입구로부터 30미터 거리를 남겨 두고 있었으나 돛대는 서 버렸다. 딱 서서 허공중에 멈춰 있었다.

그리고 우리 뒤에서 들려오는 목소리가 있었다. 그 목소리는 독이 든 사탕처럼 달콤했다. 오래 되지 않은 얼마 전에, 나는 그 목소리를 듣지 못하면 죽을 것 같았던 때가 있었다. 다른 동료들의 표정으로 보아, 그들도 나와 같은 방식으로 당했음을 알 수 있었다.

"안 돼, 조이 하커."

그 목소리가 말했다.

"마지막 순간에 도망갈 수는 없다."

말레픽 호에 남아 있는 조셉뿐만 아니라 우리들 다섯 명도 일제히 소리 나는 곳을 향해 고개를 돌렸다.

마녀 인디고를 보기 위하여.

2 0 닫혀가는 출구

　인디고는 우리와 말레픽 호 사이의 허공에서 한 손을 치켜
들고, 우리를 멈추게 하는 주문을 외우면서 떠 있었다. 그리
고 다른 한 손도 마저 들어올려 주문을 외우면서, 우리를 향
해 다가왔다.

　"축하한다, 조이 하커."

　다가오면서 인디고가 말했다.

　"너는 불가능한 일을 해치웠다. 말레픽 호를 파괴하고, 말
레픽 호의 임무를 저지했다. 독나이프님은 이미 헥스로 돌아
갔다. 마왕님은 나에게 너를 잡아오라는 명령을 내리셨다.
나는 그렇게 할 것이다, 기대해라. 로리메어 세계를 정복하
는 것이 무위로 돌아가, 마왕님은 오로지 그것을 무산시킨
너에 대한 복수만을 생각하고 있다."

　인디고는 돛대 끝에 내려앉아, 어느 지구의 그린빌 고등학
교 교실에서 내게 주문을 걸던 것처럼, 허공중에 반짝이는
주문을 그리기 시작했다. 인디고는 계속 주문을 그리면서 입

으로는 우리를 그녀의 노예로 만드는 주문을 읊기 시작했다.

어떻게든 저지해야 했다. 그렇지 않으면 모든 게 끝장이었다. 헥스의 정복 임무는 우리 때문에 실패로 돌아갔다. 독나이프는 복수하려 할 것이다. 인터월드의 비밀을 캐내기 위해 모든 기술과 지식을 사용해 우리를 고문할 것이다. 인디고가 주문을 마저 다 외운다면 우리는 끝장이었다. 아니 인터월드마저, 그리고 전 우주도.

그러나 인디고가 주문을 외우는 것을 어떻게 중단시킬 수 있단 말인가. 힐끗 동료들을 보니 이미 인디고의 마법 아래 들어가고 있었다. 눈동자에는 초점이 없고, 온몸이 굳어가고 있었다. 그리고 내 마음도 점점 인디고의 주문에 영향을 받고 있는 것이 느껴졌다. 인디고는 유혹적으로, 자신이 말하는 대로 따르는 게 얼마나 쉽고도 옳은 일인지 속삭이고 있었다…….

인디고는 거의 주문을 끝내가고 있었다. 그녀가 그린 주문이 허공중에 반짝였고, 읊고 있는 주문은 계속 울려퍼졌다. 내 손이 나도 모르게 인디고를, 독나이프를, 헥스를 경배하기 위해 위로 치켜 올라가는 느낌이었다.

어떻게든 인디고를 막아야 했다. 나는 인디고를 향해 던질 게 없는지 주위를 둘러봤다. 눈에 띄는 게 없어, 쓸모없는 짓인지 알면서도 왼손으로 주머니를 찔러 봤다. 그런데 화학 분말이 든 가죽 주머니가 잡혔다.

나는 생각할 겨를도 없이 가죽 주머니를 꺼내 인디고를 향해 던졌다.

그건 일시적으로 인디고의 주문을 방해하려는 단순한 행동이었을 뿐이다.

그런데 예상 밖의 일이 일어났다.

인디고를 맞춘 가죽 주머니는 기이한 진홍빛 분말을 쏟아놓더니 사라졌다.

분말이 인디고 주변을 소용돌이치더니, 분말의 회오리바람 속에 인디고를 가뒀다. 그것에 포위된 인디고는 놀라서 두려움에 빠졌다. 회오리바람에서 빠져나오려고 손을 휘저으며, 방어 주문을 외우기 위해 입을 벌렸다. 분말의 회오리바람은 더욱 더 빨라졌다. 그리고 나는 인디고가 우리에게 건 주문의 효력이 사라지는 것을 느꼈다. 옆의 동료들을 쳐다보았다. 모두 제정신으로 돌아오고 있었다.

탈출을 위한 마지막 단 한 번의 기회였다.

워킹 입구는 우리들로부터 30미터 가량 떨어져서 점점 닫혀 가며 이제는 거의 어둠 속으로 사라지고 있었다.

"조우!"

나는 외쳤다.

"날개를 쳐! 그리고 자이! 저 입구까지 염력으로 이 돛대를 가게 할 수 있을까?"

"확신하기는 어려운데."

하지만 자이는 해보겠다고 끄덕였다.

"갈 수 있어."

나는 말했다.

"최선을 다하자고."

나는 입구를 생각하며 집중했다. 나는 어쨌든 워커이다. 정신을 집중했다. 그리고 할 수 있는 최선을 다해 입구의 문을 열었다.

천천히, 끔찍할 정도로 천천히, 더운 여름날 작은 시골 역을 지나는 기차처럼 천천히, 돛대는 입구를 향해 움직이기 시작했다.

"움직인다!"

자이보그가 외쳤다. 나는 힐끗 인디고를 쳐다보았다. 그녀가 다시 문제를 일으키지는 못할 것이라고 스스로를 마음속으로 안심시키면서. 정말 그랬다. 인디고는 문제를 일으킬 수 있는 상태가 아니었다. 진홍빛 회오리바람 속 안에서는 섬광이 치고 있었다. 섬광에 비춘 인디고의 몸은 투명해져 뼈를 드러내고 있었다. 인디고는 고통에 몸부림치듯 입을 벌리고 있었지만 비명소리는 들리지 않았다.

다시 앞을 보니 워킹 입구가 닫히고 있었다. 내 힘으로는 더 이상 계속 열어 놓기가 힘들었다.

"자이보그! 자콘!"

나는 외쳤다.

"나를 도와줘! 입구를 계속 열어 놓아야만 해!"

나는 그들의 마음, 그들의 힘이 내 마음에 합세하는 것을 느꼈다. 입구는 이제 사라지려 하고 있었다.

입구가 닫히기 전에는 도저히 닿
지 못할 것 같았다.

그런데 막 닫히기 전에…….

말레픽 호가 폭발했다.

사방으로 거대한 검은 버섯
구름이 일어나며, 말레픽 호
는 그 운명을 다했다. 만약
과학 법칙이 확실히 지배하
는 세계에서 그런 대폭발이 일어났다
면 우리는 모두 죽었을 것이다. 뜨거운 공기가 밀어닥쳤다.
말레픽 호에서 일어난 바람은 우리가 매달려 있는 돛대를 워
킹 입구 쪽으로 밀어냈다. 그리고 우리는 순식간에 입구를
통과했다.

열쇠로 자물쇠를 돌리듯 우리는 쉽게 입구 안으로 미끄러
져 들어갔다. 그곳에서는 인비트원의 광기가 우리를 환영하
고 있었다.

포도향이 나는 광대한 만화경 속 같은 혼돈으로 들어가자
돛대와 밧줄은 거미가 꽁지를 빼듯이 허둥지둥 사라져 버렸
다. 나는 막 닫히는 입구를 되돌아봤다. 걱정했던 인디고는
어디에도 보이지 않았다. 그리고 입구는 사라졌다. 지금까지
나는 인디고가 그 후 어떻게 되었는지 모른다.

"조셉은? 휴는?"

조우가 물었다.

쉿 하는 소리와 함께 에메랄드빛 불꽃이 일더니, 조셉이 얇은 방울 모양의 휴에 감싸여 하늘로부터 우리 앞으로 떨어졌다. 휴는 내가 있는 쪽으로 다가와서, 광기 어린 인비트윈의 허공에 자리를 잡고는 봄바람에 흔들리는 풍선처럼 깐닥거렸다.

"나 여기 있어."

조셉이 말했다.

"집으로 가자."

집? 엄마를 생각하자, 아빠를, 동생들을 생각하자 마음속에 격렬한 통증이 밀려왔다. 가족도 고향도 다시는 보지 못하리. 나는 손을 뻗어 엄마가 어젯밤에 준 목걸이를 쓰다듬었다. *너는 옳은 일을 하고 있어.* 엄마가 기억 속에서 말했다. *고마워요, 엄마.* 나는 생각했다. 그러자 고통이 가시며 한결 마음이 편해졌다.

그리고 나의 새로운 집으로 가기 위해 이제는 떠오른 제이가 전해준 기호를 생각했다.

$$\{IW\} := \Omega / \infty$$

기지가 어디에 가 있건 이 기호는 우리를 그곳으로 돌아가게 해줄 것이다.

나는 워킹했다, 그리고 내 동료들도.

21 귀환

　우리는 올드맨의 집무실 앞에 앉아 있었다. 자이, 조셉, 조우, 자콘, 자이보그, 그리고 나. 우리는 거의 한 시간이나 기다리고 있었다. 막 아침식사를 하려는데 호출이 왔다. 그래서 우리는 곧바로 식당을 나와 기다리고 있었다.

　마침내 집무실 안에서 벨이 울렸다. 올드맨의 비서가 안으로 들어갔다가 나왔다. 그녀가 내게로 다가왔다.

　"사령관님이 먼저 들어오랍니다."

　그녀가 말했다.

　"다른 분들은 여기서 기다리세요."

　나는 동료들에게 미소를 띠어 보이고 안으로 들어갔다. 나는 매우 기분이 좋았다. 오랫동안 나는 인터월드의 한 일원으로 인정받지 못했다. 그러나 나는, 우리는, 정말 굉장한 일을 해낸 것이다. 우리 여섯 명은 헥스의 공격 함대를 해치웠다. 우리는 말레픽 호를 격침시켰다. 최소한 로리메어의 수십 개의 세계들은 자유를 뺏기지 않았고, 우리에게 감사할 것이다.

나는 허풍 떠는 걸 좋아하는 사람은 아니지만 이건 정말 훈장감이다.

올드맨이 만약 훈장을 수여한다고 하면 뭐라고 답해야 할지 나는 생각했다. 그냥 간단히 "감사합니다"라고 할까 아니면 영광이라고 말하고 동료들의 도움 덕분이라고 말할까? 의외라는 듯 횡설수설하는 아카데미상 수상자처럼 말할까, 아니면 아무 말도 하지 말까?

이런 생각을 하며 안으로 들어갔다.

진급은 어떨까? 솔직히 말해서, 나는 훌륭한 팀 리더처럼 행동하지 않았던가. 진짜 장교가 그러는 것처럼, 나는 한번 머리를 약간 치켜들고 턱을 내밀어 보았다.

올드맨의 집무실은 바뀐 것이 없었다. 커다란 책상이 집무실 공간을 거의 차지하고 있었고, 책상 위에는 산더미 같은 서류, 문건, 디스크가 쌓여 있었다. 올드맨은 책상 앞에 앉아 메모를 하고 있었다. 내가 들어오는 것을 눈치채지 못한 듯했다. 나는 그 앞에 섰다.

그렇게 몇 분 서 있었다. 마침내 올드맨이 보고 있던 자기 앞의 서류를 치우고 나를 올려다봤다.

"오, 조이 하커."

"넷, 사령관님."

나는 겸손하게 들리려 애쓰며 대답했으나 쉽지 않았다.

"보고서 읽었네, 조이. 그런데 잘 이해가 가지 않는 부분이 하나 있는데, 기억이 돌아오게 자극한 것이 정확히 뭔가?"

"제 기억이요?"

올드맨은 생각지도 않은 뜻밖의 질문을 던졌다.

"비눗방울입니다, 사령관님. 그것이 제게 휴를 떠올리게 했고, 휴를 생각하면서 모든 기억이 돌아왔습니다."

올드맨은 끄덕이며 보고서에 메모를 했다.

"앞으로 기억을 삭제할 경우를 대비해 알아두는 것이 필요하네."

올드맨이 말했다.

"우리는 머드러프에 관해서 모르는 것이 많네. 자네에게는 기지에서 머드러프를 데리고 있는 것이 허용될 것이지만, 언제라도 무효화될 수 있다는 것을 알아둬야 해."

올드맨의 단말소자 눈이 번쩍였다. 올드맨은 다시 메모를 계속했다. 나는 서 있었다. 올드맨은 계속 무엇인가를 썼다. 나는 올드맨이 내가 그곳에 있는 것을 잊은 게 아닌지 의심스러웠다.

이건 내가 집무실 안으로 들어오며 상상했던 광경이 아니었다.

"사령관님?"

올드맨이 올려다봤다.

"제 생각에는…… 그러니까 아마도 우리는 일종의…… 그러니까 말레픽 호를 날려 버렸고 그리고……."

나는 말을 중단했다. 이건 정말 전혀 들어오며 예상했던 상황이 아니었다.

올드맨은 한숨을 쉬었다. 지치고 노회한, 아주 긴 한숨이었다. 그건 신이 6일 동안 세상을 창조하는 일을 끝내고 경건한 전 우주적인 휴식을 취하려고 하는데, 누군가 선악과를 먹어치우는 문제를 일으켰다는 보고서를 천사로부터 받아든 것 같은 그런 한숨이었다.

그리고 올드맨은 말했다.

"전부 들여보내라."

모두 들어오자 좁은 집무실 안은 북적거렸다.

올드맨은 천천히 우리를 둘러보았다. 나는 우리가 서 있는데 반해 올드맨은 앉아 있다는 사실이 매우 신경이 쓰였다. 평소와는 다르게 느껴졌다. 올드맨이 무슨 말을 할지 불길한 느낌이었다.

조셉, 조우, 자콘은 매우 들떠 있었다. 자이보그는 얼굴에 땅콩버터를 바른 것처럼 득의만만한 미소를 띠고 있었다. 자이만이 흥분하지 않고 있었다.

"자."

올드맨이 말했다.

"조이는 너희들 여섯 명이 훈장을 받아야 하지 않겠냐고 생각한다. 아니면 최소한 너희들의 공로를 인정받아야 한다고 생각하는 모양인데. 다른 사람들 의견은?"

"네, 사령관님."

자이보그가 말했다.

"제가 검술 시합에서 스카라부스를 어떻게 물리쳤는지 조이가 이야기했나요? 그 대결 때문에 적을 물리칠 수 있었습니다."

다른 동료들은 자이보그의 말에 우물쭈물 동의하거나 단지 끄덕였다.

올드맨은 머리를 끄덕였다. 그리고 자이를 쳐다봤다.

"자이는?"

올드맨이 물었다.

"제 생각에는 우리가 현저한 과업을 완수한 것 같습니다."

올드맨의 눈이 번쩍였다.

"아, 그래? 너희들이 그랬다고? 그런가?"

그리고 올드맨은 깊은 한숨을 쉬고 자신이 하고 싶은 이야기를 시작했다. 그의 이야기는 요약하면 다음과 같았다.

우리는 단순한 훈련 임무조차 사고 없이 완수하지 못한 팀이며, 우리가 해낸 모든 것은 단순히 운이 좋아서일 뿐이다. 우리는 교과서에 나오는 모든 규칙을 깨 버렸으며, 우리가 했던 어떤 행동은 교과서는커녕 상식적인 일반 책에조차 삽입될 수 없는 것이다. 만약 이 무한한 세계에 조금이라도 정의라는 것이 살아 있다면, 우리는 추출되어서 유리병 속에 갇혀 있어야 한다. 우리는 너무 자만했고, 멍청했으며, 무지했다. 우리는 운이 좋았을 뿐이다. 올드맨은 덧붙여 결코 이런 문제에 다시는 뛰어들어서는 안 되며, 만약 그렇게 하면 그 즉시 집으로 돌려보내겠다고 엄포를 놓았다.

올드맨의 이야기는 꽤 오랫동안 계속됐다.

말하는 동안 목소리를 높이지는 않았다. 그는 그럴 필요가 없었다.

집무실로 들어서기 전 한껏 기분이 고양됐던 나는 올드맨이 연설을 끝낼 때쯤에는 어깨총을 한 생쥐처럼 그 앞에 서 있었다. 동료들도 모두 마찬가지였다.

올드맨이 연설을 끝내자 무거운 침묵만이 감돌았다. 온 지구의 바다를 다 뒤덮을 만한 침묵이었다. 올드맨은 침묵 속에서 한 사람씩 차례로 우리를 둘러봤다. 우리는 매우 참담해 올드맨을 쳐다보지 않으려고 애썼다. 그리고 서로의 얼굴조차.

올드맨이 말했다.

"그렇지만 팀은 그대로 유지한다. 내 생각에 너희들에게는 가능성이 있다. 잘했다. 나가 보도록."

우리는 살았다 싶어 허겁지겁 집무실에서 나왔다. 서로의 눈을 마주치지 않으려 애쓰며.

우리는 무거운 걸음으로 연병장을 걸었다. 해는 중천으로 반쯤 가고 있었고 기지에는 쌀쌀한 바람이 불었다. 항상 공중에 떠 있는 인터월드의 기지는 끝없이 이어지는 무성한 숲 위를 지나고 있었다. 삼림 개척지를 지나는데 얼굴 양쪽에 뿔이 달린 코뿔소 비슷한 생물체가 우리를 올려다봤다.

우리는 올드맨의 말에 충격이 컸다.

휴는 30미터 상공에서 천천히 이리저리 날아다니고 있었다. 우리가 있는 것을 눈치채자 내 오른쪽 어깨 위로 날아 내려와 깐닥였다.

누군가 무슨 말이라도 해야 했지만, 아무도 입을 열고 싶어하지 않았다.

마침내 조셉이 머리를 가로저으며 물었다.

"올드맨이 무슨 말을 했지?"

자이가 갑자기 흰 이빨을 드러내고 미소를 띠며 말했다.

"올드맨은 우리가 한 팀이라고 했어."

잠시 정적이 감돌았다.

"그리고 우리에게 가능성이 있다고."

자콘이 자랑스럽게 말했다.

"올드맨이 휴를 데리고 있어도 된다고 했어."

"그러면 우리 팀은 일곱 명이네."

조우가 날개를 펼쳐 아침 햇살을 받으며 말했다.

"여섯 명이 아니야. 그리고 올드맨은 '잘했다'고 했어, 그렇지 않아? 올드맨이 우리에게 '잘했다'고 한 거야."

"들었어?"

나는 휴에게 말했다.

"너도 우리 팀의 일원이야."

만족스럽다는 듯 휴의 표면은 오렌지 빛과 진홍빛으로 물들었다. 휴가 내 말의 의미를 이해했는지 어쩐지는 모르겠다. 그러나 나는 이해했다고 확신한다.

"나는 여전히 우리가 적을 물리쳤다고 생각해."

자이보그가 말했다.

"그리고 어쨌든, 우리는 가능성이 있어. 훈장이 무슨 필요가 있겠어? 나는 훈장보다는 차라리 가능성이 있는 게 나아."

"아직 아침 식사가 남아 있나 모르겠네."

조셉이 말했다.

"배고파."

우리는 모두 배고팠다. 아마도 휴만 빼고. 그래서 우리는 식당으로 향했다. 식사를 거의 마칠 때쯤 경보음이 울렸다. 우리는 식당 뒤쪽에 있는 게시판으로 달려갔다. 그리고 거기 붙어 있는 공지를 읽었다.

"문제가 생긴 팀이 있네."

조셉이 말했다.

"바이너리가 림월드 연합을 침공했어. 저지와 조호스가 거기 있는데."

스피커를 통해 올드맨의 목소리가 울려퍼졌다.

"조이 하커, 팀을 소집해 즉각 행동에 들어가라."

나는 팀 동료들을 바라보았다. 동료들은 준비가 되어 있었다. 그리고 나도.

우주의 균형은 유지되어야만 한다.

나는 정신을 집중했다. 우리 앞에 인비트원의 모습이 뿌옇게 나타났다.

우리는 워킹했다.

후 기

　　마이클과 닐이 처음 인터월드에 관해 이야기를 나눈 것은
1995년이다. 그때 마이클은 드림웍스 사에서 연속물 모험
만화를 만들고 있었고, 닐은 런던의 네버웨어 사에서 TV 시
리즈를 만들고 있었다. 우리는 인터월드를 텔레비전용 모험
물로 만들면 좋겠다고 생각했다. 그리고 90년대가 흘러가는
동안, 우리는 인터월드의 아이디어를 사람들에게 설명했다.
전적으로 수백 명의 조이로만 조직되어, 무한히 많은 지구들
에서 마법과 과학의 균형을 이루려 애쓰는 내용이라는 설명
에 사람들은 눈동자를 빛냈다. 텔레비전 제작자들을 설득할
수 있는 아이디어라는 의견이 있었고, 우리는 그렇게 했다.
힘들 거라는 의견도 있었다. 그리고 90년대가 끝나가면서
우리 둘 중 하나가 생각하기 시작했다. 왜 이걸 소설로 쓰면
안 되지? 우리가 만약 소설로 쓴다면, 텔레비전 제작자들조
차 단순하고 쉽게 그 내용을 이해할 수 있을 것이다. 그래서
어느 눈 내리는 날 마이클이 컴퓨터를 들고 닐의 세계로 침

입했다. 그리고 그 겨울 궂은 날씨가 호령하는 가운데 우리
는 이 책을 썼다.

그러나 곧 우리는 텔레비전 제작자들은 책을 전혀 읽지
않는다는 사실을 배웠다. 우리는 한숨짓고 각자의 생활로
돌아갔다.

인터월드는 몇 년 동안 어둠에 묻혀 있었다. 그러다 최근
에 사람들에게 원고를 보여주었는데, 본 사람들은 흥미롭
다고 말했다. 그래서 우리는 어둠 속에서 그것을 꺼내 손을
보았다. 독자들이 재미있게 읽기를 바란다.

닐 게이먼, 마이클 리브스 2007

▷닐 게이먼은 1960년 영국에서 출생했다. 소설과 만화 등 다양한 장르의 베스트셀러 작가이며 휴고상, 네뷸러상, 알렉스상, 세계판타지대상 등을 수상했다. 특히 2009년에는 『묘지의 책』*The Graveyard Book*으로 아동도서 최고의 권위를 자랑하는 뉴베리상을 수상했다. 저서로 『샌드맨』, 『코랄린』, 『금붕어 2마리와 아빠를 바꾼 날』 등이 있으며, 『스타더스트』는 2008년 영화화되기도 했다.

▷마이클 리브스는 1950년 미국에서 출생했다. TV 프로듀서 겸 작가이며, 소설과 방송 분야에서 여러 상을 수상했다. 특히 1993년 *배트맨* 애니메이션 시리즈로 스토리 부문 에미상을 수상했다. 저서로 『나, 외계인』, 『사무라이의 칼』 등이 있다.

옮긴이 이원형은 고려대학교 정치외교학과를 졸업했다. 과학과 사상사에 근무했으며, 옮긴 책으로 『가담거리의 펜더윅스』 등이 있다.

펜더윅스

진 벗설 지음 / 정경임 옮김/ 320쪽 / 양장본

전미도서상 수상작!!

이 소설은 펜더윅 가족이 버크셔 산기슭의 오두막으로 여름 휴가를 떠나면서 시작된다.

이제 겨우 열두 살이지만 돌아가신 엄마 역할을 톡톡히 해내는 로잘린드, 직설적이고 다혈질인 수학을 좋아하는 열한 살 스카이예, 판타지 작가를 꿈꾸는 몽상가인 열 살 제인, 장래 지휘자를 꿈꾸는 오두막집 주인 아들 제프리 등이 이 소설의 등장인물들이다.

다정다감한 사춘기 소녀 로잘린드는 짝사랑에 빠지고, 동갑내기인 스카이예와 제프리는 사사건건 충돌한다. 제인의 글쓰기는 좌절을 거듭하고, 진로 문제로 엄마와 갈등에 빠진 제프리. 세 살짜리 어린 베티가 겪는 엄청난 모험과 혼란. 그러나 어려움을 극복하는 과정에서 가족간의 사랑이 극적인 반전을 만들어낸다.

인터월드

닐 게이먼 · 마이클 리브스 지음/이원형 옮김

초판발행일: 2009년 4월 15일 펴낸곳: 도서출판 지양사 · 키드북

서울시 마포구 서교동 399-24 정명빌딩 402호 등록번호: 제18-25

전화: 02-324-6279 팩스: 02-325-3722

홈페이지 www.jiyangsa.com

e-mail: jiyangsa@paran.com

ISBN 978-89-8309-107-9

값 10,000원